# Si j'étais toi

# AMBER GARZA

# Si j'étais toi

Roman

*Traduit de l'anglais (États-Unis) par Carole Delporte*

Titre original : *When I Was You*
Publié par Mira, une filiale de Harlequin Books S.A., Toronto, Canada.

Ceci est une œuvre de fiction. Les noms, lieux, organismes et événements sont soit issus de l'imagination de l'auteur, soit utilisés de manière fictive. Toute ressemblance avec des faits réels ou des personnes réelles, vivantes ou décédées, des entreprises ou des lieux réels serait purement fortuite.

Éditions de Noyelles,
avec l'autorisation des éditions Jean-Claude Lattès

31, rue du Val de Marne, Paris

Le Code de la propriété intellectuelle n'autorisant, aux termes des paragraphes 2 et 3 de l'article L. 122-5, d'une part, que les « copies ou reproductions strictement réservées à l'usage privé du copiste et non destinées à une utilisation collective » et, d'autre part, sous réserve du nom de l'auteur et de la source, que les « analyses et les courtes citations justifiées par le caractère critique, polémique, pédagogique, scientifique ou d'information », toute représentation ou reproduction intégrale ou partielle, faite sans le consentement de l'auteur ou de ses ayants droit ou ayants cause, est illicite (article L. 122-4). Cette représentation ou reproduction, par quelque procédé que ce soit, constituerait donc une contrefaçon sanctionnée par les articles L. 335-2 et suivants du Code de la propriété intellectuelle

© 2020 by Amber Garza. Tous droits réservés.
© 2020, éditions Jean-Claude Lattès pour la traduction française.

ISBN : 978-2-298-16705-4

*Pour Andrew – avec mon amour, toujours*

# I

« Parfois, on veut ce qu'on veut,
Même si on sait que cela va nous tuer. »

Donna Tartt

# 1

Un lundi matin du mois d'octobre, j'entendis parler de toi pour la première fois. Je sortais de la douche quand le téléphone se mit à sonner. Après avoir passé rapidement un peignoir, je courus dans ma chambre et saisis mon portable sur la table de nuit.

*Numéro inconnu.*

Habituellement, je laissais tomber. Mais je ne m'étais pas donné tout ce mal pour rien et il pouvait s'agir d'un appel du cabinet du Dr Hillerman.

— Allô ? répondis-je, le souffle court.

Les bras hérissés de chair de poule, je resserrai les pans de mon peignoir. Mes cheveux gouttaient dans mon dos.

— Kelly Medina ?

*Super.* Un démarchage commercial. Je regrettai aussitôt d'avoir décroché.

— Oui…

— Bonjour, madame Medina. C'est Nancy, du cabinet du Dr Cramer. Je voulais vous rappeler votre rendez-vous pour votre bébé ce vendredi à 10 heures.

— Mon bébé ? (Je laissai échapper un petit ricanement.) Vous avez presque dix-neuf ans de retard.

— Pardon ?

Nancy paraissait confuse.

— Mon fils n'est plus un bébé. Il a dix-neuf ans.

— Oh, je vous prie de m'excuser. (Je l'entendis pianoter sur un clavier.) Vraiment, je suis désolée, j'ai appelé la mauvaise Kelly Medina.

— Il y a une autre Kelly Medina à Folsom ? m'étonnai-je.

Mon nom de jeune fille était Smith. Il y avait un million de Kelly Smith dans le monde. Rien qu'en Californie... Mais depuis mon mariage avec Rafael, je n'avais jamais rencontré de Kelly Medina.

Jusqu'à *toi*.

— Oui. Son fils est un nouveau patient.

J'avais l'impression que ces consultations pédiatriques dataient d'hier. Je me revoyais assise dans la salle d'attente du Dr Cramer, mon nouveau-né dans les bras, jusqu'à ce que la réceptionniste appelle mon nom.

— Je ne comprends pas ce qui s'est passé, marmonna Nancy, comme pour elle-même. On dirait que vos numéros se sont inversés dans la base de données. Encore une fois, je suis désolée, ajouta-t-elle d'une voix plus forte.

— Aucune importance, la rassurai-je, avant de raccrocher.

Mes cheveux étaient encore humides mais, au lieu de les sécher, je descendis au rez-de-chaussée pour préparer mon premier thé de la journée. En chemin, je passai devant la chambre d'Aaron, dont j'ouvris la porte, froide sous ma paume. Le corps tremblant, j'embrassai du regard le lit impeccablement fait, les affiches de films au mur, l'ordinateur noir sur le bureau dans un coin.

Appuyée au chambranle, je laissai mon esprit vagabonder vers le passé, à l'époque où Aaron était parti pour l'université. Je me rappelai son grand sourire, son regard pétillant. Il était si impatient de quitter la maison. De *me* quitter. J'aurais dû me réjouir pour lui. Il accomplissait ce à quoi je l'avais préparé.

Les enfants étaient censés grandir et s'en aller.

Ma raison en était convaincue. Mais mon cœur avait eu du mal à le laisser partir.

Je refermai soigneusement la porte et me rendis dans la cuisine.

La maison était silencieuse. Autrefois, elle bruissait d'animation – les premiers pas de bébé Aaron dans le couloir ;

les bruitages qu'il faisait avec ses figurines quand il était enfant ; les conversations à l'adolescence. Désormais, le silence régnait en permanence. Surtout pendant la semaine, où Rafael séjournait à Bay Area pour son travail. Aaron était parti depuis plus d'un an. Je devrais être habituée à présent. Pourtant j'avais l'impression que cela empirait avec le temps. Ce silence infini.

Ce coup de téléphone m'avait déstabilisée. Il m'avait renvoyée à une époque qui me rendait nostalgique. À la naissance d'Aaron, tout le monde m'avait conseillé de savourer les moindres instants, car le temps filait comme l'éclair. C'était difficile à imaginer. Mon enfance n'avait pas été des plus faciles et m'avait semblé interminable. Quant à mes neuf mois de grossesse, ils avaient été plutôt éprouvants, chaque jour m'avait paru plus long que le précédent.

Pourtant, ces gens avaient raison.

Aaron avait grandi à la vitesse grand V. Des moments aussi éphémères que des papillons, presque impossibles à saisir. Et aujourd'hui, il n'était plus là. Il était devenu un homme. Et je me retrouvais seule.

Rafael m'encourageait à trouver un boulot pour m'occuper, mais j'avais déjà tenté l'expérience. Lorsque Aaron était parti, j'avais postulé à plusieurs emplois. Mais comme je n'avais pas travaillé depuis très longtemps, personne ne voulait m'embaucher. C'est à ce moment-là que Christine m'avait suggéré le bénévolat. J'avais débuté par une banque alimentaire du quartier, où je servais des repas une fois par semaine, et assumais de temps à autre des tâches administratives. Cela me plaisait, mais c'était loin d'occuper tout mon temps. Je n'étais qu'une petite main parmi d'autres. On n'avait pas spécialement besoin de moi. Pas comme Aaron, quand il était petit.

Après son départ, la Kelly que je connaissais avait cessé d'exister. Partie en fumée. Tel un fantôme qui hante sa maison, son quartier, sa ville.

Pendant que l'eau chauffait, je songeai à toi. Quelle chance d'avoir un bébé et toute la vie devant soi ! Où étais-tu à cet instant ? Sûrement pas seule dans ta grande maison à ne rien faire. Tu courais sans doute après ton charmant bambin dans ton séjour ensoleillé. Ton enfant crapahutant gaiement au milieu des jouets éparpillés sur le sol.

*Est-ce un garçon ?* La secrétaire au téléphone ne l'avait pas précisé, mais c'était ce que je m'imaginais. Un petit garçon joufflu et souriant comme mon Aaron.

Le sifflement de la bouilloire me fit tressaillir. Je versai l'eau chaude dans un mug et regardai la vapeur former des volutes devant mon visage. Après avoir plongé le sachet de thé dans l'eau, je pris une profonde inspiration et m'adossai au carrelage frais du comptoir de la cuisine. Par la fenêtre face à moi, je pouvais contempler notre jardin soigneusement aménagé sur le devant de la maison : une pelouse impeccable, agrémentée de rosiers. J'ai toujours eu un faible pour les roses. Enfant, Aaron voulait tout le temps m'aider à les tailler, mais je ne le laissais pas faire. Sûrement par crainte qu'il ne fasse des bêtises. Tout cela me semblait tellement absurde aujourd'hui.

Un pincement au cœur. Puis un soupir.

Je m'interrogeai sur ton jardin. À quoi ressemblait-il ? Avais-tu des rosiers ? Laissais-tu ton fils les tailler avec toi ? Faisais-tu les mêmes erreurs que moi ?

Portant mon mug à mes lèvres, je bus une gorgée de thé chaud. À la menthe, mon parfum préféré. Je laissai la saveur imprégner ma langue pendant une minute avant de l'avaler. Le réfrigérateur bourdonnait. Les glaçons fondaient dans le bac. Mes épaules étaient légèrement tendues, alors je les fis rouler, et sirotai une autre gorgée. Délaissant le comptoir, je me dirigeais vers l'escalier quand mon portable vibra dans ma poche. Mon pouls s'accéléra. Cela ne pouvait pas être Rafael. Il était prof et son premier cours avait déjà commencé.

*Aaron ?*

*Nope.* C'était un texto de Christine.

Tu viens au yoga ce matin ?

J'avais déjà pris ma douche et je projetais de poursuivre la réorganisation de la maison. Aujourd'hui, le garde-manger. La semaine précédente, j'avais acheté toute une série de boîtes de rangement. Vendredi, j'avais passé la journée à les étiqueter. Après un week-end de pause, due à la présence de Rafael, j'étais impatiente de m'y remettre. J'avais déjà réaménagé plusieurs penderies au rez-de-chaussée, mais mon idée était de mettre de l'ordre dans tous les placards de la maison.

D'habitude, j'adorais le yoga, mais aujourd'hui j'avais trop à faire.

Non, répondis-je. Puis je me mordis la langue. Je pris le temps de la réflexion en contemplant mon téléphone. Mon reflet apparut sur l'écran lisse – les cheveux ébouriffés, le teint pâle, les cernes sous les yeux.

La voix de Rafael résonna dans ma tête.

*Tu devrais sortir plus. Ce n'est pas sain de rester toute la journée à la maison.*

La réorganisation serait toujours là demain. Et puis, qui pensais-je tromper ? J'allais passer deux heures à faire du rangement avant de tout laisser tomber pour lire des articles en ligne et des blogs, ou m'absorber dans le dernier roman policier que je lisais.

Je transformai mon non en oui et appuyai sur envoi, puis je filai dans ma chambre pour me préparer.

Trente minutes plus tard, je me garais devant mon club de gym. Quand je sortis de la voiture, une brise agréable m'accueillit. Après trois mois d'un été brûlant, j'étais heureuse de cette fraîcheur. L'automne était ma saison favorite. J'aimais son caractère festif. Les citrouilles, les pommes, les teintes automnales. Surtout, les feuilles mortes ramassées en tas. Les arbres nus. Se débarrasser de l'ancien pour faire peau neuve. Une fin, mais aussi un commencement.

Cela dit, on n'en était pas à ce stade. Les feuilles étaient encore vertes et, dans l'après-midi, un vent chaud allait souffler. Mais le matin et le soir, il y avait un avant-goût d'automne, qui donnait envie de davantage de fraîcheur.

Mon sac de gym en bandoulière, je traversai le parking à grands pas. À l'intérieur du club, il faisait un froid glacial. La climatisation fonctionnait à plein régime, comme si la canicule sévissait dehors. *D'accord.* Voilà une bonne raison de transpirer. Souriant à la réceptionniste, je cherchai mes clés dans mon sac pour scanner ma carte de membre. Seulement, ma carte ne pendait pas au trousseau.

Je fouillai toutes les poches de mon sac, sans succès. Confuse, j'adressai à la jeune femme un sourire d'excuse.

— Je crois que j'ai égaré mon badge. Vous pouvez me retrouver ? Kelly Medina ?

Ses yeux s'arrondirent de surprise.

— C'est drôle, une femme avec le même nom que vous est passée ce matin.

Mon cœur s'emballa. Je fréquentais ce club depuis des années, pourtant c'était la première fois qu'on me parlait de toi. Depuis combien de temps venais-tu ici ?

— Elle est encore là ?

Je parcourus l'entrée du regard comme si je pouvais te reconnaître.

— Non, elle est venue très tôt.

Bien sûr. Comme moi quand Aaron était bébé.

— Voilà, vous êtes inscrite, Kelly, lança-t-elle en actionnant l'ouverture de la porte.

Je gravis l'escalier qui menait aux salles de yoga en pensant à toi. Plusieurs jeunes femmes montaient devant moi, en leggings et top moulant, leur sac sur l'épaule. Elles parlaient et riaient fort, en faisant danser leur chevelure. Je les priai de me laisser passer, mais elles firent la sourde oreille. Agacée, je me mordis la langue et progressai lentement derrière elles. Enfin, le premier étage ! Elles se dirigèrent vers les appareils de cardio, tandis que je poussais la porte de la salle de yoga.

Christine était assise sur son tapis de sol, ses cheveux blonds retenus par une queue-de-cheval impeccable. Ses yeux et sa bouche brillaient. Je lissai mes mèches brunes indisciplinées et humectai mes lèvres sèches.

Elle me fit un signe de la main en souriant.

— Tu t'es décidée !

— Oui.

Je déroulai mon tapis à côté du sien.

— Je n'étais pas sûre que tu viendrais. Ça fait un bout de temps.

L'air désinvolte, je pris place sur mon tapis.

— J'ai été très occupée.

— Oh, ne m'en parle pas ! dit-elle en balayant mes paroles d'un geste du poignet. Maddie et Mason font un millier d'activités en ce moment. J'ai du mal à suivre.

— Ça n'est pas simple, commentai-je en retirant mes sandales.

C'était tout le problème quand on se mariait et qu'on avait un bébé jeune. La plupart de mes amis élevaient encore leurs enfants.

— Je sais, hein ? J'ai hâte qu'ils soient adultes pour pouvoir faire tout ce que je veux.

— Ouais, c'est le pied !

Devant mon ton sarcastique, son visage se figea.

17

— Oh ! Désolée. Je ne parlais pas de toi... (Ses joues se colorèrent de rose.) Je sais combien Aaron te manque. C'est juste que...

Je secouai la tête.

— Ne t'inquiète pas. Je comprends.

Christine et moi nous étions rencontrées dans un cours de yoga. Elle faisait partie de ces femmes qui ne prenaient pas de gants. C'est ce qui m'avait attirée chez elle. J'aimais son franc-parler et sa sincérité. D'autres l'évitaient, incapables de supporter ses déclarations à l'emporte-pièce. Moi, je la trouvais rafraîchissante et, pour tout dire, amusante.

— Je me rappelle bien avoir été débordée. Une année, on avait inscrit Aaron au baseball et au basket. Parfois, les deux entraînements se chevauchaient, et je devais l'emmener au gymnase presque tous les jours !

— Oui ! s'exclama Christine, manifestement soulagée. Parfois, c'est juste dingue !

— C'est vrai.

Le cours allait commencer et la salle se remplissait. Il s'agissait principalement de femmes, mais il y avait aussi quelques hommes. La plupart accompagnaient leur épouse ou leur petite amie. Une fois, j'avais suggéré à Rafael de m'accompagner, mais il avait trouvé l'idée absurde.

— Tu te souviens de l'époque où on n'était que cinq ou six dans ce cours ? me fit remarquer Christine en examinant la salle.

Je hochai la tête en regardant autour de moi. Tous ces inconnus. Ce n'était pas vraiment une surprise. Folsom s'était beaucoup développé depuis mon arrivée ici, il y a dix ans. De nouvelles familles emménageaient tous les jours.

En observant ces étrangers autour de moi, je frissonnai, et mes pensées revinrent à toi. On ne s'était jamais rencontrées, pourtant j'avais l'impression de te connaître.

Nous avions le même nom, le même club de gym, le même pédiatre.

Cela ressemblait au destin. Oui, c'était le destin qui t'avait amenée ici. J'en étais certaine.

Restait à découvrir pourquoi.

## 2

Le vin s'enroula dans le verre, laissant des toiles d'araignées rougeâtres sur la paroi. Christine le porta à ses lèvres et en avala une gorgée.

— Tu n'en veux pas ?

Elle avait haussé un sourcil comme si elle trouvait bizarre que je ne boive pas de vin un lundi à midi.

À dire vrai, je me demandais pourquoi j'avais accepté de déjeuner avec elle après notre cours de yoga. J'avais encore des courses à faire et j'étais impatiente de me débarrasser de ma tenue de sport.

— Non, je ne reste pas longtemps. Je dois passer au supermarché.

— Tu iras demain, répliqua-t-elle, avec une note d'impatience dans la voix. Allez, prends un verre avec moi.

— Je ne peux pas aujourd'hui. J'ai des courses à faire pour le dîner.

Je jetai un coup d'œil au menu. Le hamburger frites était tentant. Je mourais de faim. Baissant les yeux sur le bourrelet de mon ventre, au-dessus de l'élastique, je fronçai les sourcils. Non, ce n'était pas une bonne idée.

Lorsque j'avais rencontré Raf, j'étais mince. Mais depuis ma grossesse, ma silhouette avait changé : elle était devenue plus ronde, plus tendre. Ça ne me dérangeait pas. J'avais l'air d'une mère de famille. Mes rondeurs ne faisaient que confirmer le miracle qui s'était produit dans mon corps. Et puis, cela arrivait à toutes les femmes, non ? Peu après la naissance d'Aaron, Rafael s'était mis à me lancer des remarques désobligeantes. Il surveillait ce que je mangeais et m'incitait à faire de l'exercice. Je l'avais écouté, et m'étais efforcée de chasser les kilos superflus. Mais récemment, j'avais repris du poids.

Je choisis la salade au poulet Santa Fe. Avec la vinaigrette à part.

— Oh, s'il te plaît, soupira Christine. Tu n'as personne ce soir. Pop-corn et vin feront l'affaire. C'est ce que je fais quand j'ai la maison pour moi toute seule.

Christine semblait croire que je menais une sorte de vie glamour. Comme si vivre seule était un privilège. Loin de là. Je donnerais n'importe quoi pour remonter le temps. Pour avoir une maison pleine de vie comme la sienne. Mais je me contentai de sourire.

— Ouais, c'est une bonne idée.

Honnêtement, il y avait pire comme projet pour la soirée.

Depuis la terrasse où nous étions installées, je vis une femme faire son jogging avec une poussette. La capote m'empêchait de distinguer l'enfant à l'intérieur. J'étudiai le visage de la mère. Environ vingt-cinq ans, les cheveux noirs, le teint pâle.

Un instant, je me demandai si c'était toi.

Je n'avais aucune idée de ton âge ni de ton apparence. Depuis que j'avais appris que tu avais un bébé, je t'imaginais jeune ; mais bien sûr, beaucoup avaient des enfants tard. De plus, ce bébé n'était pas forcément ton premier enfant.

*En as-tu toute une tribu, ou juste un ?*

*Es-tu mariée ?*

*Habites-tu dans le coin ?*

Les questions se bousculaient dans ma tête.

À coup sûr, tu n'envisageais pas de dîner de pop-corn et de vin. Tu avais sans doute prévu un bon repas pour ta famille. Quelque chose de simple, comme des pâtes, puisque tu avais un enfant en bas âge. Tu devais gérer efficacement ton temps, le laisser dans son transat ou, mieux, préparer le dîner pendant sa sieste. Puis ton mari et toi mangiez à tour de rôle, le bébé passant de ses genoux aux tiens.

Le sourire aux lèvres, je me rappelai ce rituel avec Aaron. Durant cette période, je ne pense pas avoir pris un seul repas chaud. Ça m'agaçait à l'époque. Alors pourquoi ce souvenir me donnait-il une sensation de vertige aujourd'hui ?

La commande passée, Christine termina son verre de vin et m'observa attentivement.

— Qu'est-ce qui t'arrive ? Tu es bien silencieuse aujourd'hui.

Je n'avais pas prévu de lui parler de toi. C'était sorti tout seul.

— Il y a une autre Kelly Medina à Folsom.

Le visage de mon amie se figea.

— Comment ça ? Tu veux dire un sosie ? Il paraît qu'on en a tous un.

Ah oui ? Je n'en savais rien. D'où lui venait cette idée ?

— Ce n'est pas une femme qui me ressemble. Elle porte le même nom que moi.

— Oh ! (Ses traits se détendirent.) Eh bien, Kelly est un prénom plutôt répandu. Je rencontre souvent d'autres Christine.

— Avec le même nom de famille aussi ?

Elle secoua la tête.

— Non, je ne crois pas. (Elle haussa les épaules.) Mais il doit bien y en avoir.

— Eh bien, j'en ai une dans ma ville, qui va au même club de gym que moi et qui consulte le même pédiatre pour son bébé.

— Hein ?

Elle fronça les sourcils et pinça les lèvres.

— Oui. (Enfin une réaction de sa part !) J'ai reçu ce matin un appel du cabinet de mon pédiatre pour une consultation postnatale. La secrétaire a fini par comprendre qu'elle avait appelé la mauvaise Kelly Medina.

— Ou peut-être qu'il y a un bug dans le système, suggéra Christine. Quand je travaillais au cabinet dentaire, une fois, on a envoyé des rappels de rendez-vous qui dataient de plusieurs années.

— Non, ce n'était pas ça. Elle a précisé que c'était une nouvelle patiente.

— Oh, alors Kelly Medina est le bébé ?

Je marquai une pause pour réfléchir à cette hypothèse. Je t'imaginais adulte, mais peut-être m'étais-je trompée ? Et si tu étais l'enfant, et non la mère ? Ma vue se brouilla légèrement et une migraine affleura derrière mes paupières.

*Non, ce n'est pas possible.* La secrétaire, Nancy si ma mémoire était bonne, avait précisé que ton enfant était le patient. Et la fille de la gym avait dit que tu étais une femme.

N'est-ce pas ?

Je clignai des yeux et m'éclaircis la gorge. Oui, j'en étais sûre.

— Kelly ? Ça va ? s'enquit Christine, alarmée. Ce coup de fil t'a inquiétée, on dirait ? (Elle fit signe à la serveuse.) Laisse-moi te commander un verre. Juste un. Ça te fera du bien.

Malgré ma réticence, je finis par accepter. J'avais tenté de résister : c'étaient des calories inutiles. Mais un verre de vin ne ferait guère de différence. De plus, j'avais commandé une salade. Je ne boirais pas ce soir, voilà tout.

Quand la serveuse posa le verre devant moi, au lieu de le siroter lentement comme je l'avais décidé, je le bus d'un trait, comme un chien vide sa gamelle d'eau après une course effrénée. Mon corps se réchauffa presque instantanément et mon esprit s'embruma. Je n'aurais pas dû boire aussi vite l'estomac vide. Lorsque ma salade arriva, je saisis ma fourchette d'une main hésitante et avalai plusieurs bouchées en espérant retrouver rapidement une contenance.

Ça avait un goût de carton. Je lorgnai la vinaigrette.

*Oh, et puis merde !* Après avoir généreusement nappé ma salade de sauce, je repris ma dégustation. *Bien meilleur !*

— Attends que je te raconte pourquoi Joel et moi on s'est disputés l'autre soir…, reprit Christine en piochant dans sa propre salade.

Je remarquai qu'elle ne l'avait pas assaisonnée.

— Il n'a pas arrêté de me prendre la tête parce que, d'après lui, je dépense trop d'argent pour la nourriture, expliqua-t-elle en mâchant un minuscule morceau de laitue. Pour la nourriture ! répéta-t-elle, plus fort cette fois. Tu imagines un peu ? Ce n'est pas comme si j'achetais des fringues ou des chaussures !

Je l'observai d'un air dubitatif. Elle m'adressa un sourire entendu.

— D'accord, c'est vrai, j'aime les fringues. Mais ce n'est pas pour ça qu'il râlait. Il était en colère pour la bouffe. Je lui ai dit, furax : « Écoute, je fais les courses pour toute la famille », et il a répondu : « Tu n'es pas obligée de tout acheter chez *Whole Foods*. D'autres familles vont dans des supermarchés normaux. » Je ne me suis pas laissé démonter : « Ah ! Alors tu m'en veux de choisir des aliments sains ? C'est bien ça ? Tu préférerais des chips et du soda ? »

J'acquiesçai comme si je comprenais sa position, alors que c'était tout le contraire. Avec le salaire de Rafael, nous ne pouvions pas nous permettre de faire nos courses chez *Whole Foods*.

Je voulus saisir mon verre de vin, mais il était vide. *Déjà ?*

— Oh, attends ! s'exclama Christine en se penchant pour fouiller le sac à main à ses pieds. J'ai manqué un appel. (Ses yeux s'écarquillèrent en regardant l'écran.) C'est l'école de Maddie. Ils ont laissé un message. (Elle m'adressa un regard d'excuse.) J'en ai pour une minute.

— Pas de problème.

J'avais la bouche sèche. Pendant que Christine écoutait le message, j'empoignai mon verre d'eau en clignant des

paupières. Si seulement j'avais pris mes lunettes de soleil !
La luminosité augmentait de minute en minute. Et il faisait
de plus en plus chaud.

— Oh, non, Maddie s'est blessée en cours de gym !
s'écria Christine en repoussant sa chaise. Désolée, il faut
que je file.

— Pas de souci. Rappelle-toi : tu étais avec moi quand
Aaron s'est démis le doigt.

— C'est vrai. Espérons que ce ne soit pas grave ! (Jetant
son sac sur son épaule, elle baissa les yeux sur la table.)
Mince, je n'ai pas réglé. Et je ne crois pas avoir de liquide.

— Ne t'inquiète pas, c'est pour moi.

Elle hésita.

— Tu es sûre ?

— Ouaip, dis-je en hochant la tête.

— D'accord, merci. Je t'envoie un texto plus tard !

Elle avait toujours l'air chagriné, mais je ne savais pas
pourquoi. Je me sentais très bien. Peut-être était-ce à cause
de Maddie cette fois, pas de moi. *Oui, ça semblait logique.*

En la regardant partir, je me remémorai le jour où
Aaron s'était luxé le doigt. J'étais en train de bruncher avec
Christine et plusieurs autres mères de famille. C'était le mois
de l'anniversaire de Christine (oui, elle le fêtait pendant tout
le mois !) et elle avait insisté pour qu'on prenne un cocktail. J'en étais à mon deuxième mimosa quand l'école avait
téléphoné. Aaron s'était blessé en jouant au basket pendant
la pause déjeuner. On ne m'avait rien dit de plus. J'étais
agacée de devoir interrompre mon brunch, jusqu'à ce que
je voie mon fils. Blanc comme un linge, tremblant des pieds
à la tête. Son petit doigt formait un angle bizarre, anormal.

L'attente chez le médecin m'avait paru interminable. Je
respirais péniblement. C'était horrible de voir mon petit garçon souffrir. J'avais tout fait pour le distraire, mais la douleur était trop pénible. Pourtant, il s'était montré courageux.

« Un brave petit soldat », avait commenté le médecin.

25

— Vous désirez autre chose ?

La serveuse s'était matérialisée à côté de moi, me ramenant brutalement au présent.

J'allais demander l'addition, quand la vision de ma maison vide s'imposa à moi. M'adossant à mon siège, je répondis :

— Un autre verre de vin, s'il vous plaît.

*

Je ne songeai plus à toi jusqu'au soir. J'avais bu plus de vin que de coutume, puis j'étais rentrée à la maison. Là, je m'étais assoupie plusieurs heures et j'avais manqué l'appel de Rafael.

Il me prévenait par texto qu'il allait boire un verre avec ses collègues et qu'il me rappellerait plus tard.

Christine m'avait également laissé un message. Maddie allait bien. Juste un poignet foulé.

Alors que le soleil se couchait et que l'obscurité gagnait le ciel, je décidai de manger un morceau. Mon crâne me faisait l'effet d'un tambour. Ma gorge était râpeuse, ma langue comme du coton. Après avoir avalé un grand verre d'eau, je saisis une boîte de crackers et croquai un biscuit salé.

Des voix d'enfants me parvenaient étouffées. Je me tournai vers la fenêtre. Une femme courait après deux jeunes enfants dans le jardin d'en face. Comme ma voisine avait dans les soixante-dix ans, c'étaient sûrement sa fille et ses petits-enfants.

C'est alors que mes pensées dérivèrent de nouveau vers toi.

Avais-tu de la famille ici ? Tu devais avoir emménagé récemment, puisque nos chemins ne s'étaient pas croisés avant aujourd'hui. Était-ce pour te rapprocher de tes parents ? C'était la raison pour laquelle Raf et moi avions choisi cet endroit, même si mes parents étaient décédés depuis.

Mon regard tomba sur l'ordinateur portable posé sur la table du coin repas. La petite lumière clignotante indiquait qu'il était chargé. Mon pouls s'accéléra.

En toute logique, tu étais sur les réseaux sociaux. Qui ne l'était pas ? Même moi, j'avais des comptes Facebook et Instagram. Je m'étais inscrite pour surveiller Aaron, avant de me prendre au jeu. Maintenant, j'y consacrais beaucoup trop de temps.

Mon verre d'eau à la main, je m'installai devant mon ordi et l'ouvris. Il revint à la vie. Une fois sur ma page Facebook, je cherchai Kelly Medina. Des douzaines de comptes apparurent.

Qui eût imaginé que le monde comptait autant de Kelly Medina ?

*Bon sang, ça ne va pas être simple.*

Je les fis défiler, mais aucun profil ne me semblait correspondre au tien. Pour commencer, aucune de ces femmes n'habitait dans la région, et seules deux d'entre elles avaient de jeunes enfants.

Ensuite, j'explorai Instagram. Sans résultat.

Frustrée, je me reculai sur ma chaise. Tu figurais forcément quelque part.

Alors pourquoi étais-tu introuvable ?

# 3

Une musique jouait au loin. Une mélodie familière dont je n'arrivais pas à retrouver le titre, alors que je l'avais entendue un million de fois. Je l'avais sur le bout de la langue. La nostalgie m'enveloppa, douce et tiède comme un câlin d'ours. Avec un autre sentiment, plus ambivalent, une sorte d'urgence, comme si des mains me poussaient dans une direction que je refusais de prendre.

Quand je réussis enfin à ouvrir les paupières, tout semblait flou dans la pénombre. Ma joue était poisseuse. Me redressant sur ma chaise, je me frottai le visage et jetai un coup d'œil à la table. L'ordinateur portable. Mon regard parcourut la cuisine faiblement éclairée.

La mélodie devint plus forte. Plus proche. Plus nette. Ah, oui ! *I Know You Want Me*, de Pitbull. Rafael avait trouvé très drôle de la programmer dans mon portable pour identifier ses appels.

D'un geste vif, je saisis mon téléphone.

— Allô ?

J'avais décroché juste à temps. Ma voix était rocailleuse, comme si j'avais du sable sur la langue.

— Désolé, je te réveille ?

Il parlait avec une intonation pâteuse.

Je plissai les yeux pour lire l'heure sur le micro-ondes. Il était minuit passé.

— Tu viens seulement de rentrer ?

— Ouais, c'était l'anniversaire de Frank, on est allés fêter ça. Et toi ? Tu n'as pas décroché tout à l'heure.

— Oh, pardon.

Pas question de lui avouer que j'avais fait une sieste en plein milieu de la journée. Il ne comprendrait pas.

— J'étais sortie avec Christine.

— Cool, murmura-t-il d'un ton plein d'espoir. Vous vous êtes bien amusées ?

— Ouais, répondis-je en bâillant.

— Tu as l'air fatiguée.

— Eh bien, c'est le milieu de la nuit, répliquai-je d'un ton sarcastique.

Aussitôt, je ressentis une pointe de culpabilité. À croire que je voulais déclencher une dispute, or Dieu sait que je n'avais pas besoin de ça. Les querelles éclataient si facilement entre nous. Inutile de les encourager.

— Bon, je vais te laisser alors.

— Non ! Je suis réveillée maintenant. (Je voulais rattraper le coup.) Tu avais quelque chose à me dire ?

Ce n'était pas son genre de téléphoner aussi tard. D'habitude, s'il me manquait dans la journée, il ne me rappelait que le lendemain.

— Non, rien de particulier. Je voulais juste entendre ta voix avant de me coucher.

Tout à fait le genre de mots doux qu'il me disait avant. Durant nos premières années de mariage. Une sensation de perte me prit à la gorge. Maintenant, je regrettais mon commentaire ironique. Mon cœur se mit à fondre en songeant à mon mari, ce qui ne m'était pas arrivé depuis des mois. Était-ce vraiment Raf qui parlait, ou l'alcool ? Probablement un mélange des deux. Je voulus lui répondre quelque chose de gentil, mais rien ne me vint. Nous n'avions pas eu d'échanges romantiques, ni même tendres, depuis si longtemps que je ne savais plus quoi dire. Découragée, je lui marmonnai un « bonne nuit » avant de raccrocher.

Après avoir reposé mon téléphone, je fronçai le nez et regardai autour de moi.

M'étais-je vraiment endormie sur la table de la cuisine ?

Tout semblait confus. Je me levai péniblement et regagnai ma chambre à l'étage. Ma dernière pensée, avant de m'endormir, fut de ne surtout pas parler de toi à Rafael.

\*

On m'avait volé ma voiture.

Elle ne se trouvait ni dans l'allée, ni dans le garage, ni le long du trottoir. J'avais arpenté toute la rue pour m'en assurer.

Plantée sous le porche, je contemplais l'allée déserte et la traînée d'essence sur le bitume. La panique envahit mes entrailles et remonta jusqu'à ma poitrine, me donnant le vertige.

D'une main tremblante, je saisis mon portable et appelai Rafael. Messagerie. Je ravalai un juron.

Je fis défiler mes contacts et m'arrêtai sur Aaron. Son visage me souriait. Mon cœur se serra. Je sélectionnai son prénom. La sonnerie retentit encore et encore, puis la messagerie s'enclencha. J'écoutai l'annonce jusqu'au bip avant de raccrocher.

Il ne pouvait pas m'aider. Pas plus que son père.

Aucun d'eux n'était là, je devais me débrouiller seule. Ce n'était pourtant pas nouveau. J'allais composer le numéro de la police quand un coup frappé à la porte me fit sursauter. Le cœur battant, je l'ouvris à la volée.

Christine se tenait devant le porche, en jean slim, bottines noires, top blanc vaporeux et sourire radieux.

— Bonjour ! claironna-t-elle.

Le soulagement me gagna aussitôt et le nœud dans mon ventre se desserra légèrement.

— Oh, Dieu merci, tu es là !

Lui agrippant le bras, je l'attirai à l'intérieur et claquai la porte derrière elle.

— Qu'est-ce qui se passe ? s'étonna-t-elle, les yeux écarquillés.

— On m'a volé ma voiture !

Elle éclata de rire.

— Mais non, voyons !

Quoi ? Et pourquoi pas ?

— Mais si, je t'assure. Elle n'est plus là.

— Bien sûr que non, idiote. Tu as pris un Uber pour rentrer du restaurant. C'est la raison de ma présence. Hier soir, tu m'as envoyé un SMS pour me demander de venir te chercher ce matin pour aller récupérer ta voiture.

Je me figeai et fixai des yeux la table de la cuisine, mon ordinateur portable et ma tasse d'eau entamée. Mon esprit tentait de recomposer le puzzle de la veille.

— Oh, bien sûr.

Le vin. Le brouillard. Le vertige. Le chauffeur Uber.

Tout me revenait à présent.

Mon Dieu, j'avais failli appeler les flics ! Ils m'auraient prise pour une folle. Heureusement, Christine était arrivée à temps.

— Ça va, toi ?

Christine fit un pas vers moi, sourcils froncés. Son regard consterné m'agaçait.

Je lâchai un rire en secouant la tête.

— Bah, je te faisais marcher ! Bien sûr que je me souviens de l'Uber. Et tu m'as crue !

— Ah, d'accord.

Elle sourit, mais son regard trahissait son inquiétude.

Un sentiment que je ne connaissais que trop bien.

— Bon, allons chercher ma voiture.

Je me dirigeai vers la porte d'entrée d'un air décidé. Mais Christine ne me suivit pas.

— Kel, tu es en pyjama.

Si je voulais la convaincre que tout allait bien, c'était raté. Je courus à l'étage pour m'habiller. Les doigts engourdis après une nuit à taper sur le clavier ; les yeux fatigués d'avoir scruté l'écran pendant des heures dans la pénombre. Quand avais-je veillé si tard la dernière fois ? Sans doute lorsque Aaron était au lycée. Le soir du bal de promo, j'avais passé des heures à consulter sa page Facebook et celles de ses amis pour examiner les photos et lire les commentaires sur la soirée.

Mais là, c'était différent.

Cette fois, je te cherchais.

Et j'avais découvert que notre patronyme n'avait rien d'unique. En fait, il était plutôt commun. Deux Kelly Medina étaient même des hommes.

Avoir le même nom ne signifiait rien.

Tu étais une étrangère.

Rien de plus. Rien de moins.

Tout en m'habillant, je me fis la promesse de laisser tomber cette obsession ridicule. Tourner la page. Cesser de te chercher et de penser à toi.

*Arrête, Kelly.*

J'émergeai de ma chambre le cœur léger. L'air circulait plus librement à travers mes poumons. Ma voiture n'avait pas été volée. Tu n'occupais plus toutes mes pensées. Tout allait pour le mieux dans mon petit univers.

— Prête ? s'enquit Christine au bas de l'escalier.

— Ouaip.

— Super. (Elle se dirigea vers l'entrée.) On pourrait passer prendre des *latte* en chemin. Je meurs d'envie d'un café. Littéralement.

Je souris.

— Excellente idée.

Après avoir fait un saut chez *Peet's* pour acheter deux *latte*, nous prîmes la direction d'Old Folsom, où j'avais laissé ma voiture. Christine buvait son gobelet d'une main tout en conduisant de l'autre. Si j'avais tenté une manœuvre similaire, le café aurait fini sur mes genoux. Mon amie avait toujours été plus adroite et plus coordonnée que moi. C'était évident lors de nos séances de yoga.

— Oh, il faut que je te raconte le truc bizarre que Rafael m'a dit hier soir.

— Ah oui ?

Elle me regarda avec curiosité.

— Raf m'a appelée vers minuit, après avoir bu un verre avec ses amis.

Son front se plissa.

— Quel genre d'amis ?

Je savais ce qu'elle sous-entendait. La même pensée m'avait traversé l'esprit. Mais je me contentai de hausser les épaules, feignant l'indifférence. Comme si j'étais aussi naïve et aveugle que mon mari le pensait concernant ses activités extraconjugales.

— Juste des collègues.

Il n'avait pas précisé lesquels, en dehors de Frank, mais c'était sans doute la clique habituelle – Jon, Adam, Mark, peut-être Keith. Christine n'avait pas besoin de ces détails. Après tout, elle ne les connaissait pas.

— C'était l'anniversaire de l'un d'eux. Bref, Raf a été plutôt attendrissant. Il a dit qu'il voulait entendre le son de ma voix avant de se coucher.

— Et en quoi c'était bizarre ?

— Eh bien, ça faisait des années qu'il ne m'avait pas dit quelque chose d'aussi romantique.

— Il avait bu ?

Je hochai la tête.

— Ne cherche pas plus loin. Les hommes deviennent sentimentaux avec l'alcool. S'il était rentré à la maison, il se serait glissé sous les draps avec une idée évidente en tête.

Fronçant les sourcils, j'observai mes mains sur mes genoux. Elle avait raison. C'était stupide de ma part d'espérer autre chose.

— Mais je suis sûre qu'il le pensait, ajouta Christine, comme si elle lisait dans mes pensées. Tu sais que Rafael t'aime, Kel. Tu traverses juste une mauvaise passe.

Elle se tut, les lèvres pincées. Nous étions arrêtées à un feu rouge. Puis elle se tourna vers moi.

— Ce qui s'est passé… (Elle déglutit.) Eh bien, il faudra du temps pour en guérir. Tu vois toujours ton psychologue ?

Me tortillant sur mon siège, je pris une gorgée de mon *latte*. Mes mains tremblaient légèrement. Je ne buvais plus jamais de caféine.

— Bien sûr. Je n'ai pas le choix, tu te rappelles ?

— Mais c'est une bonne chose, non ? Il te fait du bien ?

— Je suppose que oui.

Mon regard erra par la fenêtre. Je songeai au cabinet déprimant du Dr Hillerman et à ses sourcils broussailleux. Est-ce qu'il me faisait du bien ? Bah, j'allais mieux, c'était certain, mais il était difficile de lui en attribuer le mérite.

Quand nous eûmes tourné au coin de la rue, je repérai ma voiture. Christine se gara juste derrière.

— Merci, c'est très gentil de ta part, dis-je en refermant la portière.

L'habitacle de ma voiture sentait le renfermé. Je mis le contact et baissai la vitre pour laisser entrer l'air frais.

Christine me fit un petit signe avant de s'éloigner. Je la saluai en retour.

Au moment de démarrer, mon téléphone émit un *ping* sur le siège passager. Je jetai un coup d'œil à la notification Facebook.

`Kelly Medina a accepté votre invitation.`

*Quoi ?* Mon bras se jeta sur le téléphone tel un cobra.

Peut-être t'avais-je trouvée finalement.

Mais quand j'ouvris l'application, je compris que ce n'était pas toi. C'était un *homme* du nom de Kelly Medina. J'avais sûrement cliqué accidentellement sur « Ajouter un ami » en faisant défiler sa page. *Merde.*

Je n'avais pas tenu la promesse que je m'étais faite au déjeuner. Non seulement j'avais bu du vin au restaurant, mais j'avais consommé plusieurs verres à la maison.

Voilà pourquoi Aaron me conseillait toujours de ne pas consulter Facebook en buvant. Combien de filles écrivaient des commentaires stupides tard le soir, ou likaient accidentellement des photos de lui datant de plusieurs mois. Ça le faisait rire, mais je suppliais Aaron de ne pas se moquer de ces filles. Elles étaient sans doute mortifiées le lendemain.

Je supprimai l'étrange « ami » de ma page et balançai mon portable sur le siège passager. Heureusement que j'avais décidé de stopper mes recherches. Cela me rendait impulsive et imprudente.

Ce que je voulais à tout prix éviter.

*

Les deux jours suivants, je vaquai à mes activités. Je me rendis à mon cours de gym, à la bibliothèque, au centre commercial. Je ne te cherchais pas. En réalité, tu ne faisais plus partie de mes préoccupations.

C'est pourquoi tu dois me croire quand je dis que je n'avais nullement l'intention de débarquer chez ton pédiatre le jour de ton rendez-vous. Ce n'était pas prémédité. Je m'étais promis de laisser tomber. Et je comptais bien tenir ma promesse.

Mais le vendredi matin, tout avait basculé.

Alors que je prévoyais de retrouver Christine au yoga à 10 heures, je n'arrêtais pas de penser au coup de fil du cabinet du Dr Cramer au sujet de ton rendez-vous. Les paroles de la secrétaire me trottaient dans la tête.

*Je voulais vous rappeler votre rendez-vous pour votre bébé ce vendredi à 10 heures.*

*Son fils est un nouveau patient.*

*Je ne comprends pas ce qui s'est passé. On dirait que vos numéros se sont inversés dans la base de données.*

J'avais cessé de te chercher parce que j'avais peur de devenir *obsessionnelle*, voire *maniaque*, pour reprendre les termes employés par mes thérapeutes. Sans parler de *déviance*. Alors que ce n'était pas du tout le cas.

À bien y réfléchir, c'était toi qui étais venue à moi. Et non l'inverse. Tu t'étais inscrite dans mon club de gym. Tu avais pris rendez-vous avec mon pédiatre. Tu avais emménagé dans ma ville.

C'était *toi* qui t'immisçais dans ma vie.

Ma curiosité était piquée au vif. À quoi ressemblais-tu ? Après tout, tu avais mon nom, mon passe-temps, mon médecin. À croire que tu me copiais !

N'avais-je pas le droit d'être curieuse ?

Sérieusement, quel mal y avait-il à passer au cabinet du Dr Cramer pour voir ta tête ? Et si on se ressemblait ? Ce serait incroyable, non ? Et puis je mourais d'envie de savoir si tu avais un garçon ou une fille.

Simple curiosité, rien d'autre.

Rien de bizarre ni de déviant là-dedans.

C'était un comportement normal.

*Tout à fait normal.*

Oui, j'allais seulement me garer, jeter un petit coup d'œil, et repartir. Ni vu ni connu.

Du moins, c'était l'idée.

# 4

Dès que tu sortis de ton véhicule, je sus que c'était toi. Tu m'étais vaguement familière. J'avais l'impression qu'on s'était déjà rencontrées, même si c'était impossible. Assise dans ma voiture depuis trente minutes, j'avais vu plusieurs mères de famille entrer dans le cabinet, mais aucune avec un bébé. Un couple était venu avec un enfant en bas âge. Un autre avec un adolescent. Alors quand je vis arriver une jeune femme au volant d'un minivan avec un siège bébé à l'arrière, mon cœur s'emballa. Je jetai un coup d'œil à l'horloge du tableau de bord. Il était presque 10 heures.

C'était forcément toi.

Ma voiture était garée à quelques places de la tienne. Assise au volant, je suivis tes mouvements derrière mes lunettes de soleil.

Tu descendis rapidement de ton minivan pour aller ouvrir la portière arrière. J'entendis les charnières grincer depuis mon poste d'observation. Bon sang, de quand datait ce tas de ferraille ? N'était-il pas dangereux de transporter un bébé là-dedans ? Je pris une profonde inspiration pendant que tu te penchais sur la banquette. Quand tu soulevas le bébé, je m'autorisai à expirer. *Un garçon.* Je souris en apercevant ses petites jambes potelées dans sa grenouillère bleue. Puis je me fis la réflexion qu'il faisait froid ce matin, et mon sourire s'évanouit. *Pourquoi ne pas lui avoir mis un pantalon ?*

Lorsqu'il était bébé, je m'assurais toujours qu'Aaron était chaudement habillé. La peau des nourrissons n'est pas aussi

37

développée que la nôtre. Leurs petits corps se refroidissent vite.

Puis tu as serré ton fils contre toi, et un éclair douloureux me transperça. Quoi de plus merveilleux que de tenir un enfant contre soi ? Je pouvais presque sentir son odeur de talc et la douceur de sa peau.

Après avoir attrapé ton sac à langer, tu refermas la portière et pris la direction de l'entrée. J'observai les pieds de ton fils, soulagée de constater que tu n'avais pas oublié de lui mettre des chaussettes.

Malheureusement, il agitait tellement les jambes que l'une d'elles glissa sur ses orteils et se mit à pendre dangereusement. J'espérais que tu allais t'en rendre compte, mais pas du tout ! Tu continuais à marcher sans regarder ton fils, tandis que sa petite chaussette descendait un peu plus. Mon cœur se serra dans ma poitrine.

Tu approchais de ma voiture. La chaussette menaçait de tomber, et tu n'avais toujours rien remarqué. Son petit pied allait geler avant même que tu aies atteint l'immeuble.

*Oh, et puis merde.* Je sortis et ramassai la chaussette juste au moment où elle chutait par terre. Tu ne t'étais rendu compte de rien.

— Mademoiselle ? appelai-je. Votre fils a perdu sa chaussette.

Quand tu te retournas, je brandissais l'objet du délit. Avec un grand sourire, tu la repris.

— Oh, waouh ! Merci beaucoup.

Tu paraissais surprise, presque choquée, par ma gentillesse. C'était attendrissant. Je connaissais bien ce sentiment. Je songeais souvent que les gens autour de moi étaient des ennemis, pas des amis. Ils s'arrêtaient rarement pour s'entraider. Un peu comme s'ils étaient trop focalisés sur leur existence pour remarquer une personne dans le besoin. Au début, je m'étais dit que c'était une erreur de descendre de ma voiture, mais à présent, j'étais heureuse de l'avoir fait. Quand je te vis lui remettre sa chaussette, une agréable chaleur se diffusa dans mes membres.

J'avais pris la bonne décision.

— Il est adorable, commentai-je en contemplant les yeux bleus et le teint parfait de ton fils.

Il avait les mêmes cheveux bruns qu'Aaron, les mêmes joues rebondies et la même bouche en cœur.

— Merci.

Ton sourire s'élargit. Maintenant que je t'examinais de près, il était évident que tu étais très jeune. Ta peau était incroyablement lisse, sans la moindre ride, contrairement à celles qui se creusaient au coin de mes yeux. Si je devais deviner, je te donnerais une vingtaine d'années.

Je jetai un coup d'œil à ta main gauche et n'y vis aucune alliance.

— Bon, je vais y aller. Sullivan a rendez-vous dans quelques minutes.

— Sullivan ? C'est très joli. Original. Quand nous avons eu notre fils, j'ai dressé une liste de prénoms cool, uniques, mais mon mari n'en voulait pas. On a fini par l'appeler Aaron, comme le père de mon mari.

— Aaron, répétas-tu. J'aime bien. C'est chouette.

Tu portais une salopette noire, un tee-shirt rayé noir et blanc et des bottines grises. Tes cheveux bruns étaient savamment décoiffés, un style que tu te donnais. Mon fils t'aurait qualifiée de *hipster*. Il était clair que tu n'aurais jamais donné à ton enfant un prénom aussi traditionnel qu'Aaron, mais j'appréciais le compliment. Tu étais charmante. Bienveillante. Tu me plaisais déjà.

— Quel âge a votre fils ? demandas-tu en scrutant le parking alentour. Il est là ?

Je secouai la tête.

— Non, il a dix-neuf ans. Il est à la fac.

— Waouh ! (Tu plissas les yeux, comme pour m'étudier plus attentivement.) Vous me paraissez trop jeune pour avoir un fils adulte.

— Mais je le suis, plaisantai-je. Quel âge a Sullivan ?

— Sept mois.

J'observai le bambin à la dérobée.

— Vraiment ? Je l'aurais cru plus petit.

— En fait, il est prématuré. S'il était arrivé à terme, il aurait cinq mois aujourd'hui.

Comme tu examinais le bâtiment, je sentis que notre conversation touchait à sa fin. Une bouffée de désespoir m'envahit. Discuter avec toi était très agréable. Différent des conversations avec mes amies. Tu me faisais penser à une version plus jeune de moi-même, jusqu'aux cheveux bruns et aux yeux noisette. Tu ne m'avais toujours pas dit ton nom, mais j'étais persuadée de tenir la bonne personne. Je le sentais.

— Bon, c'était sympa de parler avec vous. Je me sens un peu seule ici. Je viens d'emménager et je crois que vous êtes la première personne avec qui j'ai eu une vraie conversation.

— Ah oui ? D'où venez-vous ?

Ton sourire se voila légèrement. Tu fis un pas en arrière avec un air d'excuse.

— Désolée, mais on va être en retard, je dois vous laisser.

— Bien sûr, dis-je en balayant tes excuses d'un air nonchalant. Enchantée d'avoir fait votre connaissance…

Ma voix s'estompa, laissant la question en suspens. J'attendis ta réaction, priant pour ne pas m'être trompée.

— Oh, pardon, je m'appelle Kelly.

Une vague de soulagement me submergea, fraîche et revigorante. Cela aurait été ridicule de m'être donné tout ce mal pour parler à la mauvaise personne ! Je me doutais que c'était toi, mais à présent, j'en avais la certitude. Je me forçai à garder un ton neutre, pour masquer ma satisfaction. Puis je feignis un petit rire.

— Oh, c'est drôle, moi aussi je m'appelle Kelly. Kelly Medina.

Je n'étais pas obligée d'ajouter mon nom de famille, mais je ne pus résister.

Ta réaction n'avait pas de prix. Tu demeuras bouche bée, les yeux luisants et le front impeccablement lisse, comme si l'on venait de te faire une injection de Botox.

— Pas possible ? *Kelly Medina* ? C'est mon nom aussi !

— Non, vous plaisantez ?

Je pris un air abasourdi.

— Je vous assure, répondis-tu avec fermeté.

Sullivan s'agita dans tes bras et laissa échapper un gémissement. Tu lui tapotas le dos en lui intimant de se taire. Puis tu plongeas ta main libre dans ton sac.

— Je peux vous montrer ma carte d'identité !

À présent, Sullivan pleurnichait.

— Non, non, ce n'est pas la peine. Je vous crois.

Je fis une grimace. Tu n'avais rien à me prouver. Tu ferais mieux de t'inquiéter du bien-être de ton fils.

— Allez, mon bébé, murmuras-tu avec douceur en lui frottant le dos. (Il se calma un peu.) Je n'en reviens pas que nous ayons le même nom. Quelle coïncidence incroyable !

J'avais envie de te répondre que notre patronyme n'était pas aussi unique que je le pensais moi aussi quelques jours plus tôt, mais ce serait reconnaître que j'avais fait des recherches sur le sujet. Alors je me contentai de sourire.

— C'est vrai, c'est dingue.

— Ouais, vraiment dingue.

Nous manquions de temps. Tu étais déjà en retard pour ton rendez-vous. Pourtant je ne pouvais pas te laisser t'en aller sans trouver un moyen de te revoir.

— Hé ! Si vous voulez en savoir plus sur la ville, je peux vous montrer les coins sympas. J'habite ici depuis un bon moment.

— Oh, ce serait génial ! (Ton visage s'éclaira.) Vous avez votre portable ? Je peux vous donner mon numéro.

Ton regard se porta de nouveau vers le cabinet.

D'une main moite, je saisis vivement mon téléphone. Après avoir ouvert mon répertoire, j'enregistrai ton numéro.

— Super. Envoyez-moi un SMS et on se reparle plus tard !

Sur ces mots, tu te dirigeas vers le bâtiment d'un pas vif.

— Avec plaisir ! Ravie d'avoir fait votre connaissance !

Mon téléphone vibra dans ma main. C'était Christine.

Où es-tu ? Le cours a commencé.

Je fronçai les sourcils. Quel cours ? *Oh, zut.* C'est vrai. Le yoga.

Je regardai l'édifice. Sullivan et toi aviez disparu à l'intérieur. Je souris, heureuse de t'avoir enfin rencontrée. C'était bizarre. Tu étais exactement comme je l'imaginais.

\*

Lorsque j'arrivai à la gym, le cours se terminait. J'assistai aux dix dernières minutes.

Après la séance, Christine se tourna vers moi, l'air soucieux.

— Où étais-tu ?

— Désolée. J'avais un tas de choses à faire et j'ai perdu la notion du temps. On est vendredi, tu te souviens ? Je dois cuisiner ce soir.

Ses traits se détendirent légèrement.

— Oh, c'est vrai. À quelle heure rentre Rafael ?

Raf et moi ne nous étions pas parlé la semaine précédente, en dehors de notre étrange conversation tardive, mais il rentrait généralement vers 16 heures le vendredi.

— Donc, tu as le temps pour une petite séance de fitness ! s'exclama-t-elle, ravie.

— Mais tu viens de terminer ton cours.

— C'était du yoga. Un peu de cardio me ferait du bien. Le vendredi soir, c'est pizza à la maison, alors j'ai intérêt à me dépenser.

Je souris.

— Quand Aaron était petit, nous aussi, on commandait des pizzas le vendredi soir.

Elle gloussa.

— Parce qu'à la fin de la semaine on est trop épuisées pour cuisiner, je n'ai pas raison ?

J'acquiesçai en riant.

— J'aimais croire que c'était une tradition familiale, mais tu as sûrement raison. C'était parce que j'étais fatiguée.

— Moi, je ne prétends plus avoir toujours une bonne raison. Soyons lucides. J'essaie seulement de survivre, ajouta-t-elle avec un clin d'œil.

Nous étions arrivées dans la salle de musculation. Christine enfourcha un vélo elliptique, et j'en fis autant. Après avoir avalé une grande goulée d'eau, je mis la machine en route.

— Alors qu'est-ce que tu vas préparer pour le dîner ? demanda Christine en déplaçant gracieusement ses jambes d'avant en arrière, au diapason de l'appareil.

— Aucune idée, répondis-je, déjà essoufflée.

Sa tête pivota vivement vers moi.

— Tu n'as pas fait tes courses ce matin ? C'est bien pour ça que tu as manqué le yoga ?

— Oh, oui, j'ai fait des courses. Mais je n'arrive pas à décider du menu.

43

— Oh, comme je te comprends ! Tu sais quoi ? Commande des plats à emporter. (Elle afficha un large sourire.) Ou mieux, achète-toi de la lingerie. Rafael se fichera complètement du dîner.

Rafael avait été adorable l'autre soir au téléphone. La lingerie était peut-être une bonne idée. Je pourrais enfiler un déshabillé, m'épiler les jambes, me maquiller, allumer des bougies, commander des plats chinois. Voilà bien longtemps que nous n'avions pas partagé une soirée romantique. À une époque, nous passions des heures à faire l'amour.

— *Depuis combien de temps on est dans ce lit ?*

*La joue pressée contre la poitrine nue de Rafael, je dessinais des cercles sur sa peau du bout du doigt.*

— *Pas assez longtemps.*

*Sans même lever les yeux, je devinai son sourire mutin. Une douce chaleur s'enroula dans mon ventre.*

— *Ah oui ?*

*Mes lèvres se scellèrent aux siennes. Des mèches de ses cheveux me chatouillaient la joue et distillaient une fragrance de vanille. Les draps se froissèrent quand Rafael s'approcha pour prendre ma tête entre ses paumes et me masser le crâne.*

*Il m'embrassa avec fougue. « Avec rage » serait plus juste. Nos corps se mêlèrent tandis que je fondais à son contact. Les minutes se muèrent en heures. Le temps était paresseux. Vaporeux.*

*Plus rien n'avait d'importance.*

*Mon corps était couvert de sueur, mes cheveux emmêlés, mes joues en feu. Lorsque je captai mon reflet dans le miroir au-dessus de la commode, je fis la grimace.*

— *Oh, mon Dieu, je suis dans un état épouvantable !*

*Affolée, je me lissai les cheveux d'une main. Nous étions mariés depuis seulement quelques semaines et je n'avais pas l'habitude que Raf me voie sans maquillage.*

— *Arrête*, marmonna-t-il en agrippant ma main, mêlant ses doigts aux miens. *Tu es superbe. Ne change rien.*

*Mon cœur s'emballa. Je regardai par la fenêtre. Les rideaux étaient tirés, mais je sentais le crépuscule tomber. Nous étions terrés dans notre appartement depuis une éternité. Mon estomac émit un gargouillement.*

— *On devrait s'habiller et aller chercher à manger.*

*Rafael secoua la tête.*

— *Au lit. Nue. Bien*, dit-il en me faisant un clin d'œil. *Dehors. Habillée. Pas bien.*

— *Depuis quand es-tu devenu un homme des cavernes ?*

— *Je ne suis pas un homme des cavernes*, répliqua-t-il en m'attirant à lui. *J'ai tout ce qu'il me faut ici. Pas besoin de sortir.*

— *Vraiment ?* (*Je haussai les sourcils.*) *Je suis presque sûre que notre physiologie ne fonctionne pas ainsi. Au bout d'un moment, on aura besoin de manger et de boire.*

*Il m'adressa un sourire éblouissant.*

— *Tu es si sexy quand tu parles de petites culottes à la fraise.*

*Mon corps fourmillait d'une agréable chaleur.*

— *Sérieusement, je meurs de faim.*

*Je me redressai pour chercher mes vêtements. Raf me repoussa sur le lit.*

— *Moi aussi.*

*Sa bouche recouvrit la mienne.*

*Légèrement frustrée, je me tortillai pour lui échapper. J'avais besoin de nourriture. Mais, soudain, il vrilla son regard au mien, et je lâchai prise. Rafael avait le don d'abattre mes défenses. Et de me faire oublier tout le reste.*

— C'est une bonne idée, marmonnai-je en me mordant la lèvre.

— Tant mieux. (Christine me donna un coup de coude.) Je suis si contente, Kel. Honnêtement, je m'inquiétais un peu après notre déjeuner de l'autre jour. Toute cette histoire avec cette femme qui porte le même nom que toi, et puis avec ta voiture.

— Je t'ai dit que je plaisantais pour la voiture. Et il y a bien une autre femme qui porte mon nom. Je l'ai rencontrée ce matin.

— Qu'est-ce que tu racontes ?

Elle me contempla d'un air ébahi.

— L'autre Kelly Medina. Je viens de la rencontrer.

Christine ralentit l'allure, s'épongea le visage avec sa serviette et m'étudia attentivement.

— Où l'as-tu rencontrée ?

J'ouvris la bouche et la refermai aussitôt. Je ne pouvais pas lui parler du cabinet du pédiatre. Elle comprendrait que je t'avais suivie. Je n'avais aucune autre raison de me trouver là-bas.

— Au supermarché, mentis-je.

— Kel, tu en as parlé à Rafael ?

Je secouai la tête.

— Eh bien, tu devrais peut-être le faire.

Christine était passée de l'amie sincère à la mère inquiète. Son ton me hérissa.

— Et pendant que tu y es, tu devrais appeler ton psy.

Un sentiment de frustration me saisit. J'éteignis ma machine et en descendis.

— Pourquoi veux-tu que je l'appelle ? Parce que je me suis fait une nouvelle amie ? C'est absurde. (J'attrapai ma serviette et ma bouteille d'eau.) Pourquoi tu me harcèles avec ça ? (Soudain, j'eus une révélation.) Oh, j'y suis. Tu es jalouse.

Christine arrêta son vélo et poussa un long soupir.

— Non, Kel, je ne suis pas jalouse de ton amie imaginaire.

Ses paroles me firent l'effet d'une gifle.

— Elle n'est pas imaginaire ! criai-je.

Plusieurs personnes se retournèrent vers nous.

Christine se passa la main dans les cheveux. Ce qu'elle faisait toujours quand elle était nerveuse. Eh bien, tant mieux. Je me fichais de provoquer une scène. Elle était ridicule ! Comment pouvait-elle m'accuser d'une chose pareille ?

— Je viens de la rencontrer. Elle s'appelle Kelly Medina, elle a un fils prénommé Sullivan et elle vient juste d'emménager à Folsom. Et elle est cent pour cent réelle.

— D'accord, d'accord, répondit doucement Christine en levant les mains comme si elle redoutait que je la frappe.

Pas question de supporter une minute de plus son regard fixé sur moi comme si j'étais folle.

— Je dois y aller. J'ai encore un million de choses à faire avant l'arrivée de Raf.

— Kel, attends. Ne te fâche pas. (Elle me toucha le bras.) Tu sais pourquoi je devais te poser la question.

Je secouai la tête et sortis à grands pas de la salle de gym. Je lui avais fait des confidences et elle s'en servait contre moi. Ce n'était pas juste. Ce n'était même pas vrai. Enfin, si, peut-être que j'avais imaginé des choses par le passé, mais c'était avant de consulter le Dr Hillerman. Mon cerveau était complètement embrouillé à l'époque. Plus maintenant. Ne le voyait-elle donc pas ?

Tout était plus clair aujourd'hui.

Tu étais bien réelle.

Pas vrai ?

Je clignai des yeux face à la lumière aveuglante du soleil et m'humectai les lèvres.

Oui, tu étais forcément réelle. Je t'avais parlé. J'avais ramassé la chaussette de ton fils.

Ton numéro était même enregistré dans mon téléphone.

Oui, ton numéro. Voilà ! Le cœur battant, j'extirpai mon portable de la petite poche de mon pantalon de yoga. J'ouvris mon répertoire, mais je ne voyais ton nom nulle part. Mes entrailles se nouèrent. Je fis défiler les noms… et enfin je te dénichai. J'avais inscrit KELLY M.

J'expirai lentement et me détendis.

Tu existais bel et bien.

Tu n'étais pas le fruit de mon imagination.

Pas cette fois.

# 5

Lola était mon amie d'enfance. Elle avait les cheveux blond vénitien et de nombreuses taches de rousseur éclaboussaient son nez et ses joues pâles. Son parfum s'apparentait à un mélange de rose et de pop-corn, sucré-salé, comme sa personnalité. Elle était drôle, aventureuse, et m'avait suivie pendant des années comme mon ombre. Je la considérais comme ma meilleure amie, ce qui est triste, car elle était imaginaire.

Sa présence inquiétait beaucoup mes parents. Comme j'insistais pour dire qu'elle était réelle, ils m'avaient emmenée chez un psychiatre. L'homme de l'art avait conclu que j'étais une enfant solitaire avec une imagination débordante. Je n'avais pas de frères et sœurs, et j'étais si timide que j'avais du mal à me faire des amies.

Bizarrement, aujourd'hui encore, je peine à croire qu'elle n'ait pas existé. À mes yeux, elle était aussi réelle que moi. Et que mes parents.

Elle était restée gravée dans ma mémoire, incarnant l'amour et l'amitié. Son visage s'était imprimé dans mon esprit – intense, heureux, vivant.

Les paroles de Christine me poursuivirent jusqu'à la maison. Elles tambourinaient dans mon crâne, me vrillaient les tempes.

Est-ce que je t'avais inventée, comme Lola ?

Tu semblais si réelle. Mais Lola aussi.

*Elle n'est pas la seule personne que vous avez inventée, n'est-ce pas ?*

La voix du Dr Hillerman résonnait dans ma tête.

À peine arrivée à la maison, j'allumai mon ordinateur portable. Un grand soleil s'engouffrait par les fenêtres, baignant la table d'une lumière dorée. Mon compte Facebook était encore ouvert. Je rafraîchis ma page et entrai notre nom dans la barre de recherche. Faisant dérouler les profils, je cherchai ton visage – tes cheveux noirs, tes yeux brillants, ta peau lisse et pâle. Maintenant que je t'avais vue en personne, peut-être allais-je te reconnaître au milieu de toutes ces Kelly Medina. Mais, en dépit de mes efforts, rien.

Pourquoi n'étais-tu sur aucun réseau social, à ton âge ? Te cachais-tu pour protéger Sullivan ? Quand Aaron était petit, Facebook n'était pas aussi répandu, et aujourd'hui, il m'arrivait souvent de secouer la tête en regardant les pages de ces mères de famille qui postaient quotidiennement des photos de leur progéniture. Elles les offraient pratiquement en pâture aux prédateurs sexuels !

Abandonnant mes recherches, je décidai de t'envoyer un SMS.

Ravie d'avoir fait ta connaissance.

Tu répondis aussitôt :

Moi aussi.

Tu vois ? Si tu n'étais pas réelle, tu ne me répondrais pas. Je fus tentée de faire une capture d'écran de ton message pour l'envoyer à Christine, mais je préférai m'abstenir.

Christine avait été une formidable amie pour moi, en particulier ces six derniers mois. Elle m'avait emmenée à mes rendez-vous chez le médecin, tenu la main lorsque je pleurais, elle passait même la nuit à la maison quand Raf était absent et que j'avais peur de rester seule.

Son mari m'avait confié qu'elle avait toujours besoin de nouveaux projets. C'était sans doute ce que je représentais pour elle aujourd'hui. Elle avait peut-être besoin de me savoir en détresse pour pouvoir m'aider à remonter la pente.

Mais c'était terminé.

J'étais guérie.

Si seulement elle pouvait s'en rendre compte...

\*

J'entendis la porte du garage s'ouvrir, puis le moteur de la voiture se couper. Mon cœur manqua un battement. Sans perdre une seconde, j'allumai les bougies sur la table de nuit et rangeai le briquet dans le tiroir de la commode. Puis je parcourus la chambre du regard. Tout était en place.

Le sourire aux lèvres, je m'étendis sur le lit. Mes seins s'échappaient de mon tout nouveau body en dentelle rouge. Je les remis en place et pris une pose que j'espérais provocante, une jambe repliée et une main sur la hanche.

Une portière claqua dans le garage.

Je m'humectai les lèvres. Le maquillage les rendait collantes.

La porte de la cuisine s'ouvrit et se referma. Puis j'entendis ses pas dans le couloir.

— Kelly ?

Son ton était plein d'inquiétude.

— Dans la chambre !

Mon ventre se noua. J'ébouriffai mes cheveux fins et inspirai profondément en l'entendant grimper l'escalier. Mon corps tremblait légèrement. Je ne me rappelais pas la dernière fois que j'avais porté de la lingerie pour Raf.

— Kel ?

Rafael se figea sur le seuil. Je me raidis. Puis un sourire éclaira son visage.

— Waouh.

J'avais les joues en feu. Son regard se promena sur mon corps et je levai instinctivement le bras pour me couvrir. Raf secoua fermement la tête. C'est alors que je remarquai la lueur fiévreuse de son regard. À croire qu'il avait désespérément envie de moi. Cela faisait longtemps que je n'avais pas suscité une telle réaction chez lui. Jusqu'à cet instant, je n'avais pas compris que, moi aussi, je le désirais.

— Ah oui ?

— Oui.

Il grimpa sur le lit. Une panique subite voila son visage.

— Attends, je n'ai pas oublié notre anniversaire, ou un truc de ce genre ?

— Non.

*Pas cette fois.*

— Alors c'est pour quelle occasion ?

Ravi, il fit courir son doigt le long de la dentelle au niveau de ma cuisse. Je frissonnai.

— Aucune occasion en particulier.

Nos regards se croisèrent. Son sourire s'élargit jusqu'aux oreilles.

Je me penchai vers lui sans le quitter des yeux. Puis je pris son visage en coupe et posai mes lèvres sur les siennes. C'était rarement moi qui prenais l'initiative. Son corps se tendit, peut-être parce que j'avais pris les rênes. Mais ensuite, il m'embrassa fougueusement et me plaqua contre lui. En une seconde, il me renversa sur le dos et se pressa sur moi. Ses mains fouillèrent mes cheveux, ma peau, ses lèvres picorèrent mon cou, ma gorge, mes seins. Nous roulâmes sur le lit comme deux adolescents et nous débarrassâmes impatiemment de nos vêtements, sans cesser de nous couvrir de baisers.

Après nos ébats, nous restâmes un long moment allongés sur le dos, à respirer bruyamment, les yeux fixés sur le plafond.

— Si c'est le comité d'accueil après ma semaine de boulot, je vais m'arranger pour revenir plus souvent, s'esclaffa Rafael.

C'était censé être drôle. Une bonne plaisanterie. Alors j'éclatai de rire avec lui. Pourtant ma poitrine se serra. Quand Rafael avait quitté son poste au Folsom Lake College pour enseigner à l'université de Fallbrook, notre projet était de laisser Aaron terminer son lycée puis de déménager à Bay Area. Mais nous avons vite compris que nous n'aurions jamais les moyens de nous installer dans les alentours de la faculté.

J'avais supplié Raf de trouver un poste plus proche de chez nous, ou de revenir au moins deux fois dans la semaine. Je connaissais d'autres épouses dont les maris travaillaient à Bay Area et qui revenaient plus souvent que lui.

Mais Raf affirmait qu'il lui était impossible de faire le déplacement aussi fréquemment, car la fac se trouvait à deux heures de route. Bien sûr, je savais que ce n'était pas l'unique raison.

J'étais tombée enceinte quelques mois après notre mariage, et c'est là que les problèmes avaient commencé.

— *Comment est-ce arrivé ? interrogea Raf, les lèvres frémissantes, une veine pulsant à son front.*

— *Eh bien, c'est ce qui arrive quand deux personnes s'aiment vraiment, répondis-je d'un sourire, tentant d'alléger l'atmosphère. Parfois, ils...*

— *Ce n'est pas une plaisanterie, Kel, m'interrompit-il.*
*Mon sourire s'évanouit.*

— *Je sais.*

— *Tu prends la pilule, non ?*
*Je hochai la tête.*

— *Alors comment est-ce possible ?*
*Mon regard parcourut la petite pièce. Nous étions dans l'appartement de Raf. Il lui ressemblait beaucoup plus qu'à moi. Je m'étais efforcée de me l'approprier, mais j'avais toujours l'impression d'être chez lui.*

— *Je ne sais pas. J'ai dû oublier de la prendre une fois ou deux.*

*Son regard brillait de colère.*

*— Tu l'as fait exprès.*

*— Non, je t'assure.*

C'était la vérité. Je ne l'avais pas fait exprès. Je n'avais simplement pas été sérieuse avec ma pilule. Nous étions mariés et je voulais des enfants. Fille unique, j'avais été élevée par une mère froide et un père passif. En grandissant, je rêvais d'avoir ma propre famille. Une maison remplie de bambins que j'élèverais dans l'amour et la tendresse qui m'avaient tant manqué. Raf ne pouvait pas le comprendre. Il avait eu la famille parfaite. C'était en partie ce qui m'avait attirée chez lui. Il était l'homme qui pouvait réaliser mes rêves. Pourtant, c'était un accident. Je n'avais rien manigancé, Raf se trompait.

*— Je ne vois pas où est le problème. On est mariés. Ce n'est pas ce que font les gens mariés ? Fonder une famille ?*

*— Je voulais juste te garder un peu plus longtemps rien que pour moi, confessa-t-il.*

*Son aveu me rassura. Je l'enlaçai.*

*— Eh bien, tu m'as encore pour toi tout seul pendant sept ou huit mois.*

Hélas, je me faisais des illusions. Ma grossesse avait été très pénible. Je souffrais de terribles nausées matinales et n'avais plus aucune libido. Épuisée à longueur de temps, j'étais si enflée de partout que je refusais de sortir. Rafael me trouvait changée. Je n'étais plus la femme qu'il avait épousée. Désormais, je n'étais plus qu'une rabat-joie.

J'en avais parlé à ma belle-mère, qui s'était montrée rassurante : tout s'arrangerait à la naissance du bébé. Mais elle aussi se trompait. Après l'arrivée d'Aaron, la situation avait empiré. J'étais encore plus éreintée, et Raf constamment frustré. Comme si je ne pouvais plus répondre à ses attentes. Je n'étais jamais assez excitée. Ni assez sexy. Ni assez débridée.

Le soulagement se lisait sur son visage lorsqu'il partait le lundi matin, me laissant seule avec Aaron. Et j'entendais le mensonge dans sa voix quand il ne rentrait pas le vendredi soir.

Ces six derniers mois, la situation s'était encore détériorée. À présent, il semblait ne plus vouloir rentrer du tout à la maison.

Je ravalai mon sentiment familier de rancœur et de colère. Ce n'était pas le moment d'en parler. Raf et moi avions fini par nous reconnecter l'un à l'autre. Pas question de tout gâcher. Avec un sourire forcé, je fis face à mon mari.

— Tu as faim ? J'ai commandé des plats chinois.

Raf se pencha pour m'embrasser.

— Je meurs de faim, murmura-t-il contre ma bouche.

Au début, je crus qu'il était partant pour un deuxième round, mais non, il voulait vraiment manger. Repoussant les draps, il se glissa hors du lit et enfila un caleçon.

Je m'approchai de ma commode et fouillai le tiroir de mes pyjamas. Avant de pouvoir passer un tee-shirt, Raf m'enlaça par la taille et me déposa un baiser sur le front. Je respirai son odeur familière, qui me rappelait l'air humide après la pluie.

— Remets cette petite chose rouge. Elle me plaît.

L'idée de me trémousser à nouveau dans ce body ne m'enthousiasmait guère, mais dès que je vis les yeux de Raf, je sus que je ne pourrais pas refuser. Je n'en avais jamais été capable. Depuis le jour de notre rencontre, il pouvait me faire fondre d'un simple regard.

Après avoir remis l'inconfortable pièce de lingerie, je suivis Raf au rez-de-chaussée. Les plats chinois étaient sur le comptoir. J'ouvris les boîtes et sortis deux assiettes et deux fourchettes. Pendant que je nous servais des *noodles* au poulet et des légumes *chop suey*, Raf contemplait ma poitrine avec un sourire grivois. Je frissonnai et me serrai dans mes bras. Quand je m'assis à table, un de mes seins s'échappa de son bonnet. Le body était manifestement conçu pour une fille plus jeune, aux seins plus fermes. Les miens avaient besoin de davantage de maintien.

— Joli, commenta Raf en haussant un sourcil.

Je me sentais comme un animal dans un zoo. Réajustant mon bustier, je me tortillai sur mon siège. Je n'avais pas remarqué à quel point j'avais faim. Quand avais-je mangé pour la dernière fois ? Au petit déjeuner ? Ce matin, j'étais obnubilée par l'idée de te rencontrer. Et le reste de la journée était passé comme dans un brouillard.

J'avalai plusieurs bouchées, mangeant plus vite qu'à l'accoutumée.

— Ça ouvre l'appétit, hein ?

Encore cet air. Il me couvait du regard comme un prédateur. J'étais sa proie.

De nouveau, je m'agitai, mal à l'aise. C'était ce que je voulais, non ? Je m'étais donné tout ce mal pour rallumer l'étincelle sexuelle. Et apparemment, j'avais réussi.

J'enroulai mes *noodles chow mein* autour de ma fourchette un long moment, puis enfournai une nouvelle bouchée. C'était ce que j'avais mangé de meilleur cette semaine. Je n'avais pas cuisiné depuis le week-end dernier, lorsque j'avais préparé des spaghettis pour Raf. D'habitude, je me mettais aux fourneaux tous les soirs, même juste pour une soupe et du fromage grillé. Une habitude que j'avais gardée après le départ d'Aaron pour la fac. Mais quand Christine avait suggéré du pop-corn en guise de dîner, j'avais compris que tous ces efforts ne rimaient à rien. J'étais seule à présent. Cela comportait beaucoup d'inconvénients, mais aussi un avantage – plus besoin de faire la cuisine ! Je pouvais vivre de crackers, de fromage et de pop-corn, je l'avais prouvé ces derniers jours.

Levant le nez de mon assiette, j'interrogeai Raf :

— Comment s'est passée ta semaine ?

— Bien.

Et il avala sa bouchée de poulet.

— C'est tout ? insistai-je, me remémorant ce que nous répondions à Aaron lorsqu'il nous donnait des réponses laconiques.

*Comment était ta journée ? Bien. L'école ? Bien. Et ton examen ? Bien.*

— Ouaip. Toujours la même rengaine, ajouta-t-il en haussant les épaules. Rien de particulier.

*Sérieusement, fais un effort.*

— Et la soirée d'anniversaire de Frank ?

— Ce n'était pas vraiment une fête. Juste une bande de gars qui boivent des bières dans un pub.

Comment pouvions-nous être si proches dans un lit et si distants autour d'une table ?

— Et toi ? On dirait que tu t'es bien amusée cette semaine. Tu as pas mal vu Christine, non ?

Son ton paternaliste m'agaça. C'était la voix qu'il prenait avec Aaron quand il était petit.

*On dirait que tu es un grand garçon maintenant. Tu as fait pipi sur le pot !*

— Ouais.

Posant ma fourchette, je m'essuyai la bouche avec une serviette en papier. L'air conditionné soufflait une brise froide sur ma peau nue. Je réprimai un frisson.

— On est allées à la gym et on a déjeuné ensemble. C'était sympa.

— Super.

Le sourire sincère de Raf balaya mon irritation. Il m'aimait. Voilà pourquoi il s'inquiétait. Je ne devrais pas me montrer si dure avec lui. Enhardie par le compliment, je repris :

— Oui, je me suis même fait une nouvelle amie. Une jeune femme avec un bébé qui vient d'emménager à Folsom. Je vais lui montrer les alentours et…

Je m'interrompis en voyant l'expression inquiète de Raf.

— Tu penses que c'est raisonnable, Kel ?

*Bon sang, on dirait Christine.*

— Me faire une nouvelle amie ? Ce n'est pas raisonnable ?

— Non, ce n'est pas...

Ses traits se durcirent. Il marqua une pause, inspirant et expirant bruyamment par le nez.

— Désolé, c'est super, Kel. Je suis content que tu aies une nouvelle amie. Seulement... fais attention.

*Fais attention ? Vraiment ? Plutôt gonflé de sa part !*

— Faire attention à quoi ?

— Eh bien, voyons, qu'est-ce que tu sais de cette femme ?

— Je suis un peu trop vieille pour les mises en garde contre les inconnus, Raf, répliquai-je sèchement. Crois-moi, elle est inoffensive.

— Ce n'est pas ce qui me préoccupe, et tu le sais.

Je sentis l'amertume m'envahir et les larmes affleurer.

— C'est pour elle que tu t'inquiètes alors ? Quoi ? Je suis une sorte de monstre maintenant ?

— Kel... (Raf voulut me prendre la main, mais je me dérobai.) Tu sais bien que ce n'est pas ce que je pense.

— Qu'est-ce que tu penses alors ?

J'avais haussé le ton. Rafael se renfrogna. J'allais le perdre à présent. Il ne tarderait pas à me rejeter. Me traiter de folle. C'était sa stratégie depuis le début de notre mariage. La seule différence étant que je lui avais récemment donné des munitions.

— Je pense que c'est trop tôt.

*Trop tôt ?* Comme si le temps allait changer quoi que ce soit.

Je me levai d'un mouvement brusque.

— Je vais me changer.

— Kel, me supplia-t-il. S'il te plaît, assieds-toi.

— Tout va bien. J'ai juste froid. (Je jetai un coup d'œil à son assiette à moitié entamée.) Finis de manger, je reviens dans une minute.

Rafael me regarda quitter la cuisine. Un instant, j'espérai l'entendre repousser sa chaise pour s'élancer derrière moi. Mais je pus constater par-dessus mon épaule qu'il me tournait le dos et mâchait bruyamment, penché sur son assiette.

Qu'est-ce que j'attendais au juste ?

Il ne se battrait pas pour moi. Il avait été très clair sur ce point.

Tout à l'heure dans la chambre, j'avais cru possible que cela s'arrange. Que nous pouvions encore combler le vide entre nous, mais je me faisais des illusions.

Il était trop tard pour réparer les dégâts.

*

À mon réveil, un homme se tenait debout devant mon lit. Vêtu de noir, grand et imposant, il tendit les bras vers moi. Agrippant la couverture, je hurlai.

— Kel, c'est moi !

Je me figeai, mais il me fallut un moment pour reconnaître sa voix.

— Raf ?

— Oui. (Il s'approcha et posa doucement la main sur mon bras.) Je ne voulais pas te faire peur.

Ébranlée, je poussai un soupir de soulagement.

— J'avais oublié que tu étais à la maison.

J'étais allée me coucher après notre dispute. Le réveil me révéla qu'il était 2 h 30 du matin.

— Je regrette ce que je t'ai dit, déclara-t-il en se glissant sous les draps.

Le matelas s'affaissa sous son poids. Je me cramponnai à la couverture comme pour me protéger.

— Mais je me fais du souci pour toi.

— Je ne vais pas m'effondrer. Je suis plus forte que tu l'imagines.

Il souffla longuement.

— C'est ce que je croyais.

Il passa un bras autour de ma taille et m'attira contre lui.

— Qu'est-ce que tu entends par là ?

— Je ne sais pas, Kel. Je suppose… Quand on s'est rencontrés, je pensais que tu étais capable de surmonter n'importe quoi. Mais maintenant… tu n'es plus la même.

Comment osait-il ? Je me dégageai de son étreinte.

— S'il te plaît, ma chérie. Ne t'en va pas. Il faut qu'on parle. On ne se parle plus.

— Ah oui ? Et on se demande bien pourquoi !

Je me réfugiai de l'autre côté du lit et observai Rafael. Le clair de lune qui filtrait à travers la fenêtre nimbait son corps d'un halo bleuté.

— Peux-tu sincèrement affirmer que tu n'as pas changé ces six derniers mois, Kel ? Tu n'as rien fait d'inquiétant ?

Ma poitrine était si oppressée que je peinais à respirer.

— Bien sûr que j'ai changé. Toi aussi. Comment pourrait-il en être autrement ? Après ce que tu…

Mes lèvres se mirent à trembler. J'étais incapable de prononcer ces mots. Je ne voulais pas en parler. Hors de question.

— Kelly ?

Je secouai la tête.

— Qu'est-ce que tu allais dire ?

— Rien. Je suis fatiguée. Je veux juste dormir.

— Ne fais pas ça. Tu allais me dire quelque chose.

Il avait pris un ton suppliant. Dans ses yeux, je lus combien il avait besoin de cet échange. *Moi aussi, je pense.* La veille au soir, je souhaitais désespérément me connecter à lui. Je pensais que si nous réussissions à dépasser ce stade, je pourrais guérir.

— Parlons-en, s'il te plaît, insista-t-il.

Imaginant mon soulagement si je pouvais déverser la souffrance que je gardais en moi, j'ouvris la bouche. Mais je choisis de tout remballer, me rappelant les dernières fois que Rafael m'avait piégée, me poussant à me confier pour mieux détourner mes paroles et me jeter l'opprobre. Je ne me sentais jamais bien après lui avoir fait des confidences. C'était pire.

— Non, répondis-je fermement.

Dans le clair de lune, je vis le visage de Rafael se durcir. Sans un mot, il me tourna le dos et s'endormit. Mon côté du lit me semblait vide et froid. Mon cœur flancha. Si j'avais accédé à sa demande, cela aurait-il été différent cette fois ?

*

Le lundi matin à la première heure, je jetai le body rouge à la poubelle. Rafael et moi avions fait l'amour à plusieurs reprises ce week-end-là. Chaque fois, Raf avait insisté pour que je porte ce truc idiot. Le dimanche venu, je regrettais amèrement mon achat.

En refermant le couvercle de la poubelle, je baissai les yeux sur mon bras. Des auréoles pourpres étaient apparues sur ma peau pâle. Lorsque les mains de Rafael m'avaient agrippée et que ses ongles s'étaient enfoncés dans ma chair, j'avais pensé que c'était pour me faire plaisir. Maintenant, je me demandais si ce n'était pas plutôt pour me faire souffrir.

Depuis vendredi, la situation était tendue. Raf était presque agressif. Comme s'il cherchait à me punir. Mes doigts palpèrent mon cou, à l'endroit où il avait plaqué ses mains samedi soir. Je l'avais aussitôt repoussé avec un regard d'avertissement.

— Détends-toi, je ne vais pas te faire de mal.

Il avait éclaté de rire, comme s'il s'agissait d'une idée ridicule.

Pourtant c'était loin de l'être.

*Aaron avait environ deux ans. En début d'après-midi, je l'avais déposé chez mes beaux-parents. Puis j'étais rentrée à la maison pour prendre une douche et me préparer pour notre soirée en amoureux. Alors que je me délassais sous le puissant jet d'eau chaude, j'imaginais les réjouissances à venir. Dîner au restaurant. Peut-être louer un film.*

*Je renversais ma tête pour mouiller mes cheveux quand j'entendis un bruissement. Je me figeai. Prêtai l'oreille.*

*Des pas. Je retins mon souffle.*

*— Il y a quelqu'un ?*

*Puis je me sermonnai. Mon Dieu, je ne suis pas une de ces femmes qui s'évanouissent au moindre bruit, comme dans les films d'horreur.*

*— C'est moi, fit la voix de Raf.*

*Je réprimai un hoquet. Mon cœur battait la chamade. Quand j'écartai le rideau pour jeter un coup d'œil, Rafael se tenait dans la salle de bains embuée, en jean et chemise.*

*— Tu m'as fait une de ces peurs !*

*— Désolé.*

*Il sourit, sans paraître navré le moins du monde.*

*— Qu'est-ce que tu fais là ?*

*Je ne l'attendais pas avant deux heures.*

*— Je suis parti plus tôt. (Son regard brillait.) J'avais hâte de commencer notre soirée en amoureux.*

*Je lui souris.*

*— D'accord, eh bien, je sors dans deux minutes.*

*Lâchant le rideau, je me remis sous le jet.*

*— Non, ne bouge pas, je te rejoins.*

*Une douce chaleur s'insinua dans mon ventre lorsque Raf se glissa nu sous la douche. Mon regard s'attarda sur son torse hâlé et ferme. Il avait toujours été musclé. Entretenir* son physique était l'une de ses priorités. Il faisait du sport presque tous les jours depuis notre rencontre.

Passant le bras derrière moi, il attrapa le savon. Après l'avoir fait mousser dans ses mains, il fit courir ses paumes sur ma peau. Il me caressa sur tout le corps jusqu'à ce que mes jambes flageolent. Je me mordis la lèvre et laissai échapper un gémissement.

Son visage s'approcha du mien, son souffle contre ma bouche.

— Tu n'es pas obligée d'être silencieuse.

Oh, c'est vrai. Nous étions seuls. J'avais l'habitude de ne pas faire de bruit à cause d'Aaron.

Il me tendit le savon. À mon tour, alors.

Tandis que je passais le savon sur ses bras et sa poitrine fermes, il m'embrassa à pleine bouche. L'eau cascadait sur mon dos, ma tête. Rafael glissa ses bras autour de ma taille et me fit pivoter pour positionner mon dos contre le mur. À ce moment-là, je pensais encore que c'était attentionné de sa part. Pour me protéger de l'eau.

Mais ensuite, il me plaqua si brutalement contre le carrelage que je me mordis la langue.

En réalité, il était excité. Exalté même. Et il ne mesurait plus sa force.

Ignorant la migraine qui s'annonçait, et le goût métallique dans ma bouche, je me concentrai sur les parties de mon corps qu'il caressait. Il m'embrassait lentement, sa main remontant le long de mon dos pour s'enrouler autour de ma nuque. Son baiser se fit plus impérieux et sa main se resserra autour de mon cou.

C'était agréable… au début. Puis plus du tout.

Quand la pression devint trop forte, mes paupières papillonnèrent et j'ouvris les yeux. Rafael ne m'embrassait plus. Il me regardait.

Et il m'empêchait de respirer.

*Il me fallut un moment pour comprendre ce qui se passait.
Allons, mon propre mari n'était pas en train de m'étouffer,
n'est-ce pas ? Je me sentais prise au piège. Effrayée.*

*Mon esprit invoqua le dernier événement qui m'avait causé
une telle terreur. Et soudain, le visage de Rafael se substitua
à celui d'un autre homme. Un homme qui m'avait fait du
mal. Un homme que j'essayais d'oublier depuis des années.*

*Aucun souffle ne sortait de ma bouche. Ma tête tournait,
ma gorge me faisait mal et mes poumons me brûlaient. De
désespoir, j'agrippai ses doigts pour les arracher de mon cou.*

*Rafael relâcha enfin son étreinte. Je le repoussai.*

*— Désolé, dit-il d'un ton d'excuse.*

*— À quoi tu jouais ?*

*— Je mettais juste un peu de piment dans notre relation.*

Ce fut son unique explication. Je n'avais jamais constaté
que nous avions besoin de piment.

Et ce fut notre premier différend à propos de notre vie
sexuelle. Au fil des années, il m'accusa d'être prude. Parfois,
je lâchais prise, tentais quelque chose de nouveau. Mais
jamais la strangulation.

Secouant la tête, je quittai la cuisine après avoir jeté à
la poubelle la lingerie ainsi que toute pensée concernant
Rafael et notre week-end.

La maison était vide, silencieuse. D'habitude, le lundi
était pénible pour moi, mais cette semaine, j'étais heureuse
d'avoir la maison pour moi seule. Gagnant l'étage, je pris
une douche, puis j'enfilai mon jean préféré et un pull ample.
Cela faisait du bien d'être habillée. Et d'avoir chaud.

Je redescendis au rez-de-chaussée pour me préparer du
thé et envoyai un SMS à Aaron.

Je voulais juste te souhaiter une bonne
journée. Je t'aime. Maman.

Rafael me reprochait toujours de materner Aaron.

« Attends qu'il t'écrive », disait-il.

Mais qu'en savait-il, après tout ? Je reniflai. Personne ne pouvait qualifier Raf de père modèle.

Après avoir versé de l'eau chaude dans un mug, j'y plongeai un sachet de thé en songeant à toi. Qu'avais-tu fait ce week-end ? Tu ne connaissais personne en ville. Tu devais tourner en rond. Même si tu ne portais pas d'alliance, je ne pouvais en déduire que le père de ton bébé n'était pas présent – aujourd'hui, les jeunes ne se mariaient pas forcément. Peut-être que vous étiez encore ensemble. Ou que vous viviez ensemble.

J'ignorais tant de choses sur toi.

La curiosité eut raison de moi, je t'envoyai un SMS.

Hé ! Je vais faire du shopping. Tu veux m'accompagner ? Je peux te montrer le coin.

Tout en me mordillant la lèvre, j'observai fixement le téléphone.

Plusieurs minutes s'écoulèrent. Pas de réponse.

*Mmm. Qu'est-ce que tu fabriques ?* Tu n'étais sûrement pas en train de dormir. Pas à cette heure. Je jetai un coup d'œil à l'horloge. Il était presque 9 heures. Quand Aaron était bébé, il se réveillait tous les jours à 5 heures tapantes.

Je bus une gorgée de thé. Puis je consultai à nouveau mon téléphone en pianotant sur le comptoir. Je remarquai que mon vernis s'écaillait au bord. Oooh, cela me donna une idée.

De mes doigts tremblants, je lui écrivis de nouveau.

Oublie le shopping. J'ai besoin d'une manucure. Tu m'accompagnes au salon ? Je t'invite !

Quand je vis les petits points se matérialiser sur l'écran, mon sang ne fit qu'un tour. C'était la manucure, hein ? Le shopping, ça n'avait aucun intérêt. Pourquoi lui avais-je suggéré ça ?

Superidée, mais impossible avec Sullivan.

Je fis une grimace. Bien sûr. Pourquoi n'y avais-je pas pensé ? Cela faisait si longtemps que je ne m'étais pas occupée d'un bébé. Je n'arrivais plus à imaginer ma vie d'alors.

On passera à tour de rôle. Je m'occuperai de lui pendant ta manucure.

Plusieurs minutes s'égrenèrent. La maison émit un craquement. Un oiseau pépia au-dehors. Je me penchai sur le comptoir et bus mon thé en silence. La voisine d'en face venait d'arriver avec ses enfants. Elle en cala un sur sa hanche tout en tenant la main de l'autre, qui s'accrochait à elle devant la porte d'entrée.

Comment se faisait-il que je ne l'avais pas vue depuis la semaine dernière ?

Elle remonta le bébé d'un mouvement du bras, et je ressentis un pincement familier dans la poitrine. Quand la porte s'ouvrit, l'aîné lâcha la main de sa mère et se précipita à l'intérieur. De ma fenêtre, je vis les épaules de la maman se relâcher imperceptiblement.

Un sentiment que je connaissais bien. Pendant des années, mon corps avait servi de mur d'escalade. Aaron me grimpait dessus, tirait sur mes vêtements, se rivait à mes jambes. Parfois, j'aurais tout donné pour avoir mon corps rien qu'à moi pendant une minute. À moi seule.

En repensant à cette période de ma vie, je voyais ces moments à travers un tout autre prisme. Un prisme rose.

Le portable vibra dans ma paume.

Tu es sûre ?

Oui ! Ce sera un bon moment.

Puis j'ajoutai : Pas question de refuser.

Tu ne tardas pas à répondre.

On dirait que je n'ai pas le choix.

Je ris.

Exact !

Je notai ton adresse et te proposai de passer te prendre une demi-heure plus tard. Après quoi j'emportai mon thé à l'étage pour me coiffer et me maquiller. Une fois prête, je sentis une bouffée de bonheur m'envahir.

J'imagine que c'est ce que l'on éprouve lorsqu'on fait une bonne action. Et qu'on aide quelqu'un.

Examinant mon reflet, je souris en pensant à ta joie à cet instant. J'aurais adoré qu'on me fasse ce genre de cadeaux quand Aaron était petit.

*Quelle chance tu as de m'avoir rencontrée.*

# 6

Quand j'arrivai à l'adresse indiquée, tu m'attendais dehors, sur le trottoir. Le cosy de Sullivan à la main, un sac en bandoulière. Je me garai dans le virage, juste devant ton minivan. Je descendis de voiture et vis que Sullivan dormait profondément. Les sangles qui le maintenaient fermement semblaient cisailler les plis de son cou. Sa tête était inclinée sur le côté, ses lèvres entrouvertes, ses paupières frémissantes.

— Il est magnifique, déclarai-je en me penchant pour relâcher les sangles.

— Merci.

De ta main libre, tu repoussas une mèche de cheveux de ta joue. Elle s'était échappée d'une tresse sur le côté. Tu portais un jean déchiré, un tee-shirt blanc et des mules. Je me sentais vieille et empâtée à côté de toi, avec mon jean large et mon pull à col roulé. Au moins, mes bottines brunes avaient un petit look jeune.

— Il a des cils immenses ! m'extasiai-je en admirant son teint de porcelaine. C'est sûrement un truc de garçon : Aaron avait les mêmes.

Tu ris.

— Ouais, c'est pas juste. Je dois porter des faux pour en avoir d'aussi longs.

Je n'avais jamais porté de faux cils, mais je hochai la tête et arborai un sourire de connivence. Avant de me demander si j'avais mis du mascara aujourd'hui.

J'ouvris la portière arrière et déclarai :

— Je te laisse l'installer.

Je n'étais pas sûre de connaître les nouvelles règles de sécurité pour le transport des enfants. Elles changeaient tout le temps.

— Bien sûr.

Après avoir déposé le cosy sur la banquette, tu te penchas à l'intérieur.

J'observai à la dérobée la maison blanche avec le porche et les grandes fenêtres.

— Ta maison est magnifique.

Soudain, une femme âgée apparut à la fenêtre. Elle me fit un signe de la main.

— Tu vis avec tes parents ? demandai-je, surprise.

— Oh, non, répondis-tu en te redressant avant de refermer la portière. C'est Ella, la propriétaire de mon appartement.

— Ton appartement ?

— Ouais, j'habite dans le petit pavillon derrière la maison. J'imagine que c'est un genre de maison d'hôte.

— Ah, d'accord.

*Je comprends mieux.* Je me demandais comment une fille de cet âge pouvait s'offrir une si belle maison à Old Folsom.

— C'est super. Tu t'y sens bien ?

— Oh, oui, c'est sympa. Et Ella est vraiment top.

Je jetai un nouveau coup d'œil à la fenêtre, mais la vieille dame avait disparu. Comme un fantôme. La brise me fit frissonner. Quelques feuilles glissèrent sur le trottoir, telles de minuscules araignées.

Je me frottai les bras et me mis rapidement au volant. Sullivan s'agita dans son cosy. Une fois installée sur le siège passager, tu lui tendis un jouet qu'il mit aussitôt à la bouche. On entendait des bruits de succion.

— Merci pour ta proposition, me dis-tu sur le chemin du salon. Je ne me rappelle pas la dernière fois que j'ai fait une manucure.

— Quand Aaron était petit, je n'avais jamais le temps non plus.

— Ouais, je n'aime pas trop le laisser. Mais parfois, on a besoin d'une pause, hein ?

Tu me regardas d'un air anxieux, comme pour obtenir confirmation.

Mais je n'étais pas sûre de pouvoir te la donner. La première fois que j'avais quitté Aaron, il avait neuf ans, et c'était sur l'insistance de Raf. Et encore, je ne l'avais pas confié à une baby-sitter : il était sous la garde des parents de Rafael. Malgré tout, j'avais passé la soirée à m'inquiéter pour lui.

— Tu as de la famille dans le coin ? Des gens pour t'aider ?

*Un partenaire ou un petit ami peut-être ?* Cette question me taraudait, mais je ne pus me résoudre à la poser. Nous venions de nous rencontrer et je ne voulais pas paraître indiscrète.

— *Nope.*

Ton regard erra par la fenêtre. Je ne voyais pas ton expression, mais ta voix semblait un peu triste.

Te savoir seule avec ton fils dans une ville inconnue me faisait de la peine.

— Qu'est-ce qui t'a amenée ici ? Ton travail ?

Tu secouas la tête.

— Je ne travaille pas en ce moment. Je me concentre sur mon fils.

J'avais tant de questions à te poser. Mon cerveau turbinait si vite qu'il me faisait penser à ces grands manèges de fête foraine qui donnent envie de vomir. Mais avant de pouvoir en apprendre davantage, nous étions arrivées à destination. J'avais à peine coupé le moteur que tu jaillis de la voiture.

Si ce n'était pas absurde, je dirais que tu cherchais à t'échapper.

*

Mon ventre se noua quand tu me montras le vernis rouge que tu avais choisi pour tes ongles. Je tentai de te faire d'autres suggestions. Une french manucure. Une teinte plus douce, un rose perle ? Mais non, tu voulais du vermillon.

Et ça me rappelait ce stupide body.

J'observai mes ongles à la dérobée. J'avais opté pour la couleur pêche.

Sullivan n'était toujours pas réveillé. Je trouvais étrange qu'il dorme aussi longtemps dans la matinée, mais tu m'assuras que c'était dans ses habitudes. Je ne me rappelais pas les horaires de sieste d'Aaron à cet âge. Seulement que je l'emmenais partout – dans les magasins, les restaurants, en balade – et qu'il somnolait presque tout le temps.

Quand Sullivan s'étira, je me penchai vers lui. Enfin. J'attendais son réveil depuis un bon moment. J'avais tellement envie de le toucher que mes doigts étaient fébriles. Mes bras me suppliaient presque de serrer son petit corps tendre contre moi.

Ses paupières s'ouvrirent et ses yeux se posèrent sur moi quelques secondes. Puis il laissa échapper un petit cri et son visage se froissa. La patience n'était pas ma qualité première.

— Est-ce que je peux le prendre ?

— Bien sûr, répondis-tu, sans lui accorder un regard.

Je détachai Sullivan de son cosy. Avant même de le soulever, je sentis le poids de ce petit être contre moi. Le manque était puissant. Douloureux.

Il ne se délita que lorsque Sullivan reposa contre ma poitrine, la tête sur mon épaule. Je le berçai doucement, ma main sous ses fesses, comme je le faisais avec Aaron. Il s'apaisa aussitôt.

Mon corps se réchauffait peu à peu.

*J'ai toujours la main.*

Comme je captai sa fragrance lactée, mes membres se détendirent. Cette odeur avait un effet euphorisant, telle une drogue. Elle couvrait la forte émanation du vernis et du dissolvant. Je fermai les yeux pour m'imprégner de Sullivan. Baissant la tête, mon nez effleura sa peau lisse et douce.

Il se mit à gémir et à gesticuler.

— Chuuut, murmurai-je en le faisant doucement rebondir, sans succès cette fois-ci. Kelly, tu crois qu'il a faim ?

Tu jetas un coup d'œil par-dessus ton épaule.

— Sûrement. Il y a un biberon et du lait en poudre dans son sac.

*Du lait en poudre ?*

— Tu ne l'allaites pas ?

Mon Dieu, on aurait dit une de ces femmes moralisatrices et pudibondes dont Christine et moi aimions nous moquer.

— Non, répliquas-tu sans me donner la moindre explication.

Une partie de moi était révulsée. J'avais allaité Aaron pendant un an parce que c'était bon pour sa santé. Mais une autre partie enviait ton assurance. Tu n'éprouvais pas le besoin de défendre ta position. De m'expliquer en long et en large pourquoi tu avais décidé de ne pas l'allaiter, comme si ce n'était pas mes affaires. À dire vrai, je n'avais pas aimé l'expérience, contrairement à certaines femmes. C'était très désagréable. À maintes reprises, j'avais souhaité arrêter, mais lorsque je m'en étais ouverte à ma mère, sa réaction m'avait culpabilisée. Je n'oublierais jamais son expression horrifiée. Pourtant, je m'étais montrée honnête. Je lui avais raconté que mes seins étaient si engorgés que plus aucun chemisier ne m'allait. Et j'avais terriblement mal au dos.

*« Tu as toujours été si égoïste, Kelly », m'avait-elle répondu froidement, l'air navré.*

Je n'avais jamais eu la confiance que tu affichais.

— Oh, d'accord, eh bien…

J'avisai le sac à langer. Comment préparer un biberon ici ? Mon regard balaya la pièce. Il y avait un lavabo dans le fond. Mais je me voyais mal tenir le bébé d'une main et préparer le biberon de l'autre. Cela faisait bien longtemps que je ne m'étais pas retrouvée dans une situation pareille.

Les pleurs de Sullivan s'intensifiaient. Le maintenant contre ma poitrine, je fouillai le sac de ma main libre. Mes doigts rencontrèrent un paquet de lingettes, des clés, des couches. Mais où étaient le lait en poudre et le biberon ?

— Terminé ! annonças-tu en te levant.

Dieu merci, tu avais choisi une manucure permanente ! Le vernis normal aurait mis une éternité à sécher.

Soulagée, je te rendis ton fils.

Tandis que tu le prenais dans tes bras, mon regard tomba sur tes ongles laqués. Les taches rouges sur la barboteuse blanche de Sullivan étaient de la même teinte que cette lingerie ridicule qui m'avait entaillé la peau.

# 7

Après le salon de beauté, je décidai d'aller déjeuner avec toi, et je me garai sur le parking d'un café sans te demander ton avis. Il était 12 h 30, et tu avais sûrement faim.

Mais tes sourcils se froncèrent.

— Qu'est-ce qu'on fait ?

— Oh, j'ai pensé qu'on pourrait manger un morceau.

Tu te mordis la lèvre et jetas un coup d'œil à Sullivan sur la banquette arrière.

— Euh, en fait, je n'ai pas très faim. J'ai pris mon petit déjeuner tard.

Moi, j'étais affamée. Je n'avais rien avalé ce matin, en dehors d'une tasse de thé. Et mon réfrigérateur était pratiquement vide.

— Tu peux prendre juste une entrée ou une salade. Ma copine Christine est une adepte de l'alimentation saine. Parfois, elle ne prend qu'un jus de légumes détox en guise de repas, ajoutai-je avec un clin d'œil. C'est histoire d'avoir de la compagnie.

Tu hochas la tête et m'adressas ce qui ressemblait à un sourire forcé.

— Ouais, mais… tu vois, c'est bientôt l'heure de la sieste de Sullivan.

Ton regard se reporta sur la vitre, comme si tu cherchais une échappatoire.

Pourquoi étais-tu si pressée de rentrer chez toi tout à coup ? On avait passé un bon moment et j'avais l'impression qu'on créait des liens. De plus, l'idée de rentrer dans ma grande maison vide me déprimait. Quand je t'avais contactée, je pensais passer toute la journée avec toi. Je t'avais offert la manucure. Te joindre à moi pour le déjeuner, était-ce vraiment trop demander ?

C'est alors que je te vis fouiller ton sac et en extraire un vieux portefeuille élimé.

Il me fit penser à celui que je possédais les premières années de mon mariage. Nous étions jeunes et pauvres, alors on achetait des couches et du lait en poudre avant le reste.

— Je t'invite à déjeuner !

Ton visage se détendit légèrement.

— Tu es sûre ?

Je hochai la tête.

— Absolument.

Tu hésitas une seconde avant de répondre :

— D'accord.

Mon estomac se décontracta. Le sourire aux lèvres, j'entrai dans le restaurant et demandai à la serveuse une table en terrasse. La matinée avait été fraîche, mais à présent l'air se réchauffait, annonçant une journée parfaite. Et la terrasse était presque déserte. Ce serait plus agréable pour toi ; tu n'aurais pas à t'inquiéter si Sullivan se montrait bruyant. Nous commandâmes toutes deux un sandwich. J'étais ravie d'avoir enfin une amie qui mangeait autre chose que de la salade. Sullivan se mit à chouiner. Je proposai de le prendre sur mes genoux et tu me le confias avec reconnaissance.

— Il est grincheux ces derniers temps, soupiras-tu. Je ne sais pas ce qu'il a.

— Tu en as parlé au pédiatre la semaine dernière ?

Je calai Sullivan contre mon épaule. Sa main reposait sur mon bras et ses petits doigts chatouillaient ma peau sous le tissu fin de mon chemisier.

Hochement de tête.

— Oui, mais il n'a pas su me donner une explication. Juste que les bébés pleurent.

— Bah, il a raison.

Je fis doucement rebondir Sullivan sur mes genoux, comme je l'avais fait dans le salon de beauté. Cela eut le même effet. Il se mit à rire.

— Aaron pleurait beaucoup ?

Je réfléchis une minute. On ne m'avait pas posé de questions sur mon fils depuis longtemps.

— Eh bien, il ne souffrait pas de coliques, par exemple, mais il gémissait dès qu'il avait besoin de quelque chose. Lorsqu'il voulait être changé, nourri ou bercé.

Tu éclatas de rire.

— Sullivan veut tout le temps être dans les bras.

— C'était pareil pour Aaron. Mais, crois-moi, un jour, tu rêveras de câliner à nouveau ton petit garçon, et ce sera trop tard. (Je te fis un clin d'œil.) Alors profites-en au maximum.

— Tout le monde me répète ça, mais en ce moment, le temps passe à la vitesse de l'escargot. C'est déjà difficile de dormir une nuit entière sans être réveillée, alors l'imaginer adulte...

Cela paraissait évident après coup, mais il m'était impossible de t'expliquer ma vision des choses.

— Je comprends. J'avais la même sensation quand Aaron était tout petit. Pourtant, j'ai l'impression que c'était hier.

Sullivan frotta son visage contre mon épaule. Je sentis de l'humidité sur mon chemisier. J'avais oublié combien les bébés bavaient.

Une lueur de doute traversa ton regard.

— Hier... J'ai l'impression que c'était il y a une éternité.

Je ris. La serveuse apporta nos assiettes au même moment. Pour une fille qui n'avait pas faim, tu mangeais de bon appétit ! Après avoir englouti la moitié de ton sandwich, tu parus te rappeler notre présence et levas les yeux. Mais je te comprenais. Après la naissance d'Aaron, je disais souvent en plaisantant que j'avais oublié le plaisir d'un repas chaud.

— Oh, désolée ! (Tes joues se piquetèrent de points roses.) Tu veux que je le prenne ?

— Jamais de la vie ! répondis-je d'un air faussement outré.

— Tu es un ange. Un peu comme ma marraine la fée, ajoutas-tu avant de mordre à pleines dents dans ton sandwich. Sauf qu'au lieu de me transformer en citrouille à minuit je vais redevenir une simple mère de famille. Oh, suis-je bête ! C'est ce que je suis tout le temps.

Tu laissas échapper un petit ricanement amer, avant de prendre une nouvelle bouchée.

*Ah*. Alors le papa n'était pas dans les parages.

Je piochai une frite et la savourai. Sullivan gloussa en battant des pieds. Je touchai ses minuscules orteils, me délectant de la douceur de sa peau.

— Ça doit être dur, hein ? tentai-je. De l'élever seule ?

Tu terminas ton morceau de sandwich. Mon estomac gargouilla. Pourvu que tu ne le remarques pas ! Je voulais tellement garder Sullivan contre moi que je n'avais plus du tout envie de manger.

— Bien plus dur que je ne l'imaginais. (Tu t'essuyas la bouche avec une serviette en papier.) Tu sais, avant la naissance de Sullivan, j'ai pensé à le faire adopter. Je n'étais pas sûre de pouvoir m'en sortir seule.

Mes entrailles se nouèrent. Je resserrai mon étreinte sur le bébé. Qu'est-ce que tu racontais ?

— Et tu regrettes de ne pas l'avoir fait ?

— Non, bien sûr que non !

Ta véhémence me procura un soulagement immédiat.

— Je ne regrette pas ma décision... Seulement, j'aurais aimé avoir quelqu'un pour m'aider.

Quand ton regard croisa le mien, je souris. *Ma mission est claire.*

— Eh bien, je suis là.

Un borborygme sonore s'échappa de la couche de Sullivan, suivi d'une forte puanteur. Une chaleur se diffusa dans ma paume, sous les fesses du bébé. Je fronçai le nez et détournai la tête.

— Oh, merde ! (Tu bondis de ton siège et l'arrachas de mes bras.) Je vais le changer. Désolée.

— Pas de souci.

Je balayai ton excuse, puis inspectai mon chemisier, mes genoux et mes mains pour m'assurer qu'ils n'étaient pas souillés.

— Ça arrive... Un jour, Aaron avait à peu près l'âge de Sullivan, on était à Disneyland et...

Mes mots résonnèrent dans le vide. Tu te dirigeais déjà vers les toilettes, Sullivan dans un bras, le sac à langer dans l'autre. Il pleurait à présent, et je comprenais pourquoi. Ce n'était pas très agréable.

Après ton départ, je me penchai pour plonger la main dans mon sac. L'odeur de la couche sale persistait. Retenant mon souffle, j'extirpai ma lotion antibactérienne pour m'en frotter les mains.

Quand je me relevai, je vis Christine marcher à grands pas sur le trottoir, un sac de provisions à la main. Elle portait d'immenses lunettes de soleil et un chapeau noir qui contrastait avec ses cheveux blonds, un chemisier noir et un jean slim. Lorsqu'elle croisa mon regard, ses yeux s'écarquillèrent. Je lui fis signe et elle se dirigea vers moi.

— Kelly ? lança-t-elle en jetant un coup d'œil à mon assiette. Que fais-tu ici ?

Je trouvais cela évident, mais répondis malgré tout :

— Je déjeune.

— Seule ?

— En fait, je déjeune avec l'autre Kelly Medina, précisai-je d'un air pincé.

Christine haussa les sourcils et examina la table.

— Où est-elle ?

— Oh ! fis-je en regardant vers le restaurant. (Où étais-tu passée ?) Elle change la couche de son fils. Je suis sûre qu'elle sera là dans une minute.

— Où est son assiette ? s'enquit Christine.

Je contemplai ta place vide. Euh. Ton assiette avait disparu. Je n'avais même pas remarqué que la serveuse était venue la reprendre. Sans doute pendant que je me lavais les mains avec le gel.

— Elle avait terminé.

— Mais tu n'as pas touché à ton sandwich.

— C'est parce que je tenais Sullivan. Tu sais comment c'est quand on a un petit. Impossible de manger tranquillement. Alors je lui ai donné un coup de main.

De nouveau, cette expression apitoyée. Celle que ma mère affichait quand je lui soutenais que Lola était assise à table avec nous. Son regard parcourut le restaurant et sa poitrine se souleva, avant de laisser échapper un profond soupir.

Elle se mordit la lèvre, puis consulta rapidement sa montre.

— Maddie a rendez-vous chez le médecin dans une demi-heure, mais c'est un simple contrôle. Je peux le reporter et rester avec toi si tu veux.

— Pour quoi faire ? répondis-je en riant. Je vais très bien. Je déjeune juste avec une amie.

— Et son bébé, ajouta Christine en hochant lentement la tête.

J'entendis la porte du restaurant s'ouvrir. Remplie d'espoir, je me tournai vers la porte. C'était un serveur. Il se rendit à une table toute proche et la nettoya avec un torchon. Christine soupira de nouveau.

— Kelly revient dans une petite minute, lui assurai-je.

Dans ses yeux, je lus une lueur de désespoir.

L'émotion me gagna.

— *Elle est juste là, maman. Tu ne la vois pas ?*

79

— *Non, Kelly. Je ne la vois pas parce qu'elle n'existe pas.*

— Bon, eh bien, j'imagine que tu n'as pas besoin de moi, lança Christine avec un sourire forcé. Je ferais bien d'aller chercher Maddie alors.

— *Si, elle existe, maman ! m'écriai-je en me levant d'un bond.*

— *D'accord, d'accord. Calme-toi. (Ma mère m'agrippa le bras.) Bon, oui, je la vois maintenant. Bonjour, Lola.*

*Je fronçai les sourcils. Elle regardait dans la mauvaise direction.*

La tristesse me submergea. La porte du restaurant restait fermée.

— Attends une minute. Je voudrais te présenter Kelly.

— Désolée, Kel, je dois vraiment y aller.

— Elle ne va pas tarder, je t'assure.

*Mais qu'est-ce que tu fabriques ?*

— Je suis en retard. (Christine m'effleura le bras.) Je t'appelle plus tard, d'accord ?

— D'accord.

Je hochai la tête tandis que sa main délaissait mon bras. Avec un soupir, je la regardai s'éloigner.

— *Maman, Lola n'est pas là. Elle est juste ici.*

*Je pointai ma droite, où Lola se tenait en pull rouge et jupe rayée. Quand je la montrai du doigt, elle adressa un grand sourire à maman. Je gloussai.*

— *Bien sûr, pardon. Bonjour, Lola, répéta-t-elle en tendant le bras.*

— *Ma-man ! hoquetai-je. Tu l'as frappée au visage !*

— *Oh, bon sang ! lâcha maman en levant les bras. J'abandonne.*

— Désolée d'avoir mis aussi longtemps. (Ta voix me fit tressaillir.) Monsieur J'ai-la-bougeotte ne m'a pas facilité la tâche.

Je tournai la tête à la recherche de Christine. Mince, elle était déjà loin. Trop tard pour la rattraper.

— Tout va bien ?

— Oui, dis-je en me retournant vers toi. Je viens de voir une de mes amies.

Mon estomac émit un gargouillement.

— Tu n'as pas encore touché à ton sandwich, me fis-tu remarquer.

— Non, en effet.

Je saisis mon sandwich en souriant. Nous étions seules en terrasse. C'était une belle journée. Pourtant, bizarrement, personne ne s'était installé dehors.

Je me penchai pour mordre dans mon pain. La chaise craqua sous moi. Sullivan était calme à présent. Plus de pleurs ni d'agitation. Il était étonnamment silencieux, presque comme s'il était seul.

— *Pourquoi joues-tu dehors toute seule ? demanda papa.*

— *Je ne suis pas seule. Je suis avec Lola.*

*Il examina les environs.*

— *Où est-elle ? Je ne la vois pas.*

— *Ah non ?*

*Je regardai Lola, assise en tailleur dans l'herbe. Pourquoi étais-je la seule à la voir ?*

# 8

Ma mère n'était pas une grande cuisinière. Lorsque j'avais épousé Rafael, je pouvais préparer des plats simples, comme des tacos, des spaghettis, des lasagnes, du poulet rôti. Rien de très élaboré. Toutes les sauces venaient de boîtes ou de bocaux, toutes les pâtes de sachets.

La mère de Rafael, en revanche, était un cordon-bleu. Même aujourd'hui, mes talents culinaires n'étaient rien comparés à ceux de Carmen Medina – ce que mon mari ne cessait de me rappeler. Carmen avait passé des heures en cuisine avec moi pour tenter de m'apprendre les précieuses recettes familiales. Contrairement à Rafael, elle ne m'avait jamais donné le sentiment d'être stupide quand je faisais brûler une tortilla ou gâchais des *tamales*. Carmen avait beau être un formidable mentor, je ne maîtrisais qu'une seule de ses spécialités – sa sauce enchilada maison.

Au fil des années, les enchiladas au poulet de Carmen sont devenues une tradition chez nous. Telle une mécanique bien huilée, j'en préparais une montagne le premier jour de la pluie automnale. L'été, Rafael adorait les grillades, mais les jours pluvieux, on appréciait tous la nourriture roborative. Un plat chaud qui sortait du four.

Ainsi, à mon réveil ce matin, lorsque j'entendis le clapotis sur le toit, je descendis aussitôt et fourrageai dans les placards de la cuisine. Je fus surprise d'avoir sous la main presque tous les ingrédients, alors que je ne m'attendais pas à préparer des enchiladas aussi tôt dans la saison. D'habitude, la pluie attendait l'hiver. Et même alors, ce n'était souvent qu'une bruine. Dans notre région, les étés secs étaient plus fréquents que les hivers pluvieux.

Une fois douchée et habillée, je me rendis au supermarché pour acheter les produits manquants.

Un peu plus tard, je me trouvais pieds nus dans la cuisine, à remuer ma sauce maison pendant que l'averse martelait les vitres. Aaron et Rafael ne seraient pas à la maison ce soir pour savourer mon œuvre, mais cela ne refroidissait pas mes ardeurs.

Je leur avais tout de même envoyé un SMS à tous les deux, pour leur dire que j'aurais aimé qu'on partage ce dîner.

Rafael m'avait répondu avec une émoticône triste.

Penchée sur ma casserole, je respirai une bouffée de la mixture au piment rouge et laissai la nostalgie m'envahir. La maison n'était plus silencieuse. Elle s'emplit des bruits de ma famille. Les babillements d'Aaron qui jouait par terre près de moi et le vacarme du match que Rafael regardait à la télévision, affalé sur le canapé, les pieds sur la table basse.

Le bouillonnement de la sauce me ramena au présent. À ma maison vide et au martèlement régulier des gouttes sur le toit.

*Non,* mija, *il faut continuer à tourner.* La voix de Carmen s'invita dans ma tête.

Baissant le feu, je remuai doucement la sauce pour l'empêcher d'attacher au fond de la casserole. Elle dégageait une légère odeur de brûlé. Si Rafael avait été là, je l'aurais sûrement jetée dans l'évier avant de tout recommencer.

Carmen ne laissait jamais brûler sa sauce.

Tout en tournant la cuillère en bois, mes pensées s'envolèrent vers toi. Ta mère était-elle une bonne cuisinière ?

T'avait-elle passé la main ? Je ne savais rien sur tes parents, sinon qu'ils n'habitaient pas ici. Nous n'avions pas parlé d'eux l'autre jour.

En réalité, nous n'avions pas discuté de grand-chose. Je ne savais toujours pas où se trouvait le père de Sullivan, ni pourquoi tu avais emménagé à Folsom.

Mon portable émit un *ping*, signalant l'arrivée d'un SMS. Inquiète à l'idée d'abandonner ma sauce plus d'une seconde, je le récupérai rapidement sur l'îlot central et revins à ma préparation. De ma main libre, j'ouvris le message.

Il venait de Christine.

Salut. Qu'est-ce que tu fais ?

Des enchiladas.

J'arrive !

En temps normal, j'aurais pensé à une blague, mais Christine se montrait si protectrice ces derniers temps que je n'en étais pas sûre. À vrai dire, ce ne serait pas si mal qu'elle se joigne à moi. J'avais cuisiné deux plats entiers. Je ne pourrais jamais tout manger !

Mon doigt hésita au-dessus du clavier, prêt à inviter Christine. Mais une autre voix dans ma tête arrêta mon geste.

*J'aurais aimé avoir quelqu'un pour m'aider.*

Indécise, je contemplai le ciel sombre et menaçant. Le vent était si violent que l'arbre de la cour ployait étrangement, ses feuilles comme arrachées et emportées par des mains invisibles.

Je vous imaginais, Sullivan et toi, blottis dans la petite maison d'hôte aux cloisons fines. En général, ces petits pavillons ne disposaient pas du chauffage central. Quel confort pouvait bien posséder un tel endroit ?

Aviez-vous froid ? Sullivan avait-il peur de la tempête ?

Aaron détestait les orages. Il se mettait toujours à gémir, surtout quand il entendait le tonnerre.

— Mon Dieu, pas étonnant qu'il n'arrête pas de râler ! lança Rafael avec une frustration évidente. Je pleurerais aussi si tu me cassais les oreilles comme ça.

Je serrai Aaron contre ma poitrine pour le protéger du fracas du tonnerre.

— Qu'est-ce que tu racontes ? Je croyais que tu aimais ma voix. C'est ce que tu me disais quand on chantait ensemble dans le chœur.

Lâchant un ricanement, il haussa les épaules.

— Évidemment, je voulais te mettre dans mon lit !

— Quoi ?

Cette révélation me fit l'effet d'une gifle. Nous nous étions rencontrés à la chorale. Je me rappelais parfaitement ses premiers mots : « Tu as une voix magnifique. »

— Bah, tu te doutais bien que c'était du flan.

— Non, répondis-je sincèrement.

Aaron sanglotait toujours dans mes bras. Je le berçais, mais il pleurait depuis des heures. J'avais tout essayé. Parfois, mon fredonnement l'apaisait, même si apparemment, je chantais comme une casserole.

— Bon, donne-le-moi, grogna Rafael en tendant les mains.

Je lui confiai son fils à contrecœur.

— Alors tu m'as menti ?

— Ce n'était pas un mensonge. Juste un moyen d'engager la conversation.

Il se mit à bercer Aaron comme je venais de le faire. Si je n'avais pu l'apaiser, qu'est-ce qui lui faisait croire qu'il y parviendrait ? Mon cœur se serra.

— Ben oui, je participais à la chorale pour rencontrer des filles.

Une onde brûlante remonta le long de ma colonne vertébrale.

— Des filles ? Au pluriel ?

Il m'adressa un sourire d'excuse.

— *C'est avec toi que je suis marié, non ?*

*Reculant d'un pas, je croisai les bras.*

— *Tu n'as pas répondu à ma question.*

— *C'est vrai, Jeans et moi, on devait choisir un cours facultatif et on a pris le chant pour rencontrer des nanas.*

*Jeans était son meilleur ami au lycée. Il avait hérité de ce surnom parce qu'il portait toujours un jean super serré qui, un jour, à la pause déjeuner, s'était déchiré au niveau des fesses.*

— *Mais dès que je t'ai vue, les autres ne m'ont plus inté- ressé. Tu étais la plus belle de la classe.*

*Il savait choisir les mots justes. C'est en partie pour cela que je suis tombée amoureuse de lui. Il me couvrait de com- pliments. « Tu es la plus jolie. La meilleure. »*

*Mais aujourd'hui, je n'étais plus sûre de le croire.*

— *Écoute ! s'exclama-t-il avec un sourire triomphal. J'ai réussi à le calmer !*

— *Comment tu as fait ?*

— *Je ne sais pas. J'imagine que je suis Super Papa !*

— *Ouais, sûrement, marmonnai-je, à la fois irritée et reconnaissante.*

*Un sentiment qui deviendrait familier au fil du temps.*

Mon téléphone émit un nouveau *ping*. Encore Christine. Je me sentis un peu coupable de ne pas l'inviter. Elle était ma meilleure amie, mais elle n'avait pas autant besoin de moi que toi. Sa maison était pleine de monde. Ses enfants vivaient toujours avec elle et son mari rentrait tous les soirs.

J'envoyai à Christine un émoticone souriant, espérant qu'elle comprendrait le message. Puis je reposai mon téléphone.

Animée d'un nouveau but, je sortis deux grands plats du placard et m'employai à rouler les tortillas de maïs.

Une heure plus tard, toute la maison embaumait le fro- mage fondu et la sauce tomate. Je sortis les plats fumants du four et les posai sur le comptoir pour les laisser refroidir. Puis je grimpai à l'étage pour changer mon haut maculé de taches rouges.

Après avoir revêtu des vêtements chauds, j'emportai mon plat encore tiède dans la voiture et m'installai au volant. Heureusement, j'avais eu la bonne idée de la mettre à l'abri la veille au soir. Tandis que je quittais le garage, une bourrasque balaya le pare-brise et la pluie cribla le toit.

Un éclair zébra le ciel bleu foncé. Je refermai les pans de ma veste avant de reculer dans l'allée. L'habitacle se réchauffait lentement. Un frisson me parcourut l'échine. Aucun de mes voisins ne s'était aventuré dehors. Derrière les fenêtres, j'apercevais des mères de famille dînant ou regardant la télé avec leurs enfants.

Une boule inattendue se forma dans ma gorge. Déglutissant péniblement, je reportai mon attention sur la route. Les essuie-glaces grinçaient. Je plissai les yeux pour voir à travers le rideau de pluie sur le pare-brise.

Il n'était pas très tard, mais le ciel était si obscur qu'on se serait cru au milieu de la nuit. Une partie de moi regrettait de ne pas être restée à la maison, bien au chaud sous une couverture dans le canapé.

Puis je pensai à Sullivan, seul et abandonné à l'autre bout de la ville, et j'enfonçai l'accélérateur. Mes pneus patinèrent et ma voiture fit une embardée sur la gauche. Réprimant un hoquet, je redressai le volant et ralentis l'allure.

Dans le virage, une paire de phares fonça droit sur moi.

*Bon sang, mon vieux, éteins tes feux de route !*

Je fus soulagée lorsqu'il me croisa. Même si, à présent, je voyais des points blancs. *Super.*

Tendant la main vers le siège passager, je vérifiai que mon plat n'avait pas glissé. Si je pouvais éviter de mettre de la sauce partout sur mes jolis sièges en cuir ! Cette voiture n'était plus tout à fait neuve. Je l'avais achetée

lorsque Aaron avait obtenu son permis, pour lui donner mon ancien véhicule. Cela semblait logique qu'il le
conduise. Après tout, c'était lui qui avait taché le cuir de
jus de raisin et griffonné sur les sièges avec un marqueur
indélébile.

À l'approche de ton quartier, je surveillai les noms des
rues. Je connaissais mal cette partie de la ville : la plupart
de mes amis habitaient dans Empire Ranch et ses environs.
Les amis d'Aaron vivaient tous près du lycée.

Enfin, je retrouvai ta rue.

Les maisons avaient chacune un style unique. C'était
magnifique. Quand j'étais plus jeune, je rêvais d'habiter
une demeure ancienne. Une bâtisse chargée d'histoire.
Mais Raf m'avait rappelé les problèmes que cela posait.
À commencer par le coût des travaux de rénovation.
Finalement, nous avions acheté une maison flambant
neuve.

Son histoire avait débuté avec nous.

Nos fantômes étaient les seuls à la hanter.

Je pensais reconnaître facilement la tienne. Je l'avais
attentivement observée pendant que tu sanglais Sullivan
dans son siège auto. Pourtant, je ne parvenais pas à la dif-
férencier des autres. Et, bien sûr, impossible de me rappeler
l'adresse exacte.

Une main sur le volant, je fouillai dans mon sac de l'autre
pour tenter de trouver mon téléphone. Dès que je parvins
à l'extraire, je l'allumai et fis défiler notre échange de SMS.
Il fallait que je remonte pas mal pour la retrouver… Ah !
Voilà !

Ton adresse était…

Un éclair m'aveugla et un klaxon furieux déchira mes
tympans. Mes pneus glissèrent sur l'asphalte tandis que
je perdais le contrôle du véhicule. Un hoquet m'étrangla.
Mon téléphone tomba à mes pieds. Agrippant le volant
à deux mains, je m'efforçai de corriger ma trajectoire.

La voiture qui m'avait klaxonnée s'éloignait déjà. Je n'avais pas vu le conducteur dans la pénombre, mais j'étais persuadée qu'il m'avait injuriée. Difficile de lui en vouloir. Quelle idée de consulter mon téléphone en conduisant ! Combien de fois avais-je mis Aaron en garde à ce sujet ?

Trop souvent.

Je me garai dans le virage. À l'arrêt, j'inspirai profondément pour calmer les battements effrénés de mon cœur.

*Les gyrophares rouge et bleu par la fenêtre.*

*La pluie qui martelait le toit comme un troupeau de cerfs.*

*Deux policiers sur le seuil.*

*— Madame Medina ?*

Secouant la tête, je me forçai à revenir au présent. Tout allait bien. Je saisis la poignée de la portière pour m'en assurer.

Une fois ma respiration calmée, je me penchai pour ramasser mon portable. Puis je consultai tes messages jusqu'à ce que je tombe sur ton adresse.

Mais j'avais beau plisser les yeux, je ne parvenais pas à déchiffrer le numéro de la maison en face de moi. Elle ressemblait à la tienne. Tu ne devais pas être bien loin. Le vent sifflait et gémissait comme un animal à l'agonie. Les feuilles cavalaient sur le pare-brise. Je me penchai pour étudier les bâtiments. Une lumière éclairait la cuisine de la maison sur ma gauche. Une femme âgée se tenait devant la fenêtre, ses bras bougeaient comme si elle faisait la vaisselle. Lorsqu'elle regarda dans ma direction, une bouffée d'euphorie m'envahit. Ella. Ta propriétaire !

*Ah ! Je t'ai débusquée.*

En sortant de la voiture, la violence du vent et de la pluie me surprit. Des mèches de cheveux vinrent masquer mes yeux et s'accrocher à ma bouche. Je les écartai vivement et me débattis pour ouvrir la portière côté passager. Prenant une grande inspiration, je saisis le plat d'enchiladas à deux mains. La chaleur s'insinua agréablement dans les manches de ma veste.

Inutile de mettre ma capuche. Le vent ne cessait de la rabattre, tel un enfant désespéré en manque d'attention. Le plat serré contre moi, je me dirigeai rapidement vers la demeure de la vieille dame. Elle n'était plus à sa fenêtre. La lumière, éteinte, créait l'illusion d'un vide à la place de la bâtisse. Je m'engageai dans l'allée sur le côté, éclairée par une faible lueur.

Quand j'atteignis la porte de la maison d'hôte, mes cheveux trempés gouttaient dans mon dos et je claquais des dents. La veste légère que je portais n'était pas suffisante pour ce froid. J'avais toujours été une Californienne dans l'âme. Rien ne m'avait préparée à des températures aussi basses.

En attendant que tu répondes à mes coups frappés à la porte, un frisson me parcourut. Un éclair déchira dans le ciel comme un feu d'artifice. Le tonnerre gronda, me faisant tressaillir. Je perçus des pleurs étouffés à l'intérieur.

*J'ai peur, maman. Aaron leva sur moi de grands yeux confiants. La lumière bleutée illuminait son teint de porcelaine. Les cheveux tout emmêlés, les yeux rougis de sommeil. Il portait son pyjama Spider-Man préféré.*

— Tout ira bien, lui soufflai-je en le serrant contre moi et en lui frottant gentiment la tête.

Les gémissements continuaient. Je frappai de nouveau.

En l'absence d'auvent, la pluie tombait dru sur moi. Je tirai ma capuche en espérant que cette fois, elle resterait en place.

— Kelly ! criai-je en donnant un nouveau coup à la porte.

Où étais-tu passée ?

À présent, Sullivan sanglotait. Bien sûr, tu étais avec lui. Quel genre de mère laisserait son bébé seul ?

La porte s'entrouvrit et ta tête apparut dans l'entrebâillement. Avec une mine effarée.

— Kelly ? Qu'est-ce que tu fais ici ?

Tes cheveux étaient plaqués sur ta tête et tes yeux injectés de sang, comme si tu venais de te réveiller. Sullivan pleurait toujours à l'intérieur.

*Pourquoi n'allais-tu pas le consoler ?*

Je soulevai le plat d'enchiladas, impatiente d'entrer et de voir Sullivan.

— J'ai apporté le dîner !

— Oh. (Ta bouche se figea.) Eh bien, euh… c'est gentil de ta part, mais je ne m'attendais pas à avoir de la compagnie ce soir.

— Je ne suis pas là pour te tenir compagnie, mais pour t'aider.

Perdant patience, je poussai la porte d'une main et m'introduisis à l'intérieur.

— Désolée, déclarai-je face à ton expression choquée. J'avais besoin de me mettre à l'abri. Tu devrais t'occuper de Sullivan.

— Oui. (Tu hochas la tête et fermas la porte.) Je vais le chercher. Et euh… Eh bien, fais comme chez toi.

Tu quittas rapidement la pièce.

Je comprenais maintenant pourquoi tu hésitais à me faire entrer. L'endroit était minuscule, la kitchenette dans un coin du salon. Des assiettes sales s'empilaient dans l'évier, des détritus parsemaient le plan de travail. Le sol était jonché de couvertures, de tétines et de biberons à moitié vides.

Plus surprenant encore : tu n'avais presque pas de mobilier. Juste quelques chaises pliantes et un petit écran plat posé sur ce qui ressemblait à une table de nuit. Des cartons s'alignaient le long du mur du fond, comme si tu n'avais pas encore tout déballé.

*Depuis combien de temps vis-tu ici ?*
*As-tu l'intention de rester ?*

Les murs étaient blancs et nus – pas une photo, pas une affiche.

Je m'approchai du coin cuisine, dégageai un peu d'espace sur le plan de travail pour déposer mon plat. Puis j'ôtai ma veste et la drapai sur le dossier d'une chaise pliante.

Tu réapparus avec Sullivan dans les bras. Ses pleurs avaient cessé. La pluie tambourinait le toit. Une odeur de serpillière sale flottait dans l'air. J'inspectai les murs, du sol au plafond, à la recherche de traces de moisissure.

Un enfant devrait grandir dans une maison saine.

Reportant mon attention sur le visage innocent de Sullivan, une sensation désagréable s'insinua dans mes entrailles.

— Désolée pour le bazar, déclaras-tu comme si tu lisais dans mes pensées. J'ai eu une dure journée.

Mon cœur s'adoucit en remarquant tes traits tirés.

— On essayait de dormir lorsque l'orage a éclaté.

Je hochai la tête, regrettant de t'avoir jugée si sévèrement.

— Je me rappelle que je dormais dès qu'Aaron faisait la sieste. Quand il était bébé, j'étais tout le temps éreintée.

Tu te mordis la langue.

— Être une mère célibataire est tellement plus compliqué que je le pensais.

Ta situation misérable me rappela la raison de ma présence.

— Eh bien, ce soir, tu as de l'aide. (Je désignai le plat.) J'ai cuisiné mes fameuses enchiladas. Tu pourrais me confier Sullivan et te préparer une assiette ?

— Vraiment ?

Tu m'observas un moment, le front plissé.

— Vraiment.

Un sourire éclaira ton visage et tes épaules se relâchèrent. Tu avais relevé tes cheveux en chignon. Dépourvue de maquillage, ta peau était lumineuse et tes joues toutes roses. On aurait dit une enfant.

— Tu es vraiment un ange.

Ravie, tu déposas Sullivan dans mes bras tendus et te penchas sur le comptoir.

Je saisis l'enfant avec un soupir de soulagement. Son corps tiède et mou. Son odeur sucrée. Tout m'enivrait.

Tandis que tu ouvrais le placard de la cuisine, je remarquai que tu ne possédais que peu de vaisselle. Tu te servis une portion d'enchiladas, et j'en profitai pour examiner ton espace de vie.

La lampe au coin de la pièce clignota.

— Tu as besoin de nouvelles ampoules ?

— Non, c'est bizarre. Les lampes font ça parfois. Peut-être à cause de la tempête.

— Oui, peut-être.

Cela se reproduisit. Je fronçai les sourcils.

*Ou peut-être que l'installation électrique était défectueuse et risquait de déclencher un incendie...*

— Depuis quand habites-tu ici ?

— Environ un mois.

Un mois suffisait largement pour déballer ses cartons et refaire la décoration.

— C'est drôle, on dirait que tu viens d'emménager, plaisantai-je.

— Ouais, j'étais tellement occupée avec Sullivan que je n'ai pas eu le temps de tout ranger, répondis-tu après avoir avalé une énorme bouchée.

Un peu de sauce tomate resta au coin de tes lèvres.

— Ah, c'est trop bon !

— Merci.

C'était un plaisir de te voir savourer ma cuisine. Même si je ne me sentais pas très à l'aise chez toi, c'était mille fois mieux que manger seule dans ma grande maison vide.

Je me mis à arpenter la pièce en faisant doucement rebondir Sullivan dans mes bras. Il frotta son visage contre mon épaule et mâchonna ses doigts avec des bruits de succion. Un filet de salive coula sur mon chemisier, se mêlant à l'eau de pluie. Mes cheveux étaient encore mouillés et le froid me pénétrait jusqu'aux os. L'un des cartons contre le mur dégorgeait de vêtements. Quand Rafael et moi avions emménagé, j'avais déballé mes vêtements en premier. Il n'était pas question que je parte à la pêche d'une tenue chaque matin.

— Je serais heureuse de t'aider à t'installer, suggérai-je.

— Oh, je ne peux pas te demander ça !

Tu avais parlé la bouche pleine, masquée par ta main.

— Tu ne me demandes rien. C'est moi qui te le propose.

Le tonnerre retentit et nous tressaillîmes en même temps. Sullivan chouina. Je le serrai contre moi.

— Tout va bien, le rassurai-je.

— J'étais comme lui, commentas-tu en regardant ton fils.

Ta fourchette était restée en suspens au-dessus de ton assiette à présent presque vide.

— Ma mère disait que, quand j'étais petite, je pleurais pendant toute la durée de la tempête.

— Aaron n'était pas fan non plus, commentai-je en caressant la tête de Sullivan.

— Et toi ? Tu avais peur de l'orage ?

— Je ne sais pas, répondis-je avec sincérité. Je n'en ai jamais vraiment parlé avec ma mère. On ne... On ne discutait pas beaucoup.

Pourquoi je te racontais ça ? Je ne faisais jamais allusion à mes parents. Avec personne. Prenant une grande inspiration, je me remis à marcher avec Sullivan dans les bras.

Je jetai un coup d'œil à la chambre, et mon cœur se serra.

Un unique matelas au milieu de la pièce, avec un vieux tapis de jeux dans un coin. Ce n'était pas une vie pour un bébé.

— Désolée, repris-tu avec compassion.

Mes entrailles se tordirent. Cela faisait bien longtemps que personne ne s'était intéressé à mes sentiments sans me juger.

Mes yeux se remplirent de larmes. Je déglutis et battis des paupières pour les chasser. J'étais là pour t'aider. Pas l'inverse.

— Bah, fis-je en balayant tes paroles d'un geste. Ta mère et toi, vous semblez proches.

J'allai à la pêche aux informations. Ta présence ici était troublante. Dans cette ville où tu ne connaissais personne. D'autant plus si tu t'entendais bien avec ta mère.

— Oui. On n'était que toutes les deux. Elle m'a élevée seule. Je n'ai jamais connu mon père. Mais elle est morte il y a cinq ans.

Une nouvelle fois, je me sentis stupide. Qu'est-ce qui me rendait si soupçonneuse ce soir ?

— Je suis sincèrement désolée.

Mon désir de te venir en aide se fit encore plus pressant. Tu étais seule au monde. Il n'était pas question que je t'abandonne.

— Je sais d'expérience combien c'est dur quand on n'a plus ses parents.

Tu hochas la tête, sourcils froncés. Pour tenter d'alléger l'atmosphère, je lançai :

— J'ai l'impression que notre nom n'est pas notre seul point commun.

— Ouais, tu as sûrement raison.

Tu m'adressas un sourire forcé avant de tendre les mains.

— Je peux reprendre Sullivan. Tu as mangé ?

— Non.

Je te le rendis. Lorsque tu l'eus dans tes bras, ton visage s'éclaira.

Tu l'aimais. C'était une évidence.

Mais il faut plus que de l'amour pour être une bonne mère.

# 9

Je n'avais pas mis les pieds dans un magasin de puéricul-
ture depuis des années. De quoi un bébé avait-il besoin ?
J'examinai les vastes allées – les parcs, les chaises hautes, les
lits parapluies – en cherchant à me rappeler ce que j'avais
acheté pour Aaron. Tout semblait différent. Désormais, tout
était électronique. Des caméras de surveillance et des jouets
intelligents avec connexion Bluetooth.

Je secouai la tête. C'était beaucoup trop sophistiqué.
Sullivan avait seulement besoin des basiques. Un berceau.
Une chaise haute. Des couvertures. Des couches. Des lingettes. Quoi d'autre ? Soudain, mon regard s'arrêta sur une
balancelle, je souris. Autrefois, Aaron passait des heures
dans la sienne. C'était la seule chose qu'il appréciait autant
que d'être dans mes bras. Cela m'avait octroyé un peu de
liberté – le temps de prendre une douche, faire la lessive,
arranger ma coiffure.

Ce matin, j'avais songé à t'appeler. M'assurer que tu voulais bien que j'achète quelques affaires pour ton fils. Mais
mieux valait te faire la surprise, non ?

Lorsque la vendeuse enregistra les affaires que j'avais
choisies, j'imaginai ton visage quand tu les recevrais chez
toi. Un gloussement m'échappa. Tu n'avais plus ta mère.
Tu étais seule. Et manifestement dans le besoin. Tu l'avais
dit toi-même.

*Tu as vraiment de la chance de m'avoir rencontrée,
Kelly.*

Quand Aaron était bébé, j'avais Rafael. Ses parents. Mes
amis.

97

Toi, tu n'avais personne.

Jusqu'à aujourd'hui.

Le sourire aux lèvres, je tendis ma carte de crédit à la vendeuse. Après l'avoir fait passer dans la machine, elle emballa le tout, à l'exception des plus gros achats. Ces derniers seraient livrés. Je pris note de la date et de l'heure de la livraison. Je comptais bien être présente : ton pavillon était difficile à repérer depuis la route.

Je quittai le magasin les bras lourdement chargés. Les poignées de mes multiples sacs me cisaillaient les doigts, dont les phalanges avaient blanchi. Je voulus les déplacer, en vain. Le souffle court, je finis par repérer mon véhicule, qui n'était pas très loin. Je forçai l'allure, impatiente.

À l'approche de ma voiture, je pressai le bouton de ma clé pour en ouvrir le coffre. Au moment où je me déchargeais de mes paquets, une voix s'éleva derrière moi.

— Kelly ?

Je fis volte-face. Susan se dirigeait rapidement vers moi, en jogging et veste de sport, les cheveux attachés en une queue-de-cheval qui oscillait tel un pendule. Son regard tomba sur les couches que je serrais contre mon flanc.

— Salut, Susan.

J'avais répondu d'une voix aussi gaie que possible, tout en regrettant de ne pas avoir quitté le magasin deux minutes plus tôt.

Susan faisait du yoga avec Christine et moi et, de temps à autre, on prenait un verre ensemble. Mais ce n'était pas arrivé depuis un bon moment. En fait, je ne lui avais pas parlé depuis plusieurs mois. Je déglutis tout en me remémorant notre dernier échange. Son œil apitoyé et son mouvement de recul, comme si la tragédie était contagieuse. Comme si elle redoutait de m'approcher et d'attraper la poisse à mon contact, une sorte de virus.

— Qu'est-ce que tu fais ?

— Des courses, répliquai-je avec une pointe d'agacement. *N'est-ce pas évident ?*

— Tu achètes des affaires de bébé ?

Elle observa discrètement l'intérieur de mon coffre, étudiant mes paquets d'un air soupçonneux. Puis elle baissa les yeux sur mon ventre.

— Tu n'es pas... ?

Ses paroles invoquèrent le souvenir de l'époque glorieuse où j'avais des papillons dans le ventre.

— Bien sûr que non. C'est pour une amie.

— Dis donc, tu as acheté beaucoup de choses !

Heureusement qu'elle n'avait pas vu le berceau, la balancelle et la chaise haute, songeai-je.

— Elle en a besoin, expliquai-je en te revoyant dans ton intérieur vide.

Susan ouvrit la bouche pour ajouter un commentaire, mais je l'interrompis :

— Bon, je dois te laisser. Transmets mon bonjour à toute la famille !

— Oui, toi aussi, répondit Susan en me faisant un petit signe de main avant de s'éloigner.

Elle n'avait même pas pris des nouvelles de Rafael. Cela ne me surprenait pas. Elle avait toujours été centrée sur sa petite personne. Pas grave. Je n'avais pas besoin d'elle. Tu étais mon but dans la vie à présent, Kelly.

Ton adresse maintenant bien mémorisée, le trajet me parut familier. Une fois garée dans le virage, je bondis de ma voiture. La brise fraîche charriait une odeur de terre mouillée. Le soleil était trompeur : bien que très haut dans le ciel – clair et lumineux –, il n'offrait aucune chaleur. Refermant les pans de ma veste, j'ouvris le coffre.

Chargée de toutes mes emplettes, j'empruntai l'allée en direction de la maison d'hôte. Une puissante senteur de marijuana emplit mes narines. Ça me rappela mes années de fac.

C'était drôle que Rafael soit devenu professeur, car lorsqu'on était à l'université ensemble, c'était lui le trouble-fête. Le fêtard. Le *bad boy*. Le joueur. Toutes mes copines m'avaient mise en garde à son sujet.

J'aurais sans doute dû les écouter.

Au plus profond de moi, je savais qu'elles avaient raison.

Mais Raf était magnétique. L'attraction qu'il exerçait sur moi était irrésistible. Dévorante. Même moi, je le sentais.

Je sondai les alentours en me demandant d'où provenaient ces émanations. Certainement pas de la maison de ta propriétaire. Un voisin peut-être ?

Plus je me rapprochai de chez toi, plus l'odeur était forte. Est-ce que cela venait de chez toi ? Non, impossible. Je secouai la tête. Tu étais une mère de famille responsable. J'étais convaincue que tu ne ferais jamais une chose pareille.

Puis, l'estomac noué, je pensai aux murs tristes, à la vaisselle empilée dans l'évier, aux vêtements éparpillés par terre, aux emballages vides et aux canettes de soda qui débordaient de la poubelle.

Posant les sacs à mes pieds, sur un tapis de feuilles mortes multicolores, je toquai à ta porte. Un chien aboyait dans le lointain. Une voiture fit crisser ses pneus sur l'asphalte. Une mélodie s'échappait par la fenêtre ouverte d'une maison plus bas dans la rue. C'était une chanson des années 1990 que je connaissais bien. Je me mis à fredonner, gagnée par une bouffée de nostalgie.

Lorsque ce sentiment s'évanouit, je regardai autour de moi.

*Où te cachais-tu ?*

Je m'approchai des volets pour essayer de voir quelque chose par les interstices. Mais je ne discernai rien.

Je frappai à nouveau. Sans succès. Je retournai dans la rue pour étudier les environs. Le van que tu conduisais le jour de notre rencontre était là. Tu étais donc chez toi.

*Alors pourquoi tu ne réponds pas ?*

À grands pas, je regagnai ton pavillon et fis une nouvelle tentative. Cette fois, je perçus du mouvement à l'intérieur. Mon pouls s'accéléra. La porte s'entrouvrit et un œil apparut dans l'entrebâillement, exactement comme la dernière fois.

C'était bizarre. Dans une ville où tu ne connaissais presque personne, pourquoi étais-tu si inquiète quand on frappait à ta porte ? Tu ne devais guère avoir de visites.

— Oh, Kelly, bonjour.

Ta voix était pâteuse, hésitante. Tu ne m'invitas pas à entrer. Tu gardais la porte entrebâillée, avec un seul œil visible.

Tu n'étais donc pas heureuse de me voir, Kelly ? Je pensais qu'on était amies. Que tu avais besoin de moi. Comment m'avais-tu appelée la dernière fois ? *Un ange.*

Alors pourquoi cette attitude aujourd'hui ?

— Je t'ai apporté des choses, annonçai-je avec entrain.

Pas question que ton comportement étrange me sape le moral.

Ton œil fixa les sacs à mes pieds. Était-ce mon imagination, ou était-il rouge ?

— Tu me fais entrer ? suggérai-je en ramassant mes paquets.

Une brève hésitation. L'inquiétude m'envahissait peu à peu, comme des mauvaises herbes dans un parterre de fleurs.

— D'accord, finis-tu par dire.

Pas vraiment avec le ton enjoué que j'espérais. Je décidai de ne pas en prendre ombrage.

— Laisse-moi juste le temps d'aller chercher Sullivan.

Sur ces mots, tu refermas la porte, me laissant plantée sur le seuil.

Tout cela semblait aberrant. Tu étais un mystère à mes yeux. Une étrangère surgie de nulle part. Notre nom en commun, c'était tout ce que je savais de toi. Cela ne faisait pas de nous des amies. Et cela ne faisait pas de toi une personne de confiance.

Le soupçon résonnait dans mon esprit, sombre et menaçant, tel un accord mineur.

Je m'apprêtais à tourner les talons lorsque la porte s'ouvrit en grand. Pourtant, je songeais toujours à m'en aller. Si je restais, c'était pour Sullivan. Tu l'avais calé sur ta hanche, son visage tourné vers moi. Il regardait autour de lui avec de grands yeux ronds, s'imprégnant de son environnement. À l'intérieur des sacs, les affaires de bébé attendaient.

C'était à propos de lui, pas de toi.

Levant soudain les yeux sur moi, Sullivan m'adressa un grand sourire, qui brisa ma résolution.

— Il est si éveillé, m'extasiai-je en entrant avec mes paquets.

L'endroit me parut encore plus misérable que la veille. Comment était-ce possible ?

— Ouais, il a été *éveillé* toute la nuit, lâchas-tu d'un ton las.

C'est alors que je remarquai tes yeux cernés et ton teint brouillé. Tu n'étais pas défoncée. Juste épuisée.

— Il t'a empêchée de dormir, hein ? C'est dur. C'était pareil avec Aaron. Je n'en pouvais plus.

— Ah oui ? Moi non plus.

Tu laissas échapper un rire désabusé, qui ressemblait davantage à un croassement.

Sans savoir si je pouvais te faire confiance, la mère en moi sentit une connexion avec toi. Je reposai mes sacs.

— Tiens, je vais le prendre.

Il était chaud. Doux. Parfait.

Tu contemplais les affaires d'un air ahuri. Ton expression – un mélange de tension et de naïveté – m'adoucit.

— Vas-y, regarde.

Tu t'accroupis et déchiras les paquets comme s'il s'agissait de cadeaux de Noël.

— Tu n'aurais pas dû !

Tu extirpas un pot de lait en poudre et une série de couvertures. Puis des couches et des grenouillères.

— Ça me fait plaisir, déclarai-je avec un grand sourire. En fait, ce n'est pas tout. Demain, à 14 heures, tu vas recevoir deux ou trois colis.

Je pensais que tu serais aux anges. Peut-être même que tu pousserais un cri de joie. Ou que tu me serrerais dans tes bras. Au lieu de quoi, ton visage se décomposa.

*Qu'est-ce qui ne va pas maintenant ?*

Mon Dieu, ça me rappelait la puberté d'Aaron. Un instant, il était euphorique, celui d'après, il sanglotait. Un soir, alors que des larmes de frustration roulaient sur ses joues, il s'était écrié : « Je ne sais même pas pourquoi je pleure ! »

*Les hormones sont de vraies garces.*

Mais tu n'étais plus une adolescente. Il était temps de grandir. De maîtriser tes sautes d'humeur.

— Kelly, je ne peux pas accepter tout ça, finis-tu par dire, les lèvres frémissantes.

— Pourquoi pas ?

— C'est trop.

— Non, pas du tout. J'ai envie de vous aider, Sullivan et toi. Je plantai mes yeux dans les siens. S'il te plaît. Laisse-moi faire.

— C'est juste que... c'est si gentil. Je... euh... eh bien... je ne mérite pas tout ça.

Tu t'approchas alors de moi et m'enlaças maladroitement, en faisant attention à Sullivan. J'inspirai une bouffée de ton parfum floral. Tes cheveux, sans doute.

Tu sentais bon. Bien. Le soulagement se diffusa dans ma poitrine.

Si la sonnette d'alarme ne s'était pas complètement tue, son signal avait diminué.

— Merci, murmuras-tu.

— Pas de quoi. Bon, pourquoi tu n'irais pas te reposer pendant que je m'occupe de Sullivan ? Ensuite, on pourra attaquer le rangement.

— Je n'ai pas vraiment besoin d'aide pour trier mes affaires. Je peux le faire moi-même.

— Voyons, ce sera plus rapide à deux.

Le regard rivé au sol, tu frottais nerveusement ton orteil sur le tapis. Le vernis bleu de tes ongles était légèrement écaillé sur les bords.

— C'est juste que j'ai plein d'affaires de ma mère et de ma grand-mère. Je veux m'en occuper moi-même.

— Ta grand-mère ?

C'était la première fois que tu la mentionnais.

Tes lèvres se mirent à trembler. Tu gardas les yeux baissés.

— J'ai vécu avec elle après la mort de ma mère. Elle est décédée il y a peu de temps.

*Oh, pauvre petite.*

Mon Dieu, j'étais en dessous de tout. Dire que je pensais du mal de toi il y a une minute. Tu étais si jeune. Et tu avais déjà perdu toutes les personnes qui comptaient pour toi.

Je connaissais ce sentiment.

La perte.

La solitude.

Je ne les connaissais que trop bien.

Nous avions une remise au fond du jardin. Pour un œil non exercé, elle était remplie de bric-à-brac – des cartons pleins de vieilles babioles. Alors que pour moi elle était magique, elle réunissait tous mes souvenirs au même endroit.

Les ornements de Noël de ma mère. Les vieux disques de mon père. Les livres de recettes de Carmen. Les albums photos de la famille de Rafael. Les interrogations écrites d'Aaron, les diplômes, les prix. Les couvertures et les vêtements de bébé. De vieux jouets.

J'avais passé des heures à fouiller dans ces cartons. Les discussions avec Carmen, les instants précieux partagés avec mon père, les rares moments heureux avec ma mère, l'enfance d'Aaron. Je ne voulais pas le faire en présence de Rafael. Il se serait sûrement moqué de mon émotion.

Je comprenais ton besoin de faire seule ce voyage dans le passé.

— Bien sûr. Je comprends.

Je berçais Sullivan dans mes bras, mais il se tortillait de plus en plus. Le soleil filtrait à travers les persiennes.

— Tu as une poussette ? (C'était le seul élément que je n'avais pas songé à acheter.) Il fait si beau dehors, on pourrait emmener Sullivan en balade.

— Ouais, j'en ai une. (Tu désignas du doigt la poussette pliante contre le mur.) Mais je n'ai pas envie de sortir.

Réprimant un bâillement, tu étiras tes bras au-dessus de la tête, doigts écartés.

— Pas de problème. Je peux le promener pendant que tu fais la sieste.

Je me mordis la langue, m'efforçant de ne pas sembler trop impatiente.

— Oh, ce serait génial, répondis-tu avec reconnaissance.

Cette fois, tu avais accepté mon offre immédiatement.

— Tu veux faire une promenade ? (Je soulevai Sullivan, qui agita ses petites jambes.) Oui, tu aimes les balades, hein ?

Je gloussai et nichai mon nez dans son cou.

— Merci beaucoup. Vraiment, tu es un ange.

*Aaron était assis à côté de moi sur une couverture dans le jardin, les yeux levés vers le ciel bleu. On pique-niquait des sandwichs au beurre de cacahuète et à la confiture. Ses petits doigts remontèrent le long de ma colonne vertébrale.*

*— Elles sont où, maman ?*

*— Quoi donc, mon grand ?*

*— Tes ailes.*

*Je ris.*

*— Pourquoi veux-tu que j'aie des ailes, mon chéri ?*

*— Parce que papa dit que les anges sont les personnes qui nous protègent, alors tu en es un.*

*Je l'enlaçai et plantai un baiser sur son petit nez.*

*— Je ne suis pas un ange, mais tu as raison. Je te protégerai toujours.*

*Ce n'était pas la première ni la dernière fois que je mentais à mon fils.*

— Je ne suis pas un ange, déclarai-je, le cœur gros à ce souvenir.

— Peut-être pas, mais tes actes sont ceux d'un ange. Il y a un biberon tout prêt dans le frigo si jamais il a faim.

Un dernier bâillement et tu disparus dans la chambre.

Je dépliai la poussette et installai Sullivan dedans. Après l'avoir soigneusement attaché, j'enfilai ma veste et sortis de la maison.

— On dirait qu'on n'est que tous les deux, mon grand, roucoulai-je.

Ses joues se creusèrent de fossettes tandis qu'il m'offrait son plus beau sourire. Mes entrailles fondirent de bonheur. Les sourires des bébés étaient mes préférés. Je n'oublierais jamais le premier d'Aaron. J'en avais immédiatement inscrit la date dans son journal de bord.

Oui, je prenais note de tous les progrès d'Aaron.

Le premier mot d'Aaron : *mama*.

La première fois qu'il avait rampé : sept mois.

Ses premiers pas : dix mois.

Sa première coupe de cheveux : deux ans.

Je n'avais rien laissé au hasard. Je lui avais même écrit des lettres pour plus tard, quand il aurait une famille à son tour.

Sullivan avait-il un carnet de bord ? Faisais-tu comme moi ?

Les roues de la poussette grinçaient le long du trottoir. Les feuilles craquaient sous mes pieds. Sullivan ouvrait de grands yeux ronds et contemplait le ciel bleu. Le paysage était magnifique, avec la rue bordée d'arbres dont les branchages s'entremêlaient au-dessus de nos têtes.

Dans Sutter Street, nous longeâmes des boutiques d'antiquités et des restaurants. J'emmenais souvent Aaron ici quand il était petit. Bizarrement, malgré le beau temps, il y avait peu de flâneurs.

Lorsque je parvins au bout de la rue, mon téléphone vibra dans ma poche. Prise de panique, je m'en emparai rapidement.

C'était seulement Christine. Au moins son dixième appel aujourd'hui. Je décrochai en soufflant.

— Salut, quoi de neuf ?

— Oh… (Profond soupir à l'autre bout de la ligne.) Je ne m'attendais pas à ce que tu répondes.

— Eh bien, tu as appelé un million de fois. J'ai pensé qu'il s'agissait d'une urgence.

Une moto nous dépassa en trombe. Elle fit un tel boucan que je n'entendis pas la réponse de Christine.

— Où es-tu ? reprit-elle.

— Sur Sutter Street.

— Qu'est-ce que tu fais là-bas ? Du shopping ?

— Non. (Je fis demi-tour avec la poussette et repris le chemin de ta maison.) Je promène Sullivan.

— Sullivan ?

— Oui, le bébé de Kelly. Elle fait la sieste chez elle.

— D'accord. (Elle parut hésiter.) Alors tu... enfin... Je suis tombée sur Susan à l'école.

Ah oui. J'avais oublié que leurs enfants avaient le même âge.

— Elle m'a dit t'avoir croisée hier.

— Ouais, j'achetais des affaires pour Sullivan.

— Et maintenant, tu le promènes, poursuivit-elle d'une voix bizarre. Alors tu es avec lui en ce moment sur Sutter Street ? Seule ?

Je déglutis en continuant de pousser Sullivan. Il n'avait pas fait de bruit depuis notre départ ; il se contentait de regarder le ciel et les nuages.

Les bébés avaient de la chance. Pour eux, tout était si simple.

— C'est exact, répliquai-je d'un ton pincé.

— Est-ce qu'elle... je veux dire... ton amie est au courant qu'il est avec toi, n'est-ce pas ?

Le rouge me monta aux joues.

— Bien sûr qu'elle est au courant ! Pourquoi me demandes-tu une telle chose ?

— Allons, Kel, tu sais très bien pourquoi.

*« M'dame.*

*L'homme avait les bras tendus vers moi, l'air grave.*

*— M'dame, il n'est pas à vous. Rendez-le-moi, s'il vous plaît. »*

Je ravalai ma fierté.

— Ce n'est pas ce que tu crois.

La tête me tournait. Je me pinçai l'arête du nez.

J'allais mieux.

J'étais guérie.

*N'est-ce pas ?*

— D'accord, finit par répondre Christine. Je te crois.

— Vraiment ?

J'attendais le piège. Mais rien ne vint.

— Oui, je t'assure. C'est juste que... euh... je veux que tu saches que je suis là pour toi. Si tu veux parler à quelqu'un.

Je croisai un couple qui me fit un signe de la main. Je leur répondis d'un hochement de tête, puisque mes deux mains étaient occupées. Sullivan babillait dans la poussette.

— Je sais.

Une fois parvenue au bout de la rue, il me fallait grimper une côte pour rejoindre ta maison. Étant donné ma forme physique, cela me semblait impossible avec une seule main. J'avais du mal à respirer et mon bras me faisait souffrir.

— Hé, Christine, j'ai besoin de mes deux mains pour monter la pente. Je peux te rappeler plus tard ?

— Bien sûr... À tout à l'heure alors.

Pas sûr qu'elle me rappelle. Ça ressemblait plutôt à un avertissement.

Après avoir raccroché, je glissai mon portable dans ma poche et j'empoignai la poussette pour m'élancer à l'assaut de la colline. Au sommet, je m'arrêtai pour reprendre mon souffle. Une femme me dépassa en courant et me jeta un regard curieux. Comme si elle était mille fois plus en forme que moi.

Elle n'avait donc pas vu la poussette ? C'était bien plus difficile pour moi.

Sullivan poussa un gémissement et s'humecta les lèvres.

Je connaissais ce regard.

— Tu as faim ?

Bien sûr, il n'allait pas me répondre. Si seulement il le pouvait.

— D'accord. On est presque arrivés.

Comme ses couinements s'intensifiaient, j'accélérai le pas.

109

Une fois à la maison, il était encore plus agité.

— Tout va bien. Maman a dit qu'il y avait un biberon pour toi dans le frigo, ajoutai-je en gagnant la cuisine.

Je fis aller et venir la poussette d'une main tout en ouvrant le réfrigérateur de l'autre. Le mouvement le calma un moment. Je dénichai le biberon et l'ouvris, quand une odeur âcre me fit froncer les narines. Mon Dieu ! Le nourrissais-tu de lait avarié ?

*Oh, Kelly, heureusement qu'on s'est rencontrées. J'ai tellement de choses à t'apprendre.*

Après avoir préparé un nouveau biberon, je défis les sangles de Sullivan et l'emmenai dans le salon. Puis je m'installai dans le canapé pour lui donner à manger. Ta respiration régulière me parvenait depuis la chambre. Tu étais profondément endormie, et à peine Sullivan eut-il terminé son lait qu'à son tour il fermait les yeux. Je contemplai son visage pâle, si doux que je dus me retenir de ne pas le caresser. Je ne voulais surtout pas le réveiller.

Je comprenais ton besoin de déballer tes affaires seule, mais je ne pouvais pas rester là à me tourner les pouces en attendant la fin de ta sieste. Au moins, je pouvais faire un peu de ménage et de rangement. Je déposai Sullivan avec précaution sur une couverture étalée par terre. Les bras engourdis, je les secouai pour faire circuler le sang.

La cuisine était particulièrement sale, aussi commençai-je par là. Je nettoyai les biberons de Sullivan, lavai la vaisselle dans l'évier. Pendant qu'elle séchait, je rangeai les rares aliments dans les placards. Puis je repliai la poussette et la remis à sa place contre le mur, près de la porte.

Ensuite, j'attaquai le salon. Hochets, tétines et vêtements jonchaient le sol. Même quand j'étais épuisée, jeune maman, Rafael n'aurait jamais supporté un tel bazar.

— *Merde, Kel, aboya Rafael. C'est pas possible !*

— Qu'est-ce qui se passe ?

Je me précipitai dans le séjour. Rafael tenait une petite voiture dans sa main.

— Je viens de trébucher là-dessus.

Bienvenue dans une maison avec un enfant en bas âge ! Voilà ce que j'avais envie de lui rétorquer, mais je n'étais pas stupide.

— Désolée, elle m'a échappé.

Pendant que Raf était au bureau, j'autorisais Aaron à jouer à sa guise. À éparpiller ses jouets partout dans le séjour. Bien entendu, il m'arrivait de marcher sur l'un d'eux de temps à autre, mais c'était un faible prix à payer pour permettre à l'imaginaire de mon fils de s'exprimer. Il avait tout le loisir de jouer, de créer. Enfant, je n'avais pas eu cette chance.

J'étais devenue une experte pour tout ranger pendant la sieste d'Aaron. Je pensais ne rien avoir oublié. Mais je pouvais faire confiance à Rafael pour chercher la petite bête.

— Aaron ! tonna Rafael, l'objet du délit à la main.

Mon cœur se souleva. Je tendis la paume.

— Donne-le-moi. Ce n'est pas grave.

Rafael roula des yeux.

— Génial, Kel.

— Hé, papa ! cria Aaron en courant vers lui avec un sourire confiant.

Je retins mon souffle en attendant la réaction de Rafael. Aaron alla droit sur son père, les bras en l'air.

Mon regard croisa celui de Rafael. Je hochai la tête dans une supplique muette : Prends ton fils dans tes bras. Oublie le jouet. Et peut-être qu'il l'aurait fait si je ne l'avais pas si désespérément désiré.

— Tu vois cette voiture ? demanda Rafael à son fils d'une voix ferme.

Le sourire d'Aaron s'évanouit.

— *Je viens de marcher dessus, gronda-t-il. (Et comme il n'obtenait pas la réaction espérée, il ajouta :) J'aurais pu me blesser !*

*Il fourra la voiture dans la main de son fils.*

— *Tu dois ranger tes affaires après avoir joué.*

— *Maman a dit que j'étais pas obligé, répliqua Aaron d'un air buté, le front plissé et les dents serrées.*

*Rafael se tourna vivement vers moi, l'air indigné. Je me mordis la lèvre.*

— *Il n'a que quatre ans, plaidai-je.*

— *À quatre ans, je rangeais ma chambre !*

*Évidemment, songeai-je.*

— *Tu viens de rentrer, Raf. Pourquoi n'embrasses-tu pas ton fils ?*

*Il marqua une pause et, un instant, je crus qu'il allait le faire. Au lieu de quoi il déclara sèchement :*

— *Va ranger ce jouet, Aaron. (Comme l'enfant quittait la pièce, Rafael me regarda.) Je te laisse les cajoleries.*

*Mes yeux s'emplirent de larmes. Je battis des paupières.*

— *Et tu ferais bien de t'occuper du gobelet qui a coulé sur le canapé.*

*D'un geste du menton, il désigna les taches de lait sur notre canapé en cuir neuf. Celui qu'il avait tenu à acheter alors que nous avions un petit à la maison.*

— *Merde. Le couvercle a dû se dévisser dans le lave-vaisselle.*

*Je m'emparai du gobelet. Du lait goutta aussitôt sur mon bras.*

— *Je croyais que tu étais censée les laver à la main, marmonna Rafael en quittant la pièce.*

*Frustrée, je me laissai choir dans le canapé. Tout était parfaitement en ordre. La maison était impeccable. La poussière aspirée. Les sols lessivés. Je me tuais à la tâche pour que tout soit parfait. Et pourtant, ce n'était jamais suffisant.*

— *Maman.*

*Je me tournai vers la petite voix.*

*— Pardon, maman.*

*Ses yeux étaient rouges et tristes.*

*— Oh, mon chéri ! m'exclamai-je en l'enlaçant. Ne t'inquiète pas, tu n'as rien fait de mal.*

*— Je ne voulais pas fâcher papa.*

*— Je sais, mon grand.*

*Je lui frottai le dos pour le rassurer.*

Avec un soupir, j'observai ton séjour. Personne ne m'avait aidée quand Aaron était petit. Et pouvoir te donner un coup de main me remplissait de joie.

Après avoir ramassé toutes les affaires de bébé, j'étudiai le tas de vêtements dans un coin de la pièce. D'après l'odeur, ils étaient propres. Cela me surprit. Tu n'avais ni lave-linge ni sèche-linge. Où faisais-tu ta lessive ? Tu n'allais tout de même pas dans une laverie automatique ? Ce n'était pas le lieu idéal pour un enfant.

Je pris mentalement note de te proposer d'utiliser mes appareils ménagers chaque fois que tu en aurais besoin.

Comme les habits étaient propres, je les pliai et les rangeai en piles nettes par terre. En arrivant au dernier tee-shirt, je me crispai. Un court instant, je crus me tromper. Mais en le dépliant pour vérifier, je compris que non.

Je connaissais ce logo. Et ce tee-shirt.

Pourquoi était-il en ta possession ?

*— Qu'est-ce que tu fais ?*

Ta voix me fit sursauter.

Lâchant le tee-shirt, je fis volte-face. Tu te tenais sur le seuil, les paupières gonflées de sommeil, les cheveux bizarrement plaqués sur un côté. Je songeais à notre nom commun, combien tu me paraissais familière, combien je tenais à Sullivan. Ma bouche s'asséha. C'était pour une raison bien précise que je me sentais liée à vous deux depuis le début.

113

Tu n'étais pas une étrangère.

Pas vraiment.

Je te connaissais. Ou du moins, j'avais entendu parler de toi.

Et maintenant, je savais pourquoi tu étais là.

# 10

Rafael me téléphona tôt ce soir-là. J'avais attendu son coup de fil toute la journée. J'envisageai de l'ignorer, mais ce serait pire encore.

Inspirant profondément, je pris l'appel.

— Salut, répondis-je de ma voix la plus normale.

J'avais employé ce même ton pour te répondre quand tu m'avais surprise en train de plier tes vêtements. Du pied, j'avais fourré le tee-shirt incriminé sous les autres, en t'adressant un grand sourire innocent. Je t'avais expliqué que je voulais t'aider en faisant un peu de ménage. Tu avais observé les habits d'un œil insistant, mais j'avais bien caché l'objet du délit. Puis tu avais paru soulagée, ce qui m'avait troublée. Pourquoi ne voulais-tu pas me dire qui tu étais ?

— Kelly, je viens de consulter notre compte. Qu'est-ce qui se passe, bon sang ?

— Contente de t'entendre aussi, Raf, ironisai-je.

— Allons, Kel, s'impatienta-t-il.

Je soupirai. Dire la vérité était la seule solution. Je ne voyais aucun autre moyen de jouer la partie.

— J'ai acheté des choses pour ma nouvelle amie. Tu te souviens d'elle ?

— Tu plaisantes ? C'est ça ton explication ?

— Il n'y a rien à expliquer, grommelai-je, les dents serrées. J'aide une amie, c'est tout.

— Tu aurais dû me consulter d'abord.

— Tu veux dire demander ta permission !

115

Nous n'avions pas toujours été ainsi. Fut un temps où je vantais la bonne équipe que nous formions. J'étais si fière que Rafael pense toujours à tout.

Une époque révolue depuis longtemps.

— Nous n'avons pas d'argent à dépenser pour des inconnues.

— Ce n'est pas une inconnue. (*Loin de là !*) C'est mon amie.

— Mais bordel, pourquoi tu lui as acheté ces trucs de bébé ? Elle n'a rien ?

— Elle est jeune. Et seule. Et pauvre.

— Kel, le bébé est bien avec sa mère, hein ? Il n'est pas chez nous, j'espère ?

— Qu'est-ce que tu insinues au juste ?

Ma main serrait le téléphone si fort que j'en avais mal aux articulations.

Un lourd soupir flotta jusqu'à mes oreilles.

— J'ai peur que tu recommences.

— Recommencer quoi ?

— Tu sais très bien de quoi je parle, Kel. Ce bébé... Il n'est pas à toi.

— Je sais ! aboyai-je. Mon Dieu, je fais une bonne action là. Ce n'est pas ce que le Dr Hillerman et toi me répétez sans arrêt ? Trouve-toi une occupation, Kelly. Un but. Une distraction. Aide les autres. Et maintenant que je m'y emploie, tu t'énerves ?

— Ouais, je suis ravi d'apprendre que tu te rends à tes consultations.

Son ton était sarcastique.

— C'était il y a quinze jours. Et je n'ai manqué qu'une seule séance.

— Et la prochaine est demain, n'est-ce pas ?

— Oui, grommelai-je.

Ce ne serait pas facile de cacher ton existence au Dr Hillerman. Il n'avait pas son pareil pour me pousser dans mes retranchements. Mais il était trop tôt pour en parler à qui que ce soit. De plus, je n'étais sûre de rien. Ce n'était qu'un soupçon pour le moment. Je devais attendre que tu me racontes toute l'histoire. Pourquoi tardais-tu à le faire ? Tu ne me faisais pas confiance ? Avais-tu peur ?

— Bon d'accord, Kel. Je m'inquiétais. Et Christine aussi.

Un sentiment de trahison me transperça.

— Tu as parlé à Christine ?

— Elle tient à toi, Kel.

— Je vais bien ! m'exclamai-je. J'aide une femme dans le besoin. Tu devrais t'en réjouir au lieu de m'en vouloir.

*Tu es vraiment un ange.* Tes paroles couraient dans mon esprit.

Tu commençais à me faire confiance. On créait des liens, je le sentais. Bientôt, tu allais te confier à moi, me révéler ce que je savais déjà.

Une douce chaleur s'enroula dans mon ventre. Tout ce temps, j'étais convaincue que c'était toi qui avais besoin de moi. Au bout du compte, l'inverse semblait tout aussi vrai.

*

— Comment s'est passé votre week-end avec Rafael ?

Le Dr Hillerman plissa les paupières, une lueur de défi passa dans son regard.

— Bien.

— C'est tout ?

— Oui.

Tandis que je laissai mon esprit vagabonder vers la fenêtre, un souvenir refit surface.

*Un dimanche, alors que j'étais au collège, j'étais allée à la foire avec un groupe d'amis. On avait mangé des hot dogs, bu des smoothies, fait des tours de manège et regardé les animaux. Mes parents m'y avaient emmenée plusieurs fois, mais je ne m'étais jamais autant amusée. Ils limitaient toujours* mes sucreries et ne me laissaient monter que sur la Grande Roue. Avec mes amis, j'avais la liberté de faire de nouvelles expériences.

Je me sentais audacieuse, invincible.

Jusqu'à ce que je me perde.

Aujourd'hui encore, je ne sais pas comment c'est arrivé. Un instant, je parlais à ma copine Heather et, l'instant d'après, je me tenais au milieu d'une foule d'inconnus. J'avais pivoté sur moi-même en fouillant frénétiquement les environs du regard. Mon cœur battait à tout rompre, un filet de sueur coulait entre mes clavicules. Il faisait très chaud ce jour-là, mais ma transpiration n'était pas due à la chaleur, mais à la panique qui me submergeait.

Ce matin-là, ma mère m'avait fait une série de recommandations. Et l'une d'elles était de ne pas m'éloigner de mes amis.

C'était raté.

Si je n'avais pas eu aussi peur, j'aurais pu m'enorgueillir d'avoir désobéi à ma mère, telle une vraie rebelle.

Des odeurs de friture et de bonbons m'emplissaient les narines, mais elles n'avaient plus l'effet enivrant de tout à l'heure. En réalité, j'avais la nausée. Fermant les yeux, je rêvai de me transporter à la maison d'un coup de baguette magique.

Quand je les rouvris, mon moral s'effondra. Rien à faire. J'étais toujours à la foire. Toujours seule.

— Kelly ?

Une voix masculine interrompit ma petite crise d'angoisse.

Il me fallut une bonne minute pour reconnaître l'adolescent qui se tenait devant moi. Lorsque j'y parvins, une vague de soulagement m'inonda.

— Jeremy ?

Il hocha la tête en souriant.

Oh, merci mon Dieu.

*Tous les muscles de mon corps se relâchèrent. Jeremy était l'un des animateurs du camp de vacances où Heather et moi étions allées ensemble. Pour tout dire, nous avions toutes les deux le béguin pour lui. Non seulement il était mignon, mais il ne nous traitait pas comme des gamines.*

*— Tu es venue seule ?*

*La foule se mouvait autour de nous, semblable à la houle. Mais nous étions des rocs, indifférents au courant.*

*— Non, avec des amis. Heather en fait partie. Mais je les ai perdus. Je ne sais pas comment.*

*— Bon, je vais t'aider à les chercher, proposa-t-il sans hésiter.*

*— Vraiment ?*

*Il acquiesça.*

*— Tu es avec qui ?*

*— Des potes. Ils sont aux Carnival Games.*

*— Pourquoi tu n'es pas avec eux ?*

*S'était-il perdu lui aussi ?*

*— Je devais aller aux toilettes.*

*Ses joues s'empourprèrent. Je gloussai. Vous voyez, il ne me traitait pas comme une gamine. Plutôt comme une amie.*

*Nous explorâmes la foule en quête de mes camarades. Au bout d'une demi-heure, il me suggéra d'aller voir du côté des bâtiments. Peut-être s'étaient-ils aventurés là-bas. Cela me paraissait peu probable, mais j'aurais suivi Jeremy n'importe où. D'autant qu'il était plus âgé, plus avisé. Qu'est-ce que j'en savais, après tout ? C'est moi qui m'étais perdue.*

*Au coin de la rue apparurent deux immeubles. Jeremy me prit par la main et m'entraîna derrière. À son contact, j'eus la chair de poule. Attendez que je raconte ça à Heather ! Lorsque nous pénétrâmes dans la ruelle entre les deux bâtiments, j'observai nos doigts entrelacés avec un sentiment d'exaltation. Il faisait sombre et froid dans l'espace où Jeremy m'avait attirée. Un frisson me parcourut. Puis ses doigts me délaissèrent et la déception me gagna. Cela dit, cela ne dura pas, car soudain, il me plaqua contre le mur et ses mains palpèrent d'autres parties de mon corps. Des parties où l'on ne m'avait jamais touchée. Des parties qui ne me plaisaient pas spécialement.*

*Je voulus m'échapper. Tourner la tête. Le repousser.*

*Mais sa main s'accrocha à mon cou et ses doigts se refermèrent autour de ma gorge, me maintenant en place, m'empêchant de respirer.*

*Quand ce fut terminé, il s'en alla et je me retrouvai de nouveau seule.*

Pourquoi lui avais-je relaté cette histoire ?

C'était bizarre. Je n'avais pas repensé à cet incident depuis des années. J'étais une gamine. Ce n'était qu'un battement de cils dans ma vie. J'avais vécu des épreuves bien plus pénibles depuis.

— Je ne sais pas du tout pourquoi je vous ai raconté ça, commentai-je, une fois mon récit terminé.

— Je crois que ça en dit long sur vos problèmes de confiance, Kelly, répondit le Dr Hillerman en faisant rouler son stylo entre son pouce et son index.

— Je n'ai pas ce genre de problèmes, protestai-je.

— Vraiment ? (Son front se plissa.) Parce que lors de votre dernière consultation, nous avons discuté de vos problèmes avec Rafael. Sont-ils résolus ?

Je haussai les épaules.

— Si on veut.

— Votre week-end s'est bien passé alors ?

— Très bien, répondis-je d'un ton ferme, le menton levé.

— Car lorsque je vous ai demandé tout à l'heure comment cela s'était passé, vous m'avez répondu « bien ». Puis vous m'avez raconté un épisode où vous vous êtes sentie violentée et piégée. Seraient-ce les sentiments que Rafael vous a inspirés ce week-end ?

Il haussa l'un de ses sourcils broussailleux. Au début de ces séances, six mois plus tôt, je peinais à me concentrer sur ses paroles. À la place, j'étudiais ses sourcils incroyablement fournis pendant toute la session. Plus d'une fois, j'avais ressenti le besoin pressant de lui donner les coordonnées de mon esthéticienne. Mais je doutais qu'il prendrait rendez-vous.

— Eh bien…

Je marquai une pause et me tortillai sur mon siège. Je portais une jupe, et je me demandais bien pourquoi. Je suppose que je voulais avoir l'air professionnel. Mais maintenant, ma jupe ne cessait de remonter et je me sentais mal à l'aise. Exposée. Stupide. Tirant sur ma jupe, je déglutis.

— … je ne sais pas.

C'était faux. Il avait mis dans le mille. Sa capacité à me percer à jour m'agaçait au plus haut point.

— Vous ne savez pas si vous vous êtes sentie violentée ?

J'eus un rire forcé.

— Rafael est mon mari. Il n'est pas violent, voyons. C'était un agréable week-end. On a réussi à établir une connexion, ce qui ne nous était pas arrivé depuis très longtemps.

C'était en partie vrai. Nous avions eu notre moment. Mais ensuite tout avait basculé. Mes pensées s'égarèrent vers toi. Vers Sullivan. Je repensai à ma conversation avec Rafael hier soir.

— On avait des problèmes différents la dernière fois. Aujourd'hui, on est passés à autre chose.

— Quoi par exemple ?

— Eh bien, je me suis récemment fait une nouvelle amie et je l'aide beaucoup.

— De quelle manière l'aidez-vous ?

Le Dr Hillerman cessa de jouer avec son stylo. Il se recula dans son fauteuil et joignit les mains. Je connaissais son langage corporel. Il était intrigué.

Pourquoi avais-je parlé de toi ? Je n'en avais pourtant pas l'intention. Bah, ce n'était sans doute pas une mauvaise chose. T'aider prouvait que je faisais des progrès. Le Dr Hillerman serait sûrement fier de moi.

121

Et il n'avait pas besoin de connaître ta véritable identité.

— Eh bien, vous savez, je passe du temps avec elle, répondis-je, en restant délibérément vague. Je l'aide avec son bébé. Je lui prépare des petits plats. J'achète des affaires pour le petit.

— Elle a un bébé alors ?

Je n'aimais pas sa façon de me regarder.

— Oui. (Je m'agitai sur mon siège.) Elle a vraiment besoin de moi. C'est à croire qu'elle ne connaît rien à la maternité.

— Je vois. (Le Dr Hillerman griffonna sur son calepin, puis tourna ses yeux plissés vers moi.) Et comment vous êtes-vous rencontrées ?

Je gardai le silence, me demandant si je devais répondre à cette question. La conversation ne prenait pas la direction que j'espérais. Je décroisai mes jambes et les recroisai dans l'autre sens. Le Dr Hillerman avait vraiment besoin d'un décorateur. Tout dans son cabinet était si vieux. Passé. Inconfortable. Ça sentait même le renfermé.

— Kelly ?

Je relevai brusquement la tête.

— Désolée. (Je me grattai la nuque.) C'est juste que ce siège est très désagréable. Vous avez déjà pensé à redécorer votre bureau ? J'ai une amie décoratrice d'intérieur. Je pourrais vous donner son numéro si vous voulez.

— Je suis plutôt satisfait de mon bureau tel qu'il est. Merci. (Il m'adressa un sourire insipide.) Êtes-vous, pour une raison ou une autre, gênée de me dire comment votre amie et vous avez fait connaissance ?

Merde. Encore une fois, je m'étais fourvoyée. En évitant de lui raconter toute l'histoire, je donnais l'impression de lui cacher quelque chose.

— Pour tout vous dire, c'est très étrange. Nous avons le même nom.

— Kelly ? Ce n'est pas très original, n'est-ce pas ?

— Non. Mais elle a aussi le même nom de famille que moi – Medina.

— Intéressant.

Un instant, je crus qu'il allait avoir la même réaction que Christine. Mais sa réponse me surprit :

— Vous savez, il y avait un autre Dr Hillerman ici à Folsom, il y a quelques années. Il était médecin généraliste, mais c'était tout de même troublant. On recevait les courriels et les appels l'un de l'autre.

— Exactement ! m'exclamai-je, ravie de cette connivence. C'est comme ça que j'ai entendu parler de l'autre Kelly. J'ai reçu un appel qui lui était destiné.

— Vraiment ?

Il fronça ses sourcils d'un air de conspirateur, comme si nous étions deux copines en train de parler de flirts.

— Heureusement pour moi, l'autre Dr Hillerman était plus jeune, on ne risquait pas de nous confondre.

Je songeai à toi. Sans la différence d'âge, je te ressemblerais.

— Ouais, c'est la même chose avec l'autre Kelly. Elle a environ vingt ans de moins que moi. (Je souris au souvenir de Sullivan.) Et elle a un adorable petit garçon.

— Ah. Presque une version plus jeune de vous-même. Vous aviez une vingtaine d'années quand vous avez eu Aaron, non ?

Ce constat m'ébranla. Je me ratatinai comme une feuille de papier chiffonnée. Tête baissée, les bras serrés autour de la poitrine, je déglutis et hochai la tête.

— La dernière fois, vous avez mentionné que vous aimeriez tout recommencer à zéro.

Mon esprit turbinait. Comment en étais-je arrivée là ? Il détournait mes paroles. Sa vision était horrible. Sinistre.

Comme si j'étais folle.

— Ce n'est pas ce que vous avez dit ? insista-t-il.

— Je ne m'en souviens pas.

Mensonge.

— Vraiment ? Nous avons parlé de...

— Stop !

Je plaquai mes mains sur mes oreilles. Il n'était pas question de le laisser affirmer une telle chose. Il voulait que j'affronte la réalité, mais je n'étais pas prête. Pas encore.

Parler de toi avait été une erreur.

Une énorme erreur.

# 11

Au moment où je quittai le parking du cabinet, je reçus un SMS de toi.

`Merci pour le berceau, la chaise haute et la balancelle. Tu n'aurais pas dû !`

Mon corps se raidit. *Mince.* Je voulais être là pour la livraison, mais j'avais complètement oublié ma consultation avec le Dr Hillerman.

Dès que j'arrivai au feu rouge, je répondis précipitamment.

`Pas de quoi.`

À peine arrivée dans ta rue, un autre SMS arriva.

`Tu es vraiment trop gentille. Je ne sais pas comment te remercier.`

Je souris pour moi-même. Et répondis :

`Inutile. Tout le plaisir est pour moi.`

Tu semblais m'apprécier. Être à l'aise en ma compagnie. Je ne t'avais donné aucune raison de ne pas me faire confiance. Alors pourquoi garder le secret ?

Mon téléphone vibra. Je crus que tu m'écrivais de nouveau, mais c'était Christine.

`Je t'ai à peine vue cette semaine. Tu veux passer ?`

Après une pause, je me mordillai la lèvre. J'avais très envie de foncer chez toi pour voir tes nouveaux aménagements, mais Christine était ma meilleure amie, et je m'en voulais de l'éviter depuis quelque temps. Elle ne le méritait pas. Et si ses paroles m'avaient blessée, c'était uniquement parce qu'elle se faisait du souci pour moi.

`Avec plaisir. Suis en route,` répondis-je.

125

Après le feu, je pris la direction de la maison de Christine. Les arbres en bordure de la route se balançaient doucement dans la brise et un ballet de feuilles couleur rouille virevoltait sur le sol telle une poignée de confettis. Enfant, Aaron était fasciné par les couleurs des feuilles mortes – orange, rouge, jaune et brune. Lorsque les arbres se retrouvaient totalement nus, nous rassemblions les feuilles en tas pour sauter dessus. Rafael trouvait absurde tout ce mal que je me donnais pour qu'Aaron s'amuse à tout éparpiller. Mais cela en valait la peine, rien que pour l'entendre hurler de rire.

Un jour, Sullivan serait assez grand pour faire la même chose.

De nouveau, je songeai aux cadeaux que je t'avais offerts. J'étais heureuse qu'une part de moi soit auprès de Sullivan quand je n'étais pas là. Au moins, je n'avais plus à craindre qu'il dorme dans cette horrible aire de jeux.

Désormais, il disposait d'un joli berceau et d'une balancelle pour s'amuser.

Le visage d'Aaron fit irruption dans mon esprit, riant aux éclats dans sa propre balancelle. Perdue dans mes rêveries, je ne vis le feu rouge qu'au dernier moment. J'enfonçai la pédale de frein, et l'arrêt brutal envoya mon portable valdinguer par terre.

Alors que je contemplais l'appareil, hébétée, je me rappelai la fois où Rafael avait oublié de serrer les vis de la nacelle d'Aaron. L'ensemble s'était effondré juste après que j'eus sanglé mon fils dedans.

Heureusement, je me tenais tout près et j'avais pu amortir sa chute. Puis j'avais aussitôt pris Aaron dans mes bras.

La peur me picota le dos.

Avais-tu monté correctement la balancelle ? Avais-tu bien serré les vis ?

Tu paraissais si maladroite en ce qui concernait les aspects pratiques de la parentalité. Cela dit, tu faisais de ton mieux, je le voyais bien. C'était sûrement pénible d'élever seule un enfant.

Voilà pourquoi j'étais là.

Je n'avais pas l'intention de t'abandonner, encore moins maintenant.

Alors que j'avais déjà dépassé ta rue depuis un bon moment, je fis demi-tour en direction de ta maison, renonçant à l'idée de rendre visite à Christine.

*

C'était la première fois que je te voyais aussi ravie.

Non seulement tu ne parus pas choquée de me voir débarquer à l'improviste, mais tu affichais un large sourire. Tes yeux brillaient de bonheur.

— Merci encore !

Tu m'étreignis avec chaleur. Je me laissai fondre contre toi, heureuse de cette démonstration d'affection. Cela faisait bien longtemps qu'on ne m'avait pas étreinte ainsi. Ça faisait un bien fou. Mon regard glissa sur ton épaule et atterrit sur la pile de tee-shirts pliés. Le coupable était toujours caché en dessous, mais je savais qu'il était là. Son existence me rappelait qui tu étais vraiment.

J'avais la question sur le bout de la langue. Mais tu avais sûrement une bonne raison de ne pas te confier à moi. Loin de moi l'idée de t'effrayer ou de te faire fuir.

C'est une chose que j'avais apprise quand Aaron était au collège. L'art de ne pas insister. Ne pas le forcer à la confidence. Attendre qu'il soit prêt. Une qualité que Rafael n'avait jamais eue. Il avait tellement tourmenté son fils que ce dernier ne parlait plus du tout à son père.

Même si ce n'était pas ma qualité première, je devais me montrer patiente avec toi. Te pousser dans tes retranchements ne mènerait à rien.

Quand tu t'écartas de moi, j'eus une vision globale de la pièce. La balancelle était installée dans un coin. La chaise haute dans la kitchenette. Mais il manquait une chose importante. Je fronçai les sourcils.

— Où est Sullivan ?

— C'est ça le plus beau ! (Ton sourire s'élargit.) Il dort. Vraiment. Il n'a jamais autant dormi ! Chaque fois que je l'allongeais sur son tapis de jeux ou sur le canapé, il s'agitait et gémissait. Mais à la seconde où je l'ai posé dans ce berceau, il s'est aussitôt assoupi. (Tu posas la main sur mon épaule.) Merci beaucoup. Je te remercie du fond du cœur. Je sais que ton fils est grand aujourd'hui, mais je suis sûre que tu te rappelles qu'un bébé qui ne dort pas, c'est l'enfer !

Je m'en souvenais très bien. Le manque de sommeil était le pire des maux dans la vie d'une jeune maman. À l'époque, j'aurais donné n'importe quoi pour une bonne nuit complète.

— Oui, c'est une période difficile. Je peux jeter un œil ? Je suis curieuse de voir comment tu l'as installé.

— Bien sûr.

Tu m'entraînas vers la chambre avec enthousiasme. Jamais tu n'avais fait preuve de tant de sollicitude, et mon cœur débordait de reconnaissance. Tu étais sur le point de te livrer, je le sentais.

— Encore une fois, je suis désolée de ne pas avoir été présente pour la livraison.

— Bah, pas de souci. Ils ont fini par me trouver et ils ont tout apporté, expliquas-tu en balayant mes excuses d'un geste, comme Christine avait l'habitude de le faire.

*Oh, merde. Christine. Elle se demandait sûrement où j'étais.*

Ensemble, nous allâmes jeter un œil dans la minuscule chambre. Mon pouls s'accéléra et je faillis m'étrangler de surprise.

— Non ! m'écriai-je, affolée. Il ne faut pas le mettre sur le ventre. Les bébés dorment toujours… *toujours* sur le dos. On ne te l'a jamais dit ?

Ton manque d'expérience était effarant.

— Voyons, tu n'as même pas lu un livre sur la maternité ? Ni d'articles en ligne ? Une simple recherche sur Google aurait suffi.

Ta lèvre inférieure se mit à trembler.

*Calme-toi, Kel.*

Bon sang, je me faisais penser à ma propre mère.

— Désolée, marmonnai-je. C'est juste que c'est dangereux pour un bébé de dormir dans cette position. On doit absolument le retourner.

Au moment où je pénétrai dans la pièce, tu m'empoignas le bras. Un peu trop fort. Songeant aux hématomes sous ma manche, je m'arrachai à ton étreinte.

— On ne peut pas le laisser encore un peu ? Je ne le remettrai plus sur le ventre. (Ton front était barré d'un pli soucieux.) C'est juste qu'il dort si profondément. Je ne veux pas le réveiller.

— Tu veux qu'il meure de mort subite ?

Tu reculas d'un air horrifié. J'aurais pu te l'annoncer avec plus de diplomatie, mais mes intentions étaient louables. Je voulais protéger ton fils.

Mon téléphone bourdonna dans ma poche. Je le saisis en soupirant.

`Tu t'es perdue ?`

Je répondis aussitôt à Christine.

`Non. J'ai dû faire un arrêt. J'arrive bientôt.`

— Désolée, je dois partir, mais je ne peux pas laisser Sullivan en danger. Change-le de position et je débarrasse le plancher !

Tu soufflas longuement, telle une gamine récalcitrante. Et c'était sans doute ce que tu étais. Pas tout à fait une enfant.

Ni tout à fait une adulte. L'expression juste serait sans doute une « enfant adulte ». Tu n'étais pas équipée pour élever un bébé seule. Cela n'avait jamais été aussi flagrant.

*Dieu merci, tu m'as trouvée.*

Résignée, tu te dirigeas vers le berceau en traînant des pieds.

Quand Aaron était ado, il marchait exactement de cette manière. À reculons. Chaque fois que je lui demandais de ranger sa chambre, de sortir la poubelle ou de faire la vaisselle.

À l'instant où tu glissas tes mains sous son corps, Sullivan ouvrit les yeux et se mit à geindre. Ta frustration était manifeste. Je me contentai de hausser les épaules.

*Bienvenue dans le monde de la maternité*, étais-je tentée de te dire.

À présent sur le dos, il avait les poings serrés et le visage rouge et chiffonné.

— Merci beaucoup, marmonnas-tu dans ta barbe.

J'aurais dû me sentir coupable, mais savoir Sullivan en sécurité éclipsa tout le reste.

— Bon, je dois partir. Veille à toujours l'allonger sur le dos. (Je pointai le doigt vers ton visage.) Oh ! Et une dernière chose…

Tu berçais Sullivan doucement dans tes bras. En cet instant, tu ressemblais à une maman. Ta manière de le tenir tout contre toi, le nez dans ses cheveux, était touchante. Je souris. Il restait encore de l'espoir pour toi.

— N'oublie pas de toujours le sangler dans sa chaise haute et sa balancelle. Aaron se démenait tout le temps pour repousser le plateau de sa chaise. Une fois, il a réussi et il serait tombé si je ne l'avais pas attaché.

— D'accord.

Un autre SMS de Christine arriva.

Dépêche-toi je dois aller chercher les enfants.

130

Non ! Elle n'avait pas le droit de partir. La journée avait été éprouvante. J'avais besoin de passer un moment avec ma meilleure amie.

— Il faut vraiment que j'y aille. Appelle-moi si tu as besoin de quoi que ce soit.

Je lui fis un petit signe avant de me diriger vers la porte. Une fois dehors, j'aspirai une grande bouffée d'air frais. J'étais soulagée d'échapper à cet endroit étouffant.

Alors que je regagnais ma voiture, j'entendis les pleurs de Sullivan. Même si je répugnais à le laisser dans cet état, je savais que c'était temporaire.

Bientôt, toute la vérité éclaterait au grand jour, et il aurait enfin la place qui lui revenait de droit.

## 12

— Où étais-tu ? Tu étais censée arriver il y a une heure ! s'exclama Christine en m'entraînant à l'intérieur.

Ses cheveux étaient remontés en queue-de-cheval et son maquillage absolument parfait, un teint de pêche.

— Désolée, dis-je en ôtant mon manteau.

Il faisait beaucoup trop chaud chez Christine. Elle avait tout le temps froid, pourtant elle se couvrait à peine. Je lui tendis ma veste, qu'elle suspendit dans la penderie de l'entrée. Puis elle entra dans le séjour pieds nus, ses ongles vernis de brun.

Chaussée de baskets, je la suivis d'un pas lourd sur le parquet. L'air embaumait une agréable odeur d'épices, mais cuisiner n'était pas le genre de Christine. Mon regard tomba sur une bougie à la cannelle.

— Tu veux un encas ? proposa-t-elle.

Elle désigna l'assortiment de fromages et crackers sur la table basse, avec deux verres de vin à côté. L'un d'eux portait une trace de rouge à lèvres, trahissant l'impatience de mon amie – elle ne m'avait pas attendue.

Loin de moi l'idée de le lui reprocher.

— Je pensais venir plus tôt, plaidai-je, mais j'ai dû passer chez Kelly avant.

Me laissant tomber dans le canapé, je piochai un cracker. Après avoir étalé du fromage dessus, je l'enfournai en entier dans ma bouche. Le fromage crémeux fondit sur ma langue.

Christine prit place en face de moi, l'air contrarié.

— Kelly, hein ?

— Oui, sa livraison de mobilier pour bébé est arrivée aujourd'hui et je voulais m'assurer qu'elle avait tout installé correctement.

Je fis descendre mon cracker avec une gorgée de vin.

— Heureusement : elle avait couché son fils sur le ventre ! C'est fou, elle ne connaît rien aux bébés.

— Alors c'est ta nouvelle mission ? s'enquit Christine en se penchant vers moi, le visage grave. L'aider à devenir une bonne mère ?

— Eh bien, je fais de mon mieux, répliquai-je en avalant un second cracker. Bon sang, cette crème de fromage est délicieuse !

— Oh, oui, je l'adore. (Christine la contempla d'un œil gourmand.) Ne me demande pas comment elle s'appelle. Je la reconnais à l'emballage.

J'éclatai de rire, puis me renversai dans le canapé.

— Hé, je suis désolée pour mon comportement de ces derniers temps. (Elle se redressa et m'observa attentivement.) Je sais que je n'ai pas été une très bonne amie. Tu mérites mieux.

— Ouais, je suis bien d'accord, railla-t-elle.

Je ris de nouveau. Repliant ses jambes sous ses fesses, Christine avala une lampée de vin.

— J'ai été un peu dure avec toi, Kel. C'est juste que... Je m'inquiète, tu sais. (Elle marqua une pause, le front soucieux.) Je voudrais t'aider. Mais je ne sais pas toujours comment m'y prendre. Je n'ai aucune idée de ce que tu as traversé.

Lorsqu'elle déglutit, son cou s'élargit.

— Je comprends, je t'assure.

C'était la vérité. Je serais très différente si la situation était inversée.

— Nous, les filles, on doit se serrer les coudes, hein ? lança-t-elle en souriant.

— Oui, on doit se serrer les coudes, répétai-je à haute voix, pour graver ce mantra dans mon esprit.

Ces six derniers mois avaient été les pires de mon existence. Et personne ne m'avait soutenue comme Christine. Pensive, je bus une autre gorgée de vin. La tension de mes épaules se dissipa à mesure que l'alcool se diffusait dans mes veines.

— Dieu sait qu'on ne peut pas compter sur les hommes de notre vie, ajoutai-je en faisant tournoyer le liquide vermillon dans mon verre.

— Oh oh. Qu'est-ce que Rafael a encore fait ? demanda mon amie en attrapant un cracker.

— Rien. C'est bien le problème. Il ne fait rien pour m'aider, répondis-je amèrement. Le week-end dernier, il a tout ramené à lui.

— Oh, c'est vrai. Tu ne m'as pas raconté ton week-end !

Christine termina son verre et s'en servit un autre. Je jetai un coup d'œil à l'horloge.

— Tu ne dois pas aller chercher les enfants ?

— Non, en fait, ils m'ont envoyé un message pour me demander s'ils pouvaient rentrer avec des copains. Cool ! (Elle sourit.) Alors, dis-moi tout. Tu as acheté de la lingerie ?

J'acquiesçai tandis qu'un frisson parcourait ma peau.

— Il a aimé ? s'enquit-elle d'un air mutin.

— Un peu trop, répliquai-je avec une grimace.

Elle fronça les sourcils.

— Qu'est-ce que tu veux dire ?

Je pris une nouvelle gorgée de vin et savourai la brûlure de l'alcool sur ma langue.

— Je ne sais pas. Au début, c'était bien, je crois. Il était redevenu l'ancien Raf, doux et tendre.

Christine hocha la tête, m'encourageant à poursuivre.

— Mais pendant le dîner, il s'est comporté en salaud, et j'ai broyé du noir le reste du week-end.

J'avais envie de tout révéler à Christine. Les sentiments que Raf m'inspirait. Les hématomes qu'il avait laissés sur mon corps. Je voulais lui avouer la vérité, y compris à ton sujet.

Mais par où commencer ?

— Oh ! Je vois. Je suis passée par là. (Christine roula des yeux.) Pourquoi faut-il toujours qu'ils gâchent tout ? Joel m'a complètement déprimée l'autre soir. Comme les enfants dormaient chez des copains, je lui ai lancé des signaux de folie, attitude provocante, baisers dans le cou, poitrine bombée, la totale ! Et tu sais ce qu'il m'a lâché : « J'ai été viré aujourd'hui, tu vas sûrement devoir reprendre ton travail. »

— Qu'est-ce que tu dis ?!

Je me redressai d'un bond. Christine soupira, l'air abattu. L'espace d'une seconde, elle laissa tomber son masque de femme invulnérable et parut presque effrayée. Je m'en voulais de l'avoir évitée toute la semaine, alors qu'elle avait manifestement besoin de moi.

— Chris…

Elle se reprit aussitôt et afficha une moue désinvolte.

— Bah, ce n'est rien. On va trouver une solution.

— Tu vas vraiment devoir chercher un boulot ?

Les yeux plissés, elle balaya d'un geste ma suggestion.

— Non, bien sûr que non. Les enfants ont besoin de moi. Et puis, qui m'embaucherait ? Ça fait des années que je n'ai pas travaillé.

J'étais bien placée pour savoir combien il était difficile de trouver un emploi pour une mère de famille sans expérience.

— Je suis tellement désolée, Christine, dis-je avec sincérité.

— Oh, je t'en prie. Joel a des tonnes de compétences. Il est déjà en train de réactiver son réseau. Je suis sûre qu'il va trouver quelque chose en un rien de temps.

— Mais si ce n'est pas le cas, tu pourrais redevenir hygiéniste dentaire, non ?

Elle termina son second verre de vin – du moins, le deuxième depuis mon arrivée.

— Je ne sais pas, répliqua-t-elle d'un ton plus circonspect. Le métier a tellement évolué. Je devrais probablement suivre une formation.

Son expression s'assombrit.

— Je parie que tu te remettrais très vite à niveau.

Je lui saisis la main. Pour être honnête, j'avais toujours envié le parcours professionnel de Christine. J'avais beau posséder une maîtrise d'anglais, cela ne m'avait pas beaucoup aidée l'année dernière. Mon manque d'expérience posait problème. J'aurais donné n'importe quoi pour avoir une vraie profession comme la sienne.

— Ce ne serait pas un mal, non ? Je croyais que tu aimais ton job.

— C'est vrai. Ça me plaisait. C'est juste que, petite, j'allais tout le temps à la garderie, et je ne le souhaite pas à mes enfants. Quand j'ai démissionné pour être mère au foyer, Joel m'a promis que je n'aurais pas à retravailler tant que les enfants ne seraient pas au lycée. (Son regard se voila.) Il me l'avait promis.

*Je jure de t'aimer dans la santé et la maladie. Jusqu'à ce que la mort nous sépare.*

Oui, j'en savais long sur les promesses non tenues.

# 13

Un SMS de Rafael arriva tôt le vendredi matin. Il ne rentrerait pas ce week-end. Son excuse ? Il avait trop de copies à corriger. Et des engagements pris sur le campus.

*Ben voyons.*

Je n'étais pas surprise outre mesure. Pas même émue. Fut un temps où je vivais pour les week-ends, mais ce n'était plus arrivé depuis une éternité.

Après lui avoir répondu, je m'installai à la table de la cuisine avec un mug de thé fumant et contemplai le jardin devant la maison. L'herbe perlait de rosée et une fine pellicule de givre recouvrait les voitures stationnées dans la rue.

Je revoyais Aaron en train de gratter son pare-brise avant de partir au lycée. Une fois, Rafael l'avait vu asperger de l'eau dessus et l'avait vertement sermonné. Aaron n'avait jamais refait cette erreur, dans l'espoir que son père le féliciterait de l'avoir écouté. Mais cela ne s'était jamais produit. Rafael passait son temps à le critiquer. Quel mal y avait-il à faire des compliments ?

Quand Aaron était plus jeune, j'espérais qu'il étudierait à l'université de Fallbrook, où enseignait son père. C'était un gamin indépendant, qui aimait se débrouiller seul. Je me doutais bien qu'il ferait ses études dans une autre ville, mais au moins, à Fallbrook, il serait proche de Raf. Et à seulement deux heures de la maison. Un saut de puce. J'aurais pu leur rendre visite à tous les deux, dormir dans l'appartement de Rafael, déjeuner régulièrement avec mon fils. Des attentes certes un peu naïves, mais je n'imaginais pas le perdre complètement.

Néanmoins, dès le lycée, je compris qu'Aaron ne suivrait pas les traces de son père. Tous deux pouvaient à peine rester ensemble dans une même pièce. Rafael le dépréciait à longueur de temps. Il méprisait ses opinions et se moquait de ses rêves.

C'était à cause de lui que notre fils avait choisi l'université Hoffmann, à dix heures de route de chez nous.

C'était à cause de lui que je me retrouvais seule.

J'agrippai si fort ma tasse que mes articulations blanchirent. Je pris une profonde inspiration. Ma voisine d'en face était de retour. Avec ses enfants. Guillerette, elle les faisait parader dans son allée. *Prétentieuse.* Je me levai et allai laver mon mug dans l'évier.

Après quoi, je montai à l'étage. Dans le couloir vide, un frisson me parcourut. Alors que je passais devant la chambre d'Aaron, un bruit sourd à l'intérieur m'arrêta. Mon cœur manqua un battement. Lorsque je l'entendis de nouveau, je poussai la porte entrouverte. Les charnières émirent un long grincement. Retenant mon souffle, je contemplai la pièce.

Aaron était assis sur le lit, les épaules basses, les cheveux en bataille. D'habitude, il appliquait du gel et les plaquait en arrière, comme son père. Ses yeux étaient rougis et cerclés de bleu. Ébahie, je m'approchai prudemment.

— Aaron ?

Il leva la tête et nos regards se rencontrèrent.

*Mon fils. Il est rentré à la maison.*

Je tendis la main pour lui toucher le visage. Mais il se recula vivement en secouant la tête.

— Aaron ? Qu'est-ce qui ne va pas ?

Cette réaction ne lui ressemblait pas.

Il continuait à secouer la tête, les yeux écarquillés. Avait-il peur de moi ? Mes entrailles se tordirent. Je voulus le rassurer, lui dire qu'il n'avait rien à craindre, mais il ne me regardait pas. Son regard me traversait. Je me retournai et découvris Rafael sur le seuil, les lèvres pincées.

*Que fait-il là ?*

*Qu'est-ce qui se passe ?*

— À quoi pensais-tu, Aaron ? tonna Rafael, furibond.

Mon corps se raidit.

— C'était un accident, papa, répondit Aaron en se frottant le visage. Détends-toi.

À ces derniers mots, mon pouls s'accéléra.

— Je te demande pardon ?

Les yeux de Rafael étincelaient de rage. Il s'avança dans la pièce d'un air menaçant.

Instinctivement, je me positionnai entre mon fils et lui. Tel un bouclier. Une protection. C'était mon rôle depuis toujours.

— Je ne vais pas me « détendre », reprit Rafael en mimant des guillemets avec ses doigts. Tu as heurté une voiture en stationnement, Aaron. Est-ce que tu te rends compte à quel point c'est stupide ?

Le visage de mon fils vira au rouge vif.

— Je ne l'ai pas heurtée. À peine éraflée. Juste une erreur de manœuvre.

— Et maintenant, le prix de l'assurance va flamber. Tu comprends ça, n'est-ce pas ?

— Je suis désolé. Je vais te rembourser.

— Non, tu sais quoi ? Laisse tomber. Pas besoin de payer l'assurance, tu n'as plus le droit de conduire.

— Quoi ?

Aaron releva brusquement la tête. Je voulus protester, mais me ravisai. Chaque fois que je prenais la défense de mon fils, cela me revenait en pleine figure. Rafael ne supportait pas la contradiction.

— J'ai bossé dur pour avoir mon permis, protesta Aaron d'une voix légèrement chevrotante, comme s'il était sur le point de fondre en larmes.

Pourvu que cela n'arrive pas. Rafael serait impitoyable. *Les vrais hommes ne pleurent pas*, martelait-il.

— Pas assez dur, apparemment.

— Franchement, papa, on dirait que tu ne fais jamais d'erreurs.

— Pas comme celle-là, non, rétorqua sèchement Rafael.

Aaron leva les yeux au ciel.

— Ouais, bien sûr, grommela-t-il.

Rafael fit un nouveau pas vers lui. Le cœur battant, je suivis le mouvement.

— Gare à toi ! gronda-t-il.

— Bon, ça suffit, dis-je nerveusement. Allons dans la cuisine, je vais préparer le petit déjeuner. Vous êtes tous les deux énervés. Nous allons discuter de tout ça calmement.

Personne ne me répondit. À croire que j'étais invisible.

— Ce n'est pas si grave, conclut Aaron en arrachant une cuticule de son doigt.

Rafael secoua la tête.

— Tu vois, c'est là que tu te trompes. C'est grave, au contraire. Et c'est la raison pour laquelle tu continues à faire ces putains de conneries. Comme tu n'es pas assez intelligent pour comprendre du premier coup, la conduite, c'est fini pour toi.

Le visage d'Aaron se décomposa. Comme mon cœur.

— Ce n'est pas vrai. Tu es très intelligent, mon chéri.

Une tentative désespérée, mais vaine, d'effacer les dommages causés par les paroles de son père. Aaron savait que je le portais aux nues. Mais ce n'était pas mon estime qu'il recherchait.

Furieuse, je me plantai devant mon mari. J'en avais assez de rester à ne rien faire pendant qu'il poussait notre fils à bout. Il me traitait de chiffe molle, affirmait que les enfants avaient besoin de rigueur. Certes, je croyais à la discipline. Mais je ne supportais plus les humiliations et les rebuffades.

— Ça suffit !

Je tendis les bras vers le torse de Rafael, mais mes paumes ne rencontrèrent que le vide.

Je clignai des paupières.

Rafael avait disparu. Je pivotai sur moi-même. Aaron n'était plus sur son lit. Je parcourus la pièce du regard. Déserte.

Interdite, je m'approchai du lit et lissai la couette. Pas un pli. Aucun creux non plus. Je m'assis et aspirai une grande goulée d'air. Une odeur de renfermé. Pas la moindre trace du parfum d'Aaron – son gel pour les cheveux ou son déodorant, dont il s'aspergeait abondamment. Je le taquinais toujours à ce sujet.

Mon fils n'avait jamais été là.

Fermant les yeux, je sentis poindre une migraine. Quand je les rouvris, j'étais toujours seule. Pourtant, la scène m'avait semblé bien réelle.

Sans doute parce qu'elle l'était. Elle s'était vraiment déroulée.

Mais pas aujourd'hui.

Avec un soupir, je me relevai. Les jambes flageolantes, je quittai le domaine d'Aaron et refermai la porte avec précaution. Les bras serrés contre moi, je regagnai ma chambre et m'adossai au mur en respirant lentement.

Le silence me pesait. Voilà tout. J'étais restée trop longtemps seule. Et puis, il ne s'agissait pas d'une hallucination, mais d'un simple souvenir. J'étais certaine que des tas de gens avaient ce genre de réminiscences.

En quête de distraction, j'allumai mon radioréveil. Ce n'était pas une compagnie humaine, mais au moins, une voix emplissait le vide.

Sur la table de nuit, à côté du réveil, j'aperçus ma liste de courses. J'avais noté tous les ingrédients pour préparer un sauté de légumes – ce que j'avais projeté de cuisiner avant de recevoir le SMS de Rafael. Je la saisis avec l'intention de la jeter à la poubelle – inutile de me donner tant de mal vu que je mangerai seule. À la place, je roulai le papier entre mes doigts, les paroles de Christine flottant dans mon esprit.

*Nous, les filles, on doit se serrer les coudes.*

La liste toujours à la main, j'attrapai mon téléphone pour t'écrire un message.

Mon mari ne rentre pas ce soir. Je prépare un sauté de légumes. Tu veux venir dîner ?

J'attendis quelques minutes, sans obtenir de réponse. Tout en mordillant ma lèvre, je scrutai l'écran dans l'espoir de voir apparaître les petits points. En vain. Frustrée, je lançai mon portable sur le lit et allai prendre une douche.

Laissant le jet chaud cribler mon dos et la vapeur imprégner mon visage, je songeai à toi. Lorsque j'avais compris qui tu étais, honnêtement, j'avais été un peu blessée. Et troublée. Pourquoi te manifester maintenant ? Pourquoi après tout ce temps ?

Qu'attendais-tu de moi ?

*

C'était la première fois que tu venais chez moi. Tu contemplais les lieux avec des yeux ronds. Qu'est-ce qui pouvait te passer par la tête ? Tu étudiais ma salle de séjour comme si tu voulais te l'approprier.

*Attends. Et si... ?*

Après tout, je ne connaissais toujours pas tes intentions. Je voulais croire qu'elles étaient pures, mais le fait que tu gardes le secret me rendait soupçonneuse.

Serrant Sullivan contre moi, je t'observai attentivement. Ton regard étonné s'attarda sur la table de la cuisine. Sans doute à cause du chandelier en cuivre qui trônait en son centre, à côté de mon ordinateur portable. Le candélabre détonnait avec l'ambiance moderne que j'avais donnée au reste de la maison. Même Rafael s'était esclaffé lorsque je l'avais posé là. Mais c'était un cadeau de Carmen. Il se trouvait au même endroit dans la cuisine de ma belle-mère. J'avais passé des heures à discuter avec elle à sa table en buvant du thé, le vieux chandelier posé entre nous. Rafael le détestait. Pour lui, ça ressemblait à une vieillerie dégotée dans un vide-greniers. Pourtant je refusais de le déplacer. J'aimais avoir un souvenir de Carmen dans cette pièce.

— C'est ton mari ? demandas-tu en examinant un portrait de Rafael et moi posé sur une desserte.

Ta question était innocente, ton expression imperturbable.

— Oui.

— Vous êtes mignons tous les deux.

— Merci.

L'image de Rafael sermonnant Aaron, le traitant de gamin stupide, me revint à l'esprit. Je chassai ce souvenir.

— Où il est, ce soir ?

— Il travaille à Bay Area.

— Et il ne rentre pas le week-end ?

— D'habitude, si. Il avait trop de choses à gérer ce week-end. (Une pensée me traversa.) Mais il sera là samedi prochain. Tu pourrais peut-être le rencontrer ?

— Ouais, peut-être.

Tu ne paraissais guère convaincue.

143

Sullivan chouina, aussi le fis-je rebondir. À peine arrivée, tu me l'avais confié sans hésitation :

*Tiens, prends-le.*

Le garçonnet avait atterri tout guilleret dans mes bras grands ouverts.

J'étais ravie que tu me fasses confiance. J'avais eu le plus grand mal à confier Aaron à qui que ce soit quand il était petit, même à des membres de notre famille.

Quand tu t'approchas d'une photo d'Aaron, une sensation de malaise s'installa dans ma poitrine, comme un grand froid. Tu ouvris la bouche, et la panique s'empara de moi. Plusieurs possibilités s'offraient à moi.

Jouer avec ton fils.

Sourire. Rire avec toi.

Te préparer à dîner.

Te servir un verre de vin.

Être ton amie.

Mais je ne te parlerais pas d'Aaron.

Pas encore. Pas maintenant.

Pas avant d'être sûre que tu sois digne de confiance.

Depuis ton arrivée, les mots *Je sais qui tu es* me brûlaient la langue. Cela me faisait physiquement mal de les garder en moi, telles des griffes cherchant à se frayer un chemin jusqu'à mes lèvres. Il me fallut déployer toute ma volonté pour les faire taire. Pour les enfouir tout au fond de ma gorge.

— Tu veux boire quelque chose ?

Ma poitrine se gonfla de soulagement.

— Volontiers.

— Du vin ?

Je ne buvais jamais quand Aaron était bébé, parce que j'allaitais. Comme ce n'était pas ton cas, je pouvais te proposer de l'alcool.

— Bonne idée.

J'avais vu juste.

— Il y a une bouteille ouverte sur le comptoir. Tu veux bien nous servir deux verres, pendant que je garde Sullivan ?

J'aurais pu te le rendre, mais je n'étais pas prête. De plus, nous savions toutes les deux que tu n'étais pas pressée de le reprendre.

À ta manière de servir le vin, il me sembla que tu étais impatiente de boire.

— Waouh, tu as la main lourde ! plaisantai-je quand tu me tendis mon verre.

Les commissures de tes lèvres s'affaissèrent.

— Oh, désolée.

— Non, c'est parfait. J'ai eu raison de te confier cette tâche !

J'éclatai de rire et posai mon verre sur la table basse afin de m'installer confortablement dans le canapé.

Tu avais toujours cette expression de petit chien battu, ce qui me fit regretter mes paroles. Pour une fille si forte en apparence, tu étais plutôt sensible.

Tu pris place à l'autre bout du canapé et bus une gorgée de vin. Je calai Sullivan sur mes genoux, face à sa maman. Il voulut attraper un objet imaginaire et laissa échapper un gazouillis.

Tu te redressas et plongeas le bras dans le sac à tes pieds pour en extirper un jouet que tu agitas devant le visage de Sullivan.

— Tiens, mon grand.

Ses petits doigts grassouillets s'enroulèrent autour du hochet. Il le secoua de haut en bas, le faisant tintinnabuler.

Au moment de te renfoncer dans le canapé, quelques gouttes de vin tombèrent sur le cuir ivoire.

— Merde ! t'écrias-tu, prête à réparer les dégâts de ta paume.

— Non !

Tu retiras ta main comme si le canapé était en feu.

— Oh, mon Dieu, je suis désolée.

— Ne t'inquiète pas, dis-je, regrettant d'avoir crié. Ne touche à rien. Je vais chercher un torchon. Ce sera pire si tu frottes. Tiens. Prends Sullivan.

Dès que tu eus reposé ton verre, je posai Sullivan sur tes genoux.

Me ruant dans la cuisine, je me fis la remarque que je parlais comme ma propre mère. Enfant, je n'avais jamais le droit de manger ou boire au salon. De nature obéissante, je ne dérogeais jamais à la règle. Jusqu'à cette veillée de Noël, où ma mère m'avait autorisée à boire un chocolat chaud sur le canapé en contemplant notre immense sapin étincelant de lumières. Évidemment, j'avais renversé du chocolat. Et j'avais eu la même réaction que toi. J'avais frotté les taches avec ma main en espérant que maman ne remarquerait rien. Bien sûr, ç'avait été un désastre.

Je n'avais plus jamais eu le droit de manger sur le canapé.

À la naissance d'Aaron, je m'étais juré d'être différente. J'allais être une mère cool et décontractée. Je laisserais mon fils boire et manger partout où il le voudrait. Dans l'ensemble, j'avais tenu ma promesse et j'étais devenue pour Aaron la mère que j'aurais aimé avoir.

À une exception près. À un moment donné, je n'avais pas été là pour mon fils.

Battant des cils pour chasser mes larmes, j'ouvris le placard sous l'évier et attrapai une paire de torchons. Après en avoir passé un sous l'eau, je regagnai le salon.

Tu étais installée dans le fauteuil inclinable à présent, Sullivan au creux de tes bras. Ses grands yeux suivaient tous mes mouvements.

Les éclaboussures de vin ressemblaient à des gouttes de sang. Mes genoux craquèrent quand je m'accroupis devant le canapé.

— Je peux m'en charger, me proposas-tu.

— Pas la peine.

À l'aide du torchon mouillé, je frottai le cuir d'une main ferme, jusqu'à ce que tout disparaisse.

— Waouh. Tu as réussi.

Tu observais mon manège par-dessus mon épaule.

— Oui. Juste un peu de patience et de détermination.

Oh, mon Dieu. Je ressemblais vraiment à ma mère ! Bon sang, pourquoi me transformais-je en elle à ton contact ?

Après m'être débarrassée du torchon, je te rejoignis dans le salon. Comme tu avais presque terminé ton verre, j'avalai plusieurs gorgées de vin pour rattraper mon retard.

— Ta maison est incroyable.

Sullivan se frappait consciencieusement la jambe avec son jouet, mais comme il gazouillait cela ne lui faisait visiblement pas mal.

Je regardai autour de moi pour tenter de voir ma maison à travers tes yeux. Folsom était une communauté aisée. Notre demeure était agréable, mais ce n'était rien comparé aux autres propriétés du voisinage. Il était rare qu'une personne s'extasie sur mon intérieur.

— Tu vis ici depuis longtemps ?

— Oui. Plus de dix ans.

— Ton fils a eu de la chance de grandir ici. Il aimait l'endroit ?

*J'ai hâte de me tirer d'ici.* Les mots d'Aaron demeuraient gravés dans ma mémoire.

Je déglutis avec peine.

— Euh… oui, je crois.

Ce n'était pas totalement un mensonge, n'est-ce pas ?

Je le revoyais courir dans le jardin en riant, ses petits doigts accrochés aux miens. Il semblait si heureux alors, quand il jouait ou regardait la télé dans le salon.

Ses rires emplissaient la maison.

Mais il était encore si jeune.

— Ouais, j'imagine, murmuras-tu en examinant le plafond voûté. J'aurais donné n'importe quoi pour habiter dans une maison comme celle-là.

— Ah oui ?

Je n'étais pas certaine que ce soit vrai, mais j'étais curieuse de savoir d'où tu venais.

— Où as-tu grandi ?

Je portai lentement mon verre à mes lèvres, avec une nonchalance affectée, comme si j'étais en train de bavarder avec mon amie. Et non en quête d'informations.

— Bah, dans un petit pavillon. (Haussant les épaules, tu portas ton verre à tes lèvres.) Ma mère ne pouvait pas s'offrir mieux.

— Ton père n'était pas là ?

Tu secouas la tête.

— Et le père de Sullivan ? Il est impliqué dans l'éducation de son fils ?

J'avais pris une pose décontractée, un bras sur le dossier du canapé, au lieu de me pencher vers elle d'un air attentif.

Une lueur de colère traversa ton regard. J'avais touché un point sensible.

— Non, répondis-tu si bas que j'entendis à peine ta voix.

— Il n'est pas au courant pour Sullivan ?

Tu lâchas un rire amer.

— Oh que si ! Il est parfaitement au courant.

Une drôle de sensation s'enroula dans mon ventre.

— Il le connaît ?

Sourcils froncés, tu secouas de nouveau la tête.

— Non. La dernière fois que je l'ai vu, j'étais enceinte, et il m'a demandé d'avorter.

Ta déclaration me fit l'effet d'un coup de poignard.

— Oh, mon Dieu, c'est horrible.

— Peu importe. Je m'en suis remise.

Il était clair que ce n'était pas le cas.

Que faire ? Une partie de moi voulait t'étreindre, t'assurer que tout irait bien. Mais mes bras refusaient de bouger. J'étais comme pétrifiée.

Tu reposas ton verre et te levas brusquement.

— Je dois changer Sullivan. (Tu récupéras une couche dans ton sac.) Où je m'installe ?

— Euh... (Je clignai des paupières, toujours éberluée par cette révélation.) Tu peux utiliser la chambre d'amis. Au bout du couloir à droite, ajoutai-je en t'indiquant la direction du doigt.

En te regardant disparaître dans le couloir, je m'humectai les lèvres.

— *Alors comme ça, tu t'es fait de nouveaux amis. Et parmi eux, y aurait-il une fille intéressante ?*

*Je sondais Aaron du regard. Il était rentré à la maison pour les fêtes de Noël. C'était tard dans la soirée et nous étions affalés sur le canapé, à discuter. Il avait baissé sa garde, et ne s'était pas montré aussi ouvert depuis bien longtemps. J'avais décidé de forcer ma chance.*

*Il s'enfonça dans les coussins, le regard brillant.*

— *Peut-être.*

*Ravie, je lui touchai gentiment le genou.*

— *Raconte !*

— *Y a pas grand-chose à raconter. Juste que j'ai rencontré cette fille.*

— *Et tu sors avec elle... Enfin, vous vous voyez ?*

— *Pas encore. Mais je l'aime bien. Elle est cool.*

En découvrant le tee-shirt de l'université Hoffmann chez toi, j'avais pensé que tu étais la fille dont il m'avait parlé. Et qu'il était le père de Sullivan.

Cependant, je n'osais formuler mes soupçons à voix haute. Pas avant d'avoir obtenu davantage de détails.

Mais ton récit m'avait abasourdie. Mon fils ne dirait jamais une telle chose. Jamais il ne t'aurait demandé de te débarrasser de l'enfant. Je l'avais élevé mieux que ça.

*Il* valait mieux que ça. Alors pourquoi prétendais-tu le contraire ? Pourquoi ces mensonges sur lui ?

*À quel jeu jouais-tu, Kelly ?*

# 14

Tu avais tellement bu que tu t'étais écroulée sur le canapé deux heures après le dîner. Cela ne m'avait pas surprise, vu la quantité d'alcool que tu avais ingurgitée. J'espérais que ce n'était pas une habitude chez toi.

Et que se serait-il passé si je n'avais pas été là ? Pauvre Sullivan, il aurait dû se débrouiller tout seul. Or nous savons tous que les bébés en sont incapables.

Tout à l'heure, alors que tu entamais ton troisième verre de vin, tu as parlé d'appeler un Uber pour rentrer. C'était absurde. Tu n'avais aucune raison de faire ça. Sullivan et toi étiez les bienvenus ici. J'avais des chambres d'amis, des draps et des serviettes propres. Tout ce dont vous aviez besoin. Tes motivations profondes me troublaient, mais cela ne changeait rien à mon désir de vous aider, Sullivan et toi.

J'étais généreuse et aimante, des qualités que j'avais enseignées à mon fils. Et rien ne pourrait m'empêcher de venir en aide à une mère célibataire et à son bébé, même si, à l'évidence, cette mère détenait un secret.

Jetant un coup d'œil à Sullivan étendu sur une couverture au milieu du salon, je compris qu'il me manquait une pièce de mobilier importante. Un berceau.

Le front plissé, je fouillai ma mémoire pour me rappeler ce que je faisais avec Aaron dans ce genre de situation. Il ne me fallut pas beaucoup de temps pour en conclure que cela ne m'était jamais arrivé.

Non, je ne m'étais jamais écroulée ivre chez des amis lorsque mon fils était bébé.

Encore une bonne raison de te tenir à l'œil.

*Qui que tu sois, Kelly, tu as besoin de moi.*

Mon pouls s'emballa quand une idée surgit dans mon esprit. Étourdie, j'enfilai mes pantoufles et me rendis dans le jardin. Il faisait horriblement froid. Tandis que je traversais la pelouse, l'air glacé me saisit. Je frictionnai mes bras nus – la maison étant bien chauffée, je ne portais pas de manches longues.

Le temps que j'atteigne la remise, je claquais des dents. La porte déverrouillée, je me glissai dans le petit espace sombre et humide. Mon téléphone me servit de lampe de poche. Deux ou trois vieux jouets d'Aaron traînaient par terre. À côté d'un tas de cailloux.

Autrefois, il aimait jouer ici. Il prétendait que c'était un bunker de l'armée.

Je m'avançai et m'emparai d'un carton qui portait la mention BÉBÉ. Je pensais tomber sur des couvertures et des grenouillères bleues, et peut-être quelques jouets d'Aaron. Au lieu de quoi, je me retrouvai devant une cascade de vêtements roses, avec sur le dessus une couverture rose pâle.

Une boule m'obstrua la gorge. D'une main fébrile, j'effleurai le tissu. Doux et pelucheux. Refermant la paume dessus, je le soulevai et le portai à mon visage pour en respirer le parfum. Une odeur de moisi.

Mon cœur se serra.

Les larmes aux yeux, j'inspectai le contenu de la boîte. Encore du rose. Des barboteuses, des robes, des petites chaussures. Tout était neuf. Ma respiration devint plus saccadée. Je lâchai la couverture et reculai comme si la caisse contenait une maladie contagieuse. Ma poitrine me brûlait. Je pris une grande inspiration, mais cela ne me fit aucun bien. L'air était poussiéreux. Je devais sortir de là.

Mon regard s'attardait sur la porte à double battant, lorsque je le repérai.

Le carton que j'étais venue chercher. Je posai la main dessus avec un sourire. Je respirais mieux à présent. Rafael voulait que je me débarrasse de tous ces objets. Il en avait jeté une partie. Voilà comment tout cela avait atterri ici. À l'origine, la cabane devait servir à entreposer le matériel de jardin. C'est moi qui avais remisé ces caisses ici, au cas où.

*Attends de voir ça, Kelly.*

\*

— Kelly ! Sullivan !

Je roulai sur le lit et m'étirai du côté de Rafael. Même paupières fermées, je percevais une lueur orangée indiquant que le jour se levait. J'avais toujours été un oiseau de nuit. Rafael, lui, était plutôt du matin. Au début de notre mariage, il me préparait mon café et allait acheter des viennoiseries le dimanche, pendant que je faisais la grasse matinée. Je me réveillais avec l'odeur d'un *latte* à la vanille et d'un scone tout chaud.

Quand était-ce arrivé pour la dernière fois ?

Chassant ces pensées, j'enfonçai mon visage dans l'oreiller, déterminée à me rendormir.

— Sullivan ! Kelly !

Je me figeai. Mes paupières s'ouvrirent. J'avais oublié ta présence. Des pas résonnèrent dans l'escalier.

— Ici ! appelai-je d'une voix rauque.

— Kelly ?

Ta voix me parvenait étouffée à travers la porte de ma chambre.

Le battant s'ouvrit à la volée et tu apparus sur le seuil, les yeux tout ronds, à croire que tu avais vu un fantôme.

— Où est Sullivan ?

Ta voix trahissait une légère irritation. Comme si je pouvais lui avoir fait du mal.

— Ne t'inquiète pas, il est juste là.

Les lèvres pincées, tu pénétras dans la pièce. Tes cheveux étaient plaqués sur ton crâne dans un fouillis de boucles. Du mascara noir avait coulé sur tes joues et ta bouche était barbouillée de rouge à lèvres et de vin. Tu ressemblais à une fille avec la gueule de bois. Une fois près de moi, tu fronças les sourcils.

Pourquoi faisais-tu cette tête ?

Sullivan allait bien. Il dormait profondément dans le couffin près de mon lit. Je l'avais surveillé toute la nuit. Il était parfaitement en sécurité.

— Où as-tu trouvé ça ?

— Le couffin ? C'était à Aaron.

Si tu paraissais bizarre avant, maintenant, tu semblais carrément flippée.

*Mais pourquoi ?*

— Et tu l'as gardé ici ? Dans ta chambre ?

Sérieusement ? Pour qui me prenais-tu ?

— Non, bien sûr que non. Il était dans la cabane du jardin.

— Ce truc vient d'une cabane ?

— Ne t'inquiète pas. Il était rangé dans un carton et je l'ai nettoyé avant de mettre Sullivan dedans. C'est sans danger. Regarde comme il est bien là.

La nuit dernière, j'avais bercé Sullivan jusqu'à ce qu'il s'endorme dans mes bras. Je l'avais gardé un moment, savourant la sensation de son corps contre le mien. Puis, quand je l'avais installé dans le couffin, il avait sombré dans un sommeil si profond qu'il n'avait pas bougé de la nuit. Le visage détendu de cet enfant, éclairé par la lune, était un merveilleux spectacle. Il ressemblait trait pour trait à Aaron. Même teint et cheveux sombres, même nez droit, même bouche en cœur et yeux en amande. Alors que toi, tu avais la peau aussi pâle que moi, les lèvres pleines, le nez retroussé et les yeux arrondis.

Au plus profond de mon âme, je sentais que Sullivan était mon petit-fils.

Mais si c'était vrai, pourquoi Aaron me l'aurait-il caché ? Et pourquoi m'avais-tu raconté ce mensonge sur lui ?

— C'est une couverture neuve ?

Ta question m'arracha à mes réflexions. Tu semblais inquiète.

Honnêtement, tu commençais à me taper sur les nerfs. Ton comportement était déconcertant. Hier soir, pendant que tu gisais ivre morte sur mon canapé, j'avais pris soin de ton fils. Alors j'aurais espéré un peu plus de gratitude.

— Oui.

Je souris en contemplant la couverture rose enroulée autour de Sullivan. J'avais été anéantie d'avoir remballé toutes ces affaires, certaine alors qu'elles ne serviraient plus jamais.

Désormais, elles étaient utiles.

Cela paraissait si logique. Si poétique. Comme si nous avions bouclé la boucle.

— D'accord, répondis-tu d'une voix traînante. Eh bien, euh, merci de nous avoir accueillis, mais on ne veut pas s'imposer. On va rentrer chez nous.

— Pas du tout ! Quelle idée !

Repoussant les draps, je secouai la tête. Il était inenvisageable que je te laisse partir. Pas avec toutes ces questions sans réponses qui tourbillonnaient dans ma tête.

— Sullivan dort encore et tu n'as pas pris ton petit déjeuner. (Je me glissai hors du lit.) Viens, je vais le préparer.

Ton regard erra vers Sullivan. Mon estomac se noua. Je ravalai les paroles que j'avais sur le bout de la langue.

— Euh… c'est super sympa, mais tu en as assez fait. On doit s'en aller.

— Quel genre d'hôtesse laisserait partir son invitée l'estomac vide ? plaisantai-je en te prenant le bras.

Après tout le vin que tu avais avalé la veille au soir, tu avais besoin de t'alimenter.

Quittant la pièce, je t'entraînai dans mon sillage. Sur le seuil, tu jetas un coup d'œil derrière toi.

— Il est très bien ici. S'il se réveille, nous l'entendrons.

Tu ne paraissais guère convaincue, mais tu hochas lentement la tête avant de me suivre au rez-de-chaussée. Je nous préparai du café, des œufs brouillés et des pommes de terre sautées. Ce n'étaient pas des *latte* et des scones, mais ça ferait l'affaire.

— Sullivan dort toujours aussi bien ? demandai-je en m'installant à la table du coin cuisine, même si je connaissais déjà la réponse.

— Non, d'habitude, il pleure plusieurs fois par nuit et se réveille pour de bon à 6 heures.

Tu bus un peu de café.

— Il doit se sentir bien ici.

Je laissai flotter les implications de ces paroles.

Tu compris sans doute l'allusion, mais tu te contentas de piquer un morceau de pomme de terre avec ta fourchette et de mordre machinalement dedans. Tu aimais tes œufs agrémentés de sauce piquante, comme moi. Aaron recouvrait toujours les siens de ketchup. Je trouvais ça tellement dégoûtant que je ne pouvais pas le regarder manger. Rafael aimait lui aussi la sauce piquante. Et maintenant, je les préparais toujours ainsi.

— C'est super bon, déclaras-tu, la bouche pleine. Tu cuisines bien !

— Merci, j'aime bien ça.

Je décidai d'en apprendre un peu plus sur ta vie.

— Et toi ? Qu'est-ce que tu aimes faire ?

Tu haussas les épaules avec un air pensif.

— Je ne sais pas. J'aime être avec Sullivan. Et regarder la télé.

*Oh, mon Dieu.*

— Non, je veux dire, quels sont tes passe-temps ? Tes centres d'intérêt ?

J'aurais bien ajouté quelques questions. Pourquoi ne travailles-tu pas ? Comment paies-tu ton loyer ? Qu'est-ce qui t'amène *réellement* à Folsom ? Mais inutile de te presser. De te faire peur. Je devais procéder par étapes.

Comme tu ne répondais pas, je pris les devants.

— Avant de tomber enceinte d'Aaron, je rêvais d'être journaliste. J'ai passé un diplôme d'anglais sur les conseils de Rafael, car il pensait que cela m'ouvrirait plus de portes. Comme enseigner ou travailler dans une entreprise. J'avais tout de même pris l'option journalisme, parce que c'était ce que je voulais vraiment faire.

— Journaliste à la télé ? Pour présenter des émissions, ou un truc comme ça ?

— Non, pour écrire dans un magazine ou un journal.

— Mince, il y a encore des gens qui en lisent ?

Je sentais l'irritation monter en moi, telles des petites bulles de champagne.

— Oui, il y a encore des gens qui lisent les journaux.

— Ah, ouais. Sur leurs téléphones, c'est sûr.

Je secouai la tête et poussai un soupir.

— Et toi ? Tu faisais des études avant de tomber enceinte de Sullivan ?

— Ouais, mais je ne savais pas trop quel métier faire. Alors ça n'a pas été difficile de laisser tomber.

Tentant une nouvelle fois ma chance, je m'enquis :

— Dans quelle université tu étudiais ?

— Oh, une petite fac sans prétention. Tu n'en as sûrement jamais entendu parler.

Déçue, je fronçai les sourcils. Cette conversation ne menait nulle part.

— Eh bien, peut-être qu'un jour tu reprendras tes études ?

— Ouais, peut-être.

Tu engloutis ta dernière bouchée d'œufs brouillés.

Un pleur déchira l'air.

*Aaron.*

Je retins mon souffle.

— Sullivan est réveillé ! t'exclamas-tu en te levant.

*Oh, c'est vrai. Sullivan. Bien sûr.*

Pendant que tu montais à l'étage, je débarrassai la table et lavai la vaisselle. Lorsque tu revins avec Sullivan dans les bras et ton sac à langer en bandoulière, je remarquai aussitôt ton expression soulagée.

— Merci pour tout.

— Vous partez ?

— Ouais, faut qu'on rentre.

— Tu es sûre ? Raf ne revient pas du week-end et j'ai cette grande maison pour moi toute seule. Vraiment, vous pouvez rester aussi longtemps que vous le voulez… même après le week-end.

Si j'avais le moindre lien de parenté avec ce bébé, je voulais le garder auprès de moi.

Tu reculas en hochant la tête.

— Ouais, désolée.

Bizarre. La veille au soir, tu t'extasiais sur la maison, comme quoi ça devait être génial de vivre ici, et, ce matin, tu étais impatiente de partir.

Qu'est-ce qui m'échappait ?

Puis tu quittas les lieux en trombe, Sullivan dans tes bras, comme si tu fuyais quelque chose. M'étais-je trompée sur ton compte ? Après tout, tu n'étais peut-être qu'une étrangère qui portait le même nom que moi.

Tout cela ne serait-il qu'une coïncidence ?

*Il faut que tu consultes un psy. Ce que tu dis n'a aucun sens.*

La voix de Rafael résonna dans ma tête, suivie de celle du Dr Hillerman.

*Vous voyez des choses qui n'existent pas, Kelly.*

## 15

Isabella Grace Medina.

C'est le nom de ma fille. Elle est née deux ans après Aaron. Quand nous l'avons ramenée de la maternité, j'avais l'impression de rêver. Comme si c'était trop beau pour être vrai. Fille unique, j'avais toujours désiré une grande famille. Il semblerait que mon souhait ait été exaucé. Rafael et moi chérissions déjà notre fils, et nous avions à présent notre petite fille.

Elle était en tout point parfaite. Les mêmes épais cheveux noirs que son frère. Le même teint sombre, la même bouche en cœur. Les semaines suivant sa naissance, je ne pouvais me lasser d'elle. Aaron se montrait incroyablement gentil avec sa petite sœur. Bien sûr, il était un peu jaloux quand je la berçais trop longtemps ou que je m'occupais d'elle en priorité. Mais il était clair qu'il l'adorait. Il lui tapotait la tête et lui chantait des chansons idiotes. Il l'embrassait sur la joue et grimaçait pour la faire rire. En revanche, il ne comprenait pas bien pourquoi il ne pouvait pas parler et jouer avec elle.

Je lui avais promis que, bientôt, ce serait possible.

C'était la première fois que je mentais à mon fils.

Rafael était patient avec Isabella. Il changeait ses couches et s'en occupait tôt le matin pour que je puisse dormir un peu. Pourtant il n'avait pas créé de lien spécial avec elle. Pas comme moi. Ça ne m'avait pas dérangée, car cela s'était passé de la même façon avec son fils.

À la naissance d'Aaron, je m'en étais inquiétée. Mais Carmen m'avait expliqué que certains pères n'étaient pas à l'aise avec la « phase bébé ». Je comprenais ça. Avec Aaron, j'avais souffert d'une légère dépression post-partum. Les hommes traversaient peut-être une période similaire.

Aujourd'hui, je n'en étais plus aussi sûre.

Rafael était resté distant avec son fils. Et cela ne s'était pas amélioré avec le temps. En vérité, Raf avait toujours semblé un peu jaloux de lui. Et je me sentais souvent coupable. Je savais que je couvais trop Aaron, mais j'aimais l'avoir tout le temps près de moi.

Aurais-je adopté le même comportement si Isabella avait survécu ? J'imagine qu'on ne le saura jamais.

Isabella était morte à l'âge de deux mois.

Je n'étais même pas à la maison. C'était la première fois que je la laissais. Une sortie avec des copines. Et je ne l'avais pas confiée à un étranger ou à une baby-sitter, loin de là. Rafael et Aaron étaient à la maison. Voilà pourquoi je ne m'étais pas inquiétée. Rafael m'avait assuré que tout irait bien. Il avait même ajouté que ce serait l'occasion de nouer des liens avec elle.

Je m'étais persuadée que mon absence était une bonne chose. Pour Rafael.

Pendant que je bavardais, buvais et riais avec mes amies, ma fille cessait de respirer dans son lit d'enfant.

Mort subite du nourrisson.

J'avais cherché une explication. Une raison. En vain.

Je n'avais jamais plus bercé ma petite fille dans mes bras.

\*

— En voulez-vous à Rafael pour ce qui est arrivé à votre fille ? interrogea le Dr Hillerman en joignant les mains, comme à son habitude.

— Non, répondis-je sans le penser une seule seconde. C'est à moi que j'en veux.

— Pourquoi cela ? s'enquit-il en fronçant ses sourcils broussailleux.

Je me forçai à détourner le regard. Je jurerais qu'ils s'étaient encore étoffés depuis la dernière fois.

— Parce que j'aurais dû être à la maison.

— Mais vous savez que ce n'est pas rationnel, n'est-ce pas ? Je veux dire, vous n'auriez rien pu faire pour empêcher cette mort subite.

C'était ce qu'on m'avait expliqué. Mais ce n'était pas aussi simple. Si j'avais été à la maison, j'aurais pu m'assurer qu'elle était allongée sur le dos et qu'il n'y avait pas de couverture ni de jouets dans son lit. Rafael ne faisait pas attention à ce genre de choses. Et chaque fois que je le lui rappelais, il me répondait que j'étais pénible et qu'il savait ce qu'il faisait.

À l'évidence, il avait ignoré mes instructions car j'avais retrouvé Isabella allongée sur le ventre.

— J'imagine qu'on ne le saura jamais.

— Vous y pensez encore beaucoup, n'est-ce pas ?

Je secouai la tête.

— Pas tant que ça. En fait, pendant un temps, je n'ai plus du tout pensé à elle.

— Qu'est-ce qui a changé ?

*Toi, Kelly. Tu as tout changé.* Je m'éclaircis la gorge.

— Mon amie Kelly... Vous vous rappelez ? Je vous ai parlé d'elle.

Le Dr Hillerman jeta un coup d'œil à ses notes et tapota son calepin avec son stylo.

— Celle qui a le même nom que vous ? Avec le bébé ?

J'acquiesçai.

— Eh bien, elle a passé la nuit de vendredi à la maison et j'ai dû chercher un lit pour son bébé. Je suis allée dans la remise et j'ai récupéré l'ancien couffin d'Aaron. Et par la même occasion, je suis tombée sur les affaires d'Isabella.

— Cela a dû être pénible pour vous.

— En effet.

J'observai la petite fenêtre derrière le Dr Hillerman. On ne voyait rien à travers, en dehors du mur du bâtiment voisin. Gris et morne.

— J'ai trouvé une couverture… rose… si douce…

Mes mots s'effilochaient à mesure que je visualisais la scène. Je fermai les yeux pour invoquer la sensation soyeuse du tissu entre mes doigts, l'odeur poudrée de Sullivan imprégnée dessus le lendemain.

— Je l'avais achetée à Isabella pour Noël, mais elle est morte avant de pouvoir en profiter.

Une boule se forma dans ma gorge. Je déglutis pour la déloger. Clignant des paupières, j'examinai de nouveau le mur terne derrière la fenêtre.

— Le fils de Kelly n'avait qu'un drap fin avec lui vendredi soir. Alors je l'ai emmitouflé avec la couverture d'Isabella. Il a dormi avec toute la nuit. (Je souris.) Dans le couffin d'Aaron, à côté de mon lit.

À ce souvenir, une douce chaleur se répandit dans mon corps.

— Vous aviez installé le bébé de votre amie dans votre chambre ?

Lèvres pincées du Dr Hillerman. Pourquoi trouvait-il cela bizarre ?

— Oui. (Je haussai les épaules.) Elle s'était écroulée ivre morte sur mon canapé. J'ai pensé que Sullivan serait plus à son aise dans ma chambre. Aaron a toujours aimé dormir près de mon lit.

— Isabella ne dormait pas près de vous ?

Je secouai la tête.

— Je vois.

Le Dr Hillerman prit des notes. Mes épaules se contractèrent.

— Et c'est pour cela que vous vous en voulez ?

— Ce n'était pas ma faute, répondis-je avec amertume. C'était la décision de Rafael.

163

— *Elle ne dormira pas ici*, se fâcha Rafael.

— *Mais si. C'est un nouveau-né.*

*Rafael poussa un soupir exaspéré.*

— *Beaucoup de bébés dorment dans leur chambre, Kel.*

— *Oui, les bébés. Pas les nouveau-nés.*

— *C'est pareil.*

— *Pas du tout.*

— *On vient de faire sortir un bébé de notre chambre. On ne va pas en faire entrer un autre.*

— *Ce n'est que pour quelques mois.*

— *C'est ce que tu as dit pour Aaron, et il est resté deux ans.*

*Le désespoir embrasa ma poitrine quand j'imaginai ma petite fille dans une autre chambre. Et si elle avait besoin de moi ?*

*Comme s'il lisait dans mes pensées, Rafael s'approcha et me saisit les mains.*

— *On mettra un babyphone ici. Tout ira bien.*

*Il m'embrassa les doigts. Un baiser doux et tendre.*

— *Notre chambre est l'endroit où toi et moi, on doit se retrouver… sans les enfants.*

*Rafael me fit un clin d'œil et mes genoux se dérobèrent. Je savais que je serais incapable de lui tenir tête.*

— Alors vous blâmez Rafael ?

Voilà, j'en avais encore trop dit. Je n'étais pas assez prudente.

— Eh bien, peut-être un peu.

— Vous le blâmez aussi de l'absence d'Aaron. Vous ne pensez pas que cela creuse un fossé entre vous ?

La sueur perlait à mes tempes et coulait entre mes omoplates. Je m'essuyai le front du dos de ma main en soupirant.

— Ça n'a plus d'importance aujourd'hui, marmonnai-je, dans l'espoir de parler d'autre chose. Je ne peux pas changer le passé, n'est-ce pas ? Je peux seulement aller de l'avant.

— Et c'est ce que vous faites ? Avec votre amie ? Celle que vous aidez pour son bébé ?

— Oui, répondis-je, soulagée de parler de toi. Exactement. J'imagine que l'aider est une forme de rédemption.

— Je vois.

Il griffonna de nouveau sur son calepin.

Merde. Qu'est-ce que j'avais dit comme idiotie, cette fois ?

— Enfin, peut-être pas de la rédemption. Je ne sais pas. J'essaie juste de faire ce qui est bien. Mon amie a vraiment besoin d'aide. Elle ne sait pas s'y prendre. Et elle n'a personne.

— Un peu comme vous avec Aaron.

Pas du tout !

— J'avais plein de gens autour de moi. Mes parents. Les parents de Raf. Des amis. Raf.

— Hum. (L'air pensif, il se tapota le menton de son stylo.) Vous avez toujours été proche de vos beaux-parents, en particulier de votre belle-mère. En revanche, d'après ce que vous m'avez raconté, vous n'étiez pas en très bons termes avec vos parents.

J'avais oublié combien je m'étais montrée honnête avec le Dr Hillerman.

— Oui, je suppose qu'on n'était pas très proches. Mais au moins les parents étaient dans les parages.

— Vous leur parlez encore ?

— Eh bien, Carmen est décédée, murmurai-je, submergée par l'émotion.

Souvent, je me demandais si les choses auraient été différentes avec Carmen près de moi. Elle s'efforçait toujours de me faciliter l'existence.

Le Dr Hillerman se pencha en avant. Je m'éclaircis la gorge.

— Et le père de Rafael est dans une maison de retraite à Bay Area. Rafael lui rend visite une fois par semaine, je crois.

*Il passe probablement plus de temps avec lui qu'avec moi.*

— Et vos parents ?

— Ils sont morts.

— Mais ils ne le sont pas, n'est-ce pas ?

— Ils le sont pour moi.

# 16

Le silence de la maison était assourdissant.

D'abord une douche. Une fois habillée, je m'approchai du couffin, la couverture rose roulée en boule. Je la saisis et la portai à mon visage. L'odeur fraîche de Sullivan m'enivra.

Mon cœur saignait.

Le silence m'étouffait.

Pourquoi ce départ précipité ? Tu n'aimais pas ma maison ? Sullivan l'appréciait, lui. Il était heureux ici. En sécurité. C'était égoïste de ta part de le ramener dans ce taudis qui te servait d'appartement.

Je t'avais offert un toit. Un lieu confortable. Sûr. Une main tendue. Pourquoi ne l'avais-tu pas saisie ? Franchement, ça n'avait aucun sens.

L'hiver approchait à grands pas. Tu vivais dans un endroit miteux. Peut-être un ancien garage. Qui sait s'il possédait son propre système de chauffage ?

*Les bébés ont besoin de chaleur.*

Je n'avais manifestement aucune chance de te convaincre de rester ici. Vu ton empressement à partir.

*Va te faire voir, Kelly.*

Pourquoi tant de résistance ?

Frustrée, je laissai tomber la couverture dans le couffin. Je ne pouvais pas rester toute la journée dans cette grande demeure vide. Je devais faire tout mon possible pour mettre Sullivan en lieu sûr.

Avant de quitter ma chambre, je jetai un dernier regard au couffin. Inutile de le ranger. Je pourrais en avoir besoin.

Très bientôt, si je parvenais à mes fins.

\*

Coupe-boulons.

Gants noirs.

Cagoule noire.

Vêtements sombres.

Oui, oui, oui et oui.

Malgré mon équipement et mes recherches sur Google, je n'avais aucune idée de la marche à suivre. À en croire mes amis, on dégottait tout sur Internet. Christine avait trouvé des vidéos sur YouTube pour se coiffer, organiser ses placards et cultiver son potager. Elle avait même réussi à installer de nouvelles étagères dans sa cuisine.

Moi, après des heures passées sur Google, je ne savais toujours pas comment couper ton électricité. Debout au milieu de ton jardin en pleine nuit, je contemplais le compteur d'un air stupide. Évidemment, j'aurais pu tout simplement l'éteindre. Mais ce serait trop facile à réparer. Il y avait certainement un câble à sectionner, puisque le coupe-boulons gisait à mes pieds.

L'air vif mordait mes joues. Je frissonnai. Si Raf était là avec moi, il serait en short et simple chemise, et n'aurait même pas froid. Mais j'étais une Californienne pur jus. Dès qu'on descendait en dessous de quinze degrés, c'était l'hiver pour moi.

Un bruit de branche cassée. Quelque chose fourrageait dans un buisson tout proche. Un gémissement m'échappa. Je m'intimai aussitôt de la boucler.

*Calme-toi, Kel. C'est sûrement un animal.*

Une nuit d'encre. La lune n'était plus qu'un croissant fin et les nuages masquaient les étoiles. Aucun éclairage dans les alentours. Le jardin était enveloppé d'arbres et d'obscurité. Mon téléphone me fit office de lampe de poche.

Une vraie lampe de poche, voilà ce que je pourrais ajouter à ma liste.

Je fis le tour de la maison en silence, à la recherche d'un autre panneau électrique. Mon exploration ne donna rien. C'était donc le seul pour toute la propriété ? Ton électricité était reliée au bâtiment principal ?

À la mort de la mère de Rafael, nous avions évoqué l'idée de faire venir son père. On songeait à aménager une maison d'hôte pour lui. Un peu comme celle où tu habitais. Si mes souvenirs étaient bons, elle aurait été raccordée à notre habitation.

Quelle frustration ! Donc, même si je trouvais un moyen de couper l'électricité, cela affecterait également la charmante vieille dame qui te louait le pavillon. J'imaginai cette petite femme frêle transie de froid dans son salon.

Les personnes âgées et les bébés. Voilà les deux catégories de personnes qui ne supportaient pas le froid. Enfin, eux et moi.

J'imaginai aussi Sullivan repoussant la couverture de ses petits pieds, comme à son habitude, et se retrouver jambes nues – puisque tu le mettais rarement en pantalon. Un goût âcre m'emplit la bouche.

Qu'est-ce que je fichais ici ?

Étais-je vraiment tombée si bas ?

J'avais passé la journée à trouver un moyen de priver une femme d'électricité pour l'obliger à emménager avec moi ! Le visage d'Aaron surgit dans mon esprit. Que penserait-il s'il me voyait à cet instant ? Et si Sullivan était bel et bien son fils ? Il ne me pardonnerait jamais de le mettre en danger. Cela dit, quel danger ? Il ne gelait pas. Personne ne mourrait d'une panne de courant. Ce serait moins confortable, voilà tout. C'est alors que j'eus l'idée d'appeler Kelly et de glisser dans la conversation que je me prélassais devant la cheminée avec un verre de vin rouge.

Pas de doute, elle comprendrait son erreur et accepterait mon hospitalité.

Ça ne ferait de mal à personne.

M'éloignant du panneau électrique, je secouai la tête. Qu'est-ce qui ne tournait pas rond chez moi ? Comment pouvais-je justifier un tel comportement ?

Ça ne me ressemblait pas. Je n'avais jamais fait une chose aussi absurde.

Enfin, si, une fois…

Mais c'était différent. Totalement différent. Je n'étais pas dans mon état normal à l'époque. Ce soir, je n'avais pas d'excuse.

Je baissai les yeux sur mes gants, puis sur le coupe-boulons, et retins mon souffle. J'étais en train de commettre un crime. Une voiture passa un peu plus loin. La gorge nouée, je ramassai l'outil.

Il y avait sûrement un autre moyen de te faire venir à la maison avec Sullivan. Un moyen qui ne m'enverrait pas tout droit en prison.

*C'est ta faute, Kelly. Regarde à quoi j'en suis réduite !*

Pourquoi as-tu insisté pour rester ici toute seule alors que je pouvais assurer ta sécurité et celle de Sullivan ?

Tenant le coupe-boulons contre moi, je me glissai vers la maison d'hôte. Elle était plongée dans le noir, les volets clos.

Comme tu n'avais pas fait réparer l'interstice, je m'approchai pour épier l'intérieur. Étiez-vous tous les deux endormis ? Ou bien Sullivan s'était-il réveillé pour son biberon de minuit ? Il faisait trop sombre pour distinguer quoi que ce soit. Si je ne connaissais pas l'endroit, je le croirais inhabité. Un pavillon vide dans la propriété d'une vieille dame.

Un bruit derrière moi attira mon attention. Les bras hérissés de chair de poule, je fis volte-face. À l'intérieur de la maison principale, une lumière s'alluma. Lorsque la porte de derrière s'ouvrit, je me recroquevillai par terre, avant de me précipiter vers l'arbre le plus proche. Cachée derrière le tronc, je retins mon souffle.

Un miaulement.

Je me pétrifiai.

La porte se referma et le verrou s'actionna. Puis le silence de la nuit reprit ses droits. J'attendis quelques minutes avant d'oser bouger. Quand je vis passer un chat, je finis par me relever.

Ce n'est qu'une fois dans la voiture que je remarquai le sang sur mes mains. Dans ma hâte à quitter les lieux, je m'étais coupé le doigt.

*Je ne suis vraiment pas faite pour la vie de criminelle.*

Après avoir déniché un Kleenex au fond de mon sac à main, je le pressai sur la blessure pour arrêter le saignement. L'entaille n'était pas profonde. J'avais seulement besoin de désinfectant et de pansements. Lasse, je mis le contact et repris la direction de la maison.

En parcourant les rues obscures, je songeai que cette escapade nous aurait bien fait rire autrefois, Rafael et moi. Rafael avait fait les quatre cents coups – voler de l'alcool et des cigarettes, aller à des soirées sans y être invité. Moi, j'étais la fille sage. Celle qui suivait les règles. Toujours effrayée de tenter l'aventure.

Mais ce n'était pas du tout la même chose. Et il était hors de question que je lui raconte quoi que ce soit.

\*

Lorsque je m'étais inscrite à l'université, j'avais hésité à faire du droit. Je croyais à la justice. Le bien et le mal. L'importance des lois. Les cours de débat et de rhétorique étaient mes préférés, avec les cours d'anglais. Une fois, je m'étais inscrite à un atelier de droit criminel qui m'avait enthousiasmée. Le professeur m'avait même encouragée à devenir avocate.

Mais Rafael m'en avait dissuadée, m'incitant à poursuivre dans l'écriture, puisque je lui parlais de journalisme depuis notre rencontre. D'après lui, écrire était ma seule compétence.

J'ai obtenu une maîtrise d'anglais et je suis devenue mère au foyer.

Cela dit, je me rappelais encore certaines notions apprises dans mes cours de droit criminel. À moins que cela ne vienne des séries policières que je regardais à la chaîne et des polars que je dévorais.

Peu importait. De retour de ma désastreuse mission nocturne, je décidai d'adopter une approche plus juridique pour ramener Sullivan à la maison.

Il était temps de réfléchir comme une adulte. Une professionnelle. Une citoyenne responsable.

Un verre de vin à la main (indispensable pour calmer mes nerfs), j'allai chercher le journal intime que j'avais acheté, sur une impulsion, la dernière fois que Christine et moi avions fait du shopping. Aujourd'hui, j'avais enfin une raison de m'en servir. Assise sur le canapé, j'ouvris le cahier sur mes genoux. Après avoir pris le temps de la réflexion, je traçai une ligne au centre de la page blanche.

Que Sullivan me soit apparenté ou non (et je sentais qu'il l'était), il n'était pas en sécurité avec toi. Tu me l'avais clairement fait comprendre quand tu t'étais enfuie de chez moi l'autre jour.

Ma maison était le choix le plus sûr pour vous deux, pourtant tu avais égoïstement ramené ton fils dans ce pavillon infesté de moisissures, aux murs fins comme du papier à cigarette. Une mère doit faire passer les besoins de son enfant avant les siens, or ce n'était pas ton cas.

Le stylo au-dessus de la page, je m'efforçai de me rappeler les dates et les faits précis.

Puis je les notai, méthodiquement, avec le plus de détails possible. Si je n'obtenais pas ce que je voulais en contournant la loi, j'y parviendrais en respectant les règles.

En rassemblant des preuves. Qui révéleraient à tous que j'avais raison.

Cela prendrait plus de temps, mais le jeu en valait la chandelle.

# 17

À présent, j'en savais long sur toi.

Tu n'étais pas obsédée par l'hygiène alimentaire comme Christine. Tu aimais les frites à la mayonnaise, les bonbons et les boissons sucrées. C'est formidable, le métabolisme d'une femme jeune. Après avoir vécu dans un monde exclusivement bio, avec des allergies au gluten et aux cacahuètes, ça m'amusait de te voir avaler des chips et des sodas sans le moindre scrupule.

Tu passais beaucoup trop de temps à regarder des débilités à la télé, et le reste du temps, tu étais vissée à ton téléphone. Même avec Sullivan dans tes bras, tu consultais souvent ton portable par-dessus sa tête.

En vérité, c'était triste. La manière dont la technologie avait envahi nos vies. À l'époque d'Aaron, on lisait tout le temps. Je lui racontais une histoire ou je le prenais sur mes genoux pour m'absorber dans mon roman pendant qu'il tournait les pages de son album d'images.

Je ne t'avais jamais vue un livre à la main.

Cela t'arrivait-il parfois, Kelly ?

Quelle honte de ne pas stimuler l'imaginaire de Sullivan. Encore une chose que j'allais devoir t'apprendre.

Tu arborais plusieurs coiffures différentes dans la journée. Le matin, tes cheveux étaient longs et raides, ensuite, relevés en chignon, et le soir, tu te faisais une queue-de-cheval ou des petites tresses.

Où trouvais-tu le temps de changer aussi souvent de style tout en t'occupant d'un bébé ?

J'avais toujours une queue-de-cheval quand je m'occupais de mes enfants.

Te surveiller discrètement, voilà la solution. Impossible néanmoins de laisser ma voiture dans le virage. Tu la connaissais. Ta propriétaire aussi. Alors j'allais me garer plus haut dans la rue et je venais à pied. Toujours vêtue de vêtements de sport. Avec tous les joggeurs du quartier, je me fondais facilement dans le paysage.

Le vieux Folsom était une zone arborée. Dans les nouveaux quartiers comme le nôtre, il n'y avait pratiquement aucun espace vert.

Bref, il n'était pas difficile de se cacher pour épier. La nuit, c'était encore plus simple. Tu ne fermais jamais les volets, à croire que tu voulais être observée. Tu laissais aussi la lumière allumée, comme si tu avais besoin d'être sous les projecteurs.

Ce soir, après avoir mis Sullivan au lit, tu avais branché la télé.

*Ta vie me déprime, Kelly.*

*Tu as besoin d'amis, de sorties.*

Et de conseils en matière de nutrition. Tu ne resterais pas mince toute ta vie, crois-moi. Mon téléphone vibra dans ma poche, faisant bondir mon pouls. Tu avais ton portable à l'oreille. Étais-tu en train de m'appeler ? Tu m'avais évitée toute la semaine. Je t'avais envoyé plusieurs SMS pour te proposer de sortir, mais tu étais toujours occupée. Bizarre, tu ne faisais pourtant rien de spécial. Souvent, je t'écrivais juste devant ta fenêtre. Tes excuses ne correspondaient jamais à la réalité.

Je n'avais aucune envie de rester plantée dans le froid comme une harceleuse. Mais tu ne m'avais pas laissé le choix. Je devais garder un œil sur Sullivan. Et je voulais l'avoir à la maison. Je t'avais invitée à séjourner avec nous. Dans une grande maison chauffée, où tu aurais eu ta propre chambre, et de l'aide pour le bébé.

Mais tu avais refusé.

Préférant ce trou à rats où ton enfant n'était pas en sécurité, et où tu passais tout ton temps sur ton téléphone ou devant des émissions de téléréalité.

Dépitée, je saisis mon portable.

C'était Rafael. Je quittai ma cachette derrière l'arbre et gagnai la rue.

— Salut Raf, répondis-je d'une voix enjouée en marchant d'un pas vif.

— Comment vas-tu ? Tu parais essoufflée.

Je ne lui avais parlé ni de toi ni de mes soupçons. Inutile de lui fournir des munitions contre notre fils. Il était la raison du silence d'Aaron, de sa disparition de nos vies. Si Raf était au courant, il en ferait toute une histoire.

— Oh, je fais juste un tour.

— Tu as du beau temps ? Ici, on se gèle.

Il faisait toujours plus froid à Bay Area. C'est pourquoi je préférais Folsom.

— Il fait un peu frais. Enfin, plus froid que d'habitude au mois d'octobre, mais ce n'est pas désagréable. Je suis contente de m'aérer. Et tu sais combien j'aime l'exercice.

Un silence.

— Combien tu *aimais* l'exercice, oui, avant…

Ma poitrine se serra. J'inspirai brusquement.

— Eh bien, j'ai repris le sport.

— C'est super.

— Ouais.

Je hochai la tête, même s'il ne pouvait pas me voir. Une voiture me dépassa. Le conducteur n'avait aucune raison de me remarquer. Malgré tout, je me détournai légèrement. Seul l'arrière de ma capuche était visible.

On n'était jamais trop prudente. *N'est-ce pas, Kelly ?*

— Sinon tu as fait quoi aujourd'hui ?

Cet échange m'agaçait déjà. Comment notre mariage s'était-il réduit à ça ? Des conversations qui ressemblaient davantage à des entretiens d'embauche ou à des premiers rendez-vous qu'à des années de vie commune. Avant, on débattait de sujets importants. Comme nos valeurs. Nos croyances. Nos idées. Nos espoirs. Nos rêves.

Les espoirs et les rêves de Rafael m'intéressaient-ils encore ?

Avait-il envie de partager les miens ? Étaient-ils compatibles ? J'en doutais fort.

— Oh, rien de très folichon, répondis-je. Des courses, du ménage. (*Et espionner.*) Et toi ? Ta journée ?

— Bien. J'ai des étudiants très prometteurs cette année, c'est cool. Un en particulier, Trevor. Il s'intéresse vraiment à mon cours. Il me rappelle moi quand j'étais jeune.

Je roulai des yeux. Je savais combien il aimait ses élèves. Ils l'avaient toujours bien plus intéressé que son propre fils.

« Il ne me ressemble pas du tout », disait Rafael à propos d'Aaron, comme si c'était une tare. Ou une prise de position impardonnable.

Pour lui, ça l'était sûrement.

Après avoir raccroché, je repartis en direction de chez toi. Un jeune homme s'approchait de ta porte. Surprise, je me figeai. Était-ce un ami ? Un petit ami ?

Peut-être celui avec qui tu discutais au téléphone ? Tu disais pourtant ne connaître personne. J'étais navrée pour toi, te savoir seule au monde. Mais peut-être que ce n'était pas le cas.

Me rapprochant, je me dissimulai derrière un tronc épais et observai la scène. Ma nuque était hérissée de chair de poule. Je tressaillis quand une voiture passa devant la maison.

Tu entrebâillas la porte et tendis le bras. C'est alors que je remarquai le sac dans la main du jeune homme.

La déception m'étreignit. Un livreur.

177

Frustrée, je soupirai.

Ella apparut à la fenêtre de la cuisine et jeta un coup d'œil dehors. Je me raidis quand son regard tomba sur l'arbre derrière lequel je me cachais. Pouvait-elle me voir ? Elle resta un long moment devant sa fenêtre. En plissant les yeux.

De toute façon, c'était une perte de temps. Je devais filer d'ici.

Délaissant mon poste de surveillance, je regagnai rapidement ma voiture.

*

Des pleurs de bébé me tirèrent de mon sommeil.

Des sanglots persistants. Tout proches.

Rejetant les couvertures, je bondis de mon lit. Le plancher de bois était froid sous mes pieds nus. Un frisson remonta le long de mes jambes. Pressant mes bras contre mon ventre, je me ruai vers le couffin près de mon lit. Tombant à genoux, j'atterris avec un bruit sourd. Je me mordis la langue. Un goût de cuivre dans la bouche. Un hoquet étranglé.

— Aaron ! m'écriai-je en agrippant le couffin.

Un froid glacé s'empara de mon corps tout entier. Il était vide.

— Aaron ! criai-je en fouillant frénétiquement le petit lit.

J'arrachai la couverture et enfouis mon visage dedans. Elle sentait le frais et le propre, une odeur de bébé.

*Isabella ?*

Non. Je secouai la tête.

Elle n'était plus là.

La couverture appartenait à Aaron.

Où était-il ?

Mon cœur tambourinait dans ma poitrine.

Je ne pouvais pas en perdre un autre. Où était-il ? Cramponnée à la couverture, les jointures blanchies, je quittai la chambre en trombe. Les pleurs résonnaient à distance. Je m'arrêtai net et prêtai l'oreille. Ça venait d'en bas. Je dévalai l'escalier, manquant glisser plusieurs fois. Au rez-de-chaussée, les sanglots s'étaient tus. Mon cœur cessa de battre.

— Aaron ? appelai-je en examinant la pièce.

Une photo me regardait. Un adolescent avec un appareil dentaire et des cheveux hirsutes. Haletante, je progressai lentement, avec angoisse. Mon pouls ralentissait au rythme de mes pas. Je pris le portrait.

— Aaron, murmurai-je en effleurant son visage du bout des doigts.

Clignant des paupières, je baissai les yeux sur mon autre main – celle qui tenait la couverture.

Quel bébé pleurait ?

Qui avait dormi dans le couffin ?

Au moment de reposer le cadre, je les entendis de nouveau. Les gémissements. Ils étaient lointains. Dehors ? Je me précipitai à la fenêtre et écartai le rideau. Une femme se tenait sur ma pelouse, les cheveux au vent, un bébé dans les bras.

Je poussai un cri et reculai vivement.

Elle me ressemblait trait pour trait.

D'une main hésitante, je repoussai une nouvelle fois le rideau. La pelouse était vide. Personne. Mes paupières papillonnèrent. Avais-je des hallucinations ?

Je me penchai et pressai mon visage contre la vitre. Le froid s'insinua sous ma peau. Cela faisait du bien. De se sentir en vie.

Les rues étaient vides, les maisons sombres et closes. C'était étrangement calme. Pas un bruit. Pas un pleur.

Pourtant, je jurerais en avoir entendu. Distinctement.

Et la femme sur la pelouse paraissait bien réelle. Mais elle me ressemblait comme deux gouttes d'eau. Alors ça ne pouvait pas être vrai, n'est-ce pas ?

Étais-je en train de rêver ? Je me pinçai le bras. Je fermai les yeux très fort, puis les rouvris. Non. Rien n'avait changé. J'étais toujours là. Postée devant la fenêtre du salon, à observer la pelouse déserte.

# 18

Enfant, j'étais terrifiée par la nuit. L'obscurité prenait vie dans mon imagination. Des objets aussi inoffensifs que le linge qui sèche, une chaise ou un jouet dans un coin se muaient en monstres, en créatures diaboliques. Pétrifiée dans mon lit, la couverture remontée jusqu'au menton, je sentais une sueur froide exsuder de tout mon corps. Je faisais d'horribles cauchemars. Chaque soir, au coucher du soleil, ma nuque était parcourue de picotements et ma poitrine se serrait, tandis que je me préparais à l'épreuve à venir. L'anxiété plantait ses griffes en moi, me clouait en place. Toute la nuit, j'étais effrayée, paralysée.

Puis le soleil se levait et mes membres se détendaient, ma poitrine se relâchait. Je respirais plus librement, et les terreurs nocturnes s'envolaient avec les ténèbres.

J'aurais aimé éprouver un tel soulagement aujourd'hui. Hélas, désormais, l'aube ne me libérait plus de mes tourments. Les ténèbres me suivaient partout, tel un nuage menaçant au-dessus de ma tête.

Ce matin, je me postai devant la fenêtre de la cuisine avec mon thé à la menthe. La mère était revenue avec ses enfants. Une joggeuse trottina devant la maison. C'était moins effrayant qu'au beau milieu de la nuit noire, pourtant la peur et l'effroi se diffusèrent dans mon ventre et se répandirent dans mes veines telle une infection.

Quelque chose n'allait pas.

Et cela depuis un bon moment.

Respirant l'arôme de menthe, je remarquai la couverture de bébé rose par terre dans le salon.

Je me revoyais dévaler les escaliers et presser mon visage contre la fenêtre. Des traces brouillées, qui faisaient penser à un nez et des joues, étaient visibles sur la vitre.

*Super.*

*

Mon thé terminé, je rinçai mon mug dans l'évier, puis montai à l'étage. Sur une marche de l'escalier, je remarquai un minuscule objet brillant. Je me penchai pour le ramasser. Une boucle d'oreille. Une toute petite étoile. Je la retournai dans ma paume pour l'examiner. C'était un bijou fantaisie. En argent. Rouillé sur un bord. Portant la main à mon oreille, je palpai mes petits anneaux en or. Je portais rarement de l'argent. Même pour les bijoux fantaisie, je préférais la couleur dorée.

La boucle ne m'appartenait pas.

Alors que je contemplais l'étoile dans ma paume, je me rappelai brusquement où je l'avais vue. Pas cette même boucle, mais un bijou similaire. Une bague sertie de la même étoile. Tu la portais le jour où nous avions fait la manucure. En fait, tu avais plusieurs bagues aux doigts. En fouillant ma mémoire, je me souvins que tu avais aussi des boucles comme celles-ci. De minuscules étoiles. Simples et discrètes.

C'était sûrement la tienne.

Mais comment avait-elle atterri là ?

Le lendemain de ta venue avec Sullivan, j'avais lavé l'escalier. C'était donc récent.

Refermant le poing dessus, je fis volte-face et dévalai les marches. J'ouvris la porte d'entrée à la volée et courus sur la pelouse. Quand j'atteignis l'endroit où je pensais avoir vu une silhouette au milieu de la nuit, je poussai un cri étranglé.

Deux empreintes de pas.

Je le savais. Je n'étais pas folle.

Tu étais venue ici. Chez moi. Au milieu de la nuit.
Pourquoi ?

*

Vendredi matin, je t'envoyai un SMS pour te proposer
d'aller prendre un petit déjeuner.

Quelques minutes plus tard, tu répondais que Sullivan
s'était couché tard et qu'il faisait la sieste. Mensonge. J'étais
restée tard dans ton jardin la veille au soir. Sullivan était
allé au lit très tôt. Je m'étais même fait la réflexion que
c'était trop tôt.

Mais je me contentai de répondre : Je comprends.
Peut-être la semaine prochaine.

Puis je pris la voiture pour aller chez toi, irritée que
tu m'obliges à te surveiller ainsi. C'était absurde. Je voulais passer du temps avec toi, normalement, sans jouer les
espionnes, mais tu ne me laissais pas le choix.

Bref, c'était ta faute.

Je me garai un peu plus loin dans la rue, sortis de ma
voiture et tirai ma capuche pour remonter le trottoir. Ta
maison était fermée.

*Euh...* Je me mordis la lèvre et j'étudiai les alentours
en me demandant où tu étais passée. D'après mes obser-
vations de ces dernières semaines, tu quittais rarement
ton repaire.

Peut-être faisais-tu une course ? Auquel cas tu serais
bientôt de retour. Moi aussi, je devais acheter des provisions. Rafael et moi étions invités chez Christine et Joel pour
dîner, je n'avais donc que les repas de samedi et dimanche
à prévoir. Je choisis tout ce que Rafael aimait : bagels, fromage crémeux, poulet, légumes, ainsi que sa crème glacée
au chocolat préférée.

Comme si j'allais l'attirer à la maison avec de la nourriture.

Lorsque je lui avais parlé de l'invitation de Christine, il avait fait comme s'il était toujours prévu qu'il revienne ce week-end. Mais je ne me faisais guère d'illusions.

Tout en parcourant les allées de l'épicerie, je te cherchai du regard. C'était le magasin d'alimentation le plus proche de ta maison, il était donc logique que tu te ravitailles ici.

À moins que tu ne sois déjà rentrée.

Après avoir réglé mes achats, je retournai chez toi.

Toujours personne.

J'aurais aimé attendre, mais le poulet allait se gâter. À contrecœur, je repartis chez moi.

Une fois les provisions rangées, je me sentis frustrée. Désœuvrée. Je commençais à la haïr. Cette maison. Ce silence. Ce vide.

Je voulais de l'animation à nouveau. Une famille. Tu m'avais redonné espoir. Et fait croire que je pouvais revivre ces moments. Ou du moins avoir une amie avec un bébé sur lequel veiller. Maintenant que tu m'avais cruellement écartée de votre vie, la solitude me clouait au pilori.

Avec un soupir, je t'envoyai un bref message pour te demander si Sullivan et toi aviez bien dormi. Voilà ce que faisaient les amis, non ? Prendre des nouvelles ? Cela te rappellerait combien j'étais gentille et bienveillante, et tu cesserais peut-être de m'éviter.

Ne m'avais-tu pas qualifiée d'ange ?

Tu me répondis presque aussitôt.

On est fatigués. On va rester à la maison aujourd'hui.

Rester à la maison ?

Je ne pouvais m'en empêcher. Je devais en avoir le cœur net.

Alors tu n'as pas bougé de la journée ?

Non. Terrée dans ma grotte. Repos complet.

Le mot *terrée* me mit mal à l'aise. Tes volets étaient fermés. Aucun signe de vie ne filtrait de l'intérieur. Peut-être que, pour une fois, tu ne mentais pas.

J'examinai mon lit. Il était impeccable : pas un pli sur la couverture, les oreillers bombés bien disposés, comme Rafael les aimait. Tout était propre et en ordre. Les reproches de Rafael concernaient essentiellement la maison. Le désordre, ça le faisait enrager. Certains jours, j'étais trop épuisée pour le supporter. Pourtant je faisais place nette. Je récurais, rangeais, organisais toute la maisonnée.

Pour éviter la colère de mon mari.

Dès son départ le lundi matin, je respirais à nouveau. Je me reposais. Le lit restait défait, la vaisselle s'empilait dans l'évier. Enfant, Aaron construisait des maisons en Lego un peu partout, qui restaient en l'état pendant des jours.

Tu n'avais pas de Rafael.

Tu étais libre.

Tu pouvais rester au lit toute la journée.

Tu pouvais garder les volets fermés, la maison plongée dans l'obscurité. Rester *terrée dans ta grotte*, comme tu disais.

Tandis que la jalousie me frappait de plein fouet, aussi violente qu'une gifle, une autre révélation s'imposa à moi : tu m'avais évitée toute la semaine parce que j'étais comme Rafael. Je ne cessais de te harceler. Je cherchais à te faire marcher droit. À te contrôler.

Pourtant j'étais différente. Mes intentions étaient louables. J'essayais seulement d'aider Sullivan.

*C'est toi qui m'as trouvée, Kelly. Tu te rappelles ?*

Tu aurais pu rester libre, mais tu m'as trouvée. C'était ton choix. Si j'avais été libre, je n'aurais pas bougé, je ne serais pas là.

Tu en avais décidé autrement.

Et maintenant que je connaissais la vérité sur toi, je ne pouvais pas te laisser partir.

Comme je ne pouvais laisser partir Sullivan.

*Je suis désolée, Kelly, mais c'est ainsi.*

J'attrapai ma veste et gagnai le rez-de-chaussée. La dernière chose que je vis, avant de fermer la porte, fut la couverture rose. Celle qui appartenait autrefois à ma fille, et qui désormais revenait de droit à Sullivan.

# 19

Tu m'avais menti.

Tu n'étais pas restée terrée toute la journée dans ta grotte. J'avais parcouru ta rue plusieurs fois et ta voiture n'était garée nulle part.

Quand une petite voix au fond de moi m'avait soufflé que tu étais sûrement au magasin, j'avais décidé d'en avoir le cœur net. Il était facile d'épier l'intérieur de ta maison par l'interstice des volets. Comme ton lieu de vie était minuscule, je pouvais voir toutes les pièces depuis mon poste d'observation. L'obscurité. Le silence. Et pas un mouvement.

Tu n'étais pas là.

Alors où étais-tu ?

J'aurais bien attendu toute la journée ton retour pour m'assurer que Sullivan était en sécurité avec toi. Mais c'était impossible. Rafael était censé rentrer, et nous étions invités à dîner chez Christine et Joel.

En fin d'après-midi, j'enfilai ma robe noire préférée. Puis je fis boucler mes cheveux et appliquai du mascara et du gloss. Je pensai à tes coiffures savantes et à tes rouges à lèvres audacieux. Rafael aimerait-il que je me coiffe ainsi ? Et si je portais un rouge vif ? Cela le ferait-il paniquer ou cela l'exciterait-il, comme la lingerie ?

Parcourue d'un frisson, je décidai de m'en tenir à une teinte pâle. J'achevai de me préparer quand la sonnerie de Rafael retentit. Ma poitrine se serra.

— Mon père a fait une chute, dit-il précipitamment. Il est à l'hôpital.

Je m'y attendais à moitié. L'appel. L'excuse. Mais pas celle-là.

— Je suis désolée. Il va bien ?

— Je ne sais pas. Je suis en route.

Le bruit autour de lui m'empêchait de bien l'entendre. À croire qu'il était au volant et avait enclenché le kit main libre. Il n'aimait pourtant pas utiliser le Bluetooth.

— S'il te plaît, dis à Christine et Joel que je suis désolé pour ce soir. Vas-y sans moi, je te rappelle plus tard.

— D'accord.

En raccrochant, je fus prise d'un léger tournis. D'une main tremblante, je caressai la fine chaîne en or autour de mon cou – un cadeau de Rafael pour mon anniversaire il y avait quelques années.

Mon portable sonna de nouveau, mais c'était la sonnerie habituelle.

— Salut !

C'était Christine.

— Salut.

— Je voulais juste savoir à quelle heure vous veniez, pour mettre les lasagnes au four.

— Tu as préparé des lasagnes ?

— Non, s'esclaffa-t-elle. J'ai acheté un plat chez le traiteur, mais je dois les réchauffer.

— Ah, d'accord. Eh bien, Raf vient juste de téléphoner. Son père est à l'hôpital, il ne viendra pas.

La surprise de Christine était presque palpable à l'autre bout de la ligne.

— Il va bien ?

— Je ne sais pas.

Levant les yeux, j'observai mon reflet. Des rides s'étaient creusées au coin de mes yeux et barraient mon front. Depuis un an, elles étaient devenues plus visibles. Je pensai à ta peau lisse, et une jalousie familière étreignit mon cœur.

Ce n'était pas la première fois que j'éprouvais un tel sentiment. Parfois, j'enviais Christine. Son argent. Son bien-être. Ses beaux vêtements. Au lycée, déjà, j'étais jalouse des pom-pom girls et des filles populaires. Mais avec toi, c'était différent.

Je ne voulais pas être toi.

*J'avais* été toi.

Je voulais être à ta place.

Le temps fuyait. Bien trop vite.

Je crois que ce que je désirais vraiment, c'était retrouver mes vingt dernières années.

— Kelly ?

La voix de Christine me surprit. Je clignai des yeux.

— Désolée, tu disais ?

— Tu es en route alors ?

— Euh…

Je me mordis la lèvre, me demandant si tu étais rentrée. Puisque Rafael ne revenait pas, je pouvais faire un saut chez toi. Cela dit, chez Christine, il y aurait à manger et à boire. Ce serait un moment de détente agréable. Bien plus intéressant que d'espionner ta maison, cachée derrière un arbre.

— Je pars bientôt.

— Cool. À très vite.

Je songeai à enlever ma robe noire, mais je ne la portais pas pour Rafael. Christine serait bien habillée. Elle l'était toujours quand elle invitait des gens à dîner. Je troquai mes chaussures plates contre des bottines, plus confortables.

En un rien de temps, je me retrouvai dans le salon de Christine, un verre de vin rouge à la main. Christine était assise à côté de moi, les pieds sur la table basse. Joel était installé dans un fauteuil inclinable en face de nous. Je repliai mes jambes sous moi et posai mon verre sur mes genoux.

— Dommage que Rafael ne puisse pas venir, commenta Joel après avoir bu une gorgée de bière.

Il préférait boire sa bière dans un mug glacé plutôt que dans une bouteille ou une canette. Quand il portait à ses lèvres sa grande tasse débordante de mousse, on aurait dit qu'il jouait dans une publicité. Avec ses cheveux sombres lissés en arrière avec du gel, son regard bleu perçant et sa peau hâlée, il ressemblait à une star de cinéma. Toutes les femmes de notre entourage estimaient que Joel était le plus beau des maris. Ce n'était pas mon avis. Ne vous méprenez pas : il était bel homme, mais il paraissait un peu artificiel. Il n'avait pas le charme naturel de Raf.

— Oui, répondis-je avec une dose raisonnable de déception dans la voix.

À dire vrai, j'étais soulagée. Je me sentais bien mieux sans lui ici.

— J'espère que son père va bien, ajouta Christine avec une moue compatissante.

— Moi aussi.

Je baissai les yeux sur mon téléphone, surprise qu'il n'ait pas rappelé ou envoyé un SMS. Il était certainement déjà à l'hôpital.

— Je voulais lui annoncer la bonne nouvelle, reprit Joel, mais je crois que tu vas devoir le faire à ma place.

— Quelle bonne nouvelle ? m'enquis-je en me redressant.

— La piste que m'a donnée Rafael était bonne. J'ai passé un entretien hier.

Joel sourit. Ses dents d'un blanc éclatant brillaient sous le halo de la lampe.

— C'est super. (Curieuse, je m'agitai sur mon siège.) Je ne savais pas que Rafael t'avait donné une piste.

Ni même qu'il puisse donner ce genre de coup de main à Joel. Ils ne travaillaient pas du tout dans le même domaine.

— Je ne savais pas qu'il avait des contacts dans la finance, repris-je.

— Eh bien, c'est le cas. Indirectement. Un membre de la famille d'une fille qu'il connaît.

Mon regard croisa celui de Christine. Elle secoua vivement la tête.

— Je crois que c'est juste une de ses collègues de fac. N'est-ce pas, Joel ?

Je me forçai à sourire et hochai la tête, malgré une brûlure aigre à l'estomac.

— Comment s'est passé ce rendez-vous ? Tu as un bon feeling ?

J'avais appris au fil des ans qu'un entretien réussi n'était pas toujours significatif. Pendant un temps, Rafael avait tenté de trouver un poste plus près de la maison. Il avait passé plusieurs entretiens qui n'avaient mené à rien.

Le sourire de Joel s'élargit. Son regard tomba sur Christine, qui lui sourit en retour. Depuis quand Raf et moi ne nous étions-nous pas regardés ainsi ?

— Ils m'ont offert le poste aujourd'hui ! s'exclama Joel.

— Félicitations !

— Merci.

Il porta sa bière à ses lèvres.

— Waouh. C'est allé très vite.

Rafael avait dû également le recommander.

— En effet, intervint Christine. Joel n'a été sans emploi qu'une semaine. Et cela ne pouvait littéralement pas mieux tomber. Avant cette nouvelle, j'étais en panique totale. Notre lave-vaisselle nous a lâchés la semaine dernière et Maddie a besoin d'un nouveau costume de pom-pom girl. Et puis hier, les freins de ma voiture se sont mis à grincer. Un malheur n'arrive jamais seul, hein ?

*Un malheur n'arrive jamais seul.*

Je hochai la tête, la gorge nouée.

*Les gyrophares rouge et bleu dans notre allée. La porte ouverte. Les deux policiers sur notre porche.*

*« Rendez-moi mon fils ! »*

*Le bébé arraché à mes bras, me laissant vide et froide.*

*Rafael s'éloignant en voiture, sans un regard en arrière.*

191

— Kelly ? (La voix de Christine me ramena au présent.) Ça va ?

— Ouais. (Je pris une gorgée de vin.) Je suis vraiment heureuse pour vous deux.

La tête de Christine s'inclina légèrement et elle regarda fixement son mari.

— Hé, Joel, tu peux sortir les lasagnes du four ?

— Bien sûr.

Quand il quitta la pièce, Christine se planta au bord de son siège.

— Tu es sûre ? Tu parais distraite ce soir. C'est à cause de Raf ?

— Euh… oui, je suppose. Je m'inquiète pour lui.

*Menteuse.*

Sa main se posa sur mon genou.

— Ça va aller, Kelly.

— Oui, je sais. Tu as raison.

Elle se tut et m'observa un moment.

— Il y a autre chose, hein ?

À son ton inquiet, je lâchai prise :

— Je me sens juste un peu seule ces derniers temps, c'est tout. Le silence de cette grande maison… commence à me peser.

— Je comprends, répondit doucement Christine. (Puis elle sourit.) Hé, j'ai une idée ! Tu peux rester ici, si tu veux. Les enfants seront chez leurs grands-parents tout le week-end.

C'était tentant, mais je secouai la tête.

— Merci pour l'invitation, mais non.

— Tu es sûre ?

— Je ne veux pas m'imposer alors que, pour une fois, tu es seule avec Joel.

Je voyais bien qu'elle avait envie de protester, car c'était une vraie amie, pourtant elle se contenta de sourire.

— C'est vrai que ça fait une éternité.

— Une éternité ?

Joel se tenait sur le seuil du salon. Christine se leva.

— Qu'on n'a pas mangé. Le dîner est prêt ?

— Ouaip.

— Super. (Je me levai en souriant.) Tu veux du vin ?

Je terminai la dernière goutte de mon verre et acquiesçai. La sonnerie de Rafael s'éleva de mon portable sur la table basse. Je tressaillis.

Christine saisit son verre.

— Réponds. On t'attend dans la salle à manger.

Lui tournant le dos, je décrochai.

— Raf ?

— Hé !

Il semblait fatigué, lointain.

— Comment ça va ?

— Je ne sais pas, mais ça ne s'annonce pas très bien.

— Comment est-il tombé ?

— Je ne sais pas trop. Il est assez confus. Il n'arrête pas de parler de toi, d'ailleurs.

— Vraiment ? Qu'est-ce qu'il dit ?

— Il pense que tu étais là. Que tu es venue lui rendre visite récemment.

— Ah bon ?

La culpabilité m'étreignit. Je n'étais pas allée le voir depuis longtemps.

— Honnêtement, il raconte des trucs bizarres. Il délire. (Des bruits résonnèrent derrière lui.) Euh… désolé, Kel, je dois te laisser.

— Oh, d'accord.

— Je te rappelle plus tard ?

Avant que je puisse répondre, il avait raccroché.

Alors que je contemplais le portable dans ma paume, une sensation de nausée me remonta dans la gorge.

— Tout va bien ? s'enquit Christine, debout dans l'encadrement de la porte.

Je déglutis.

— Euh… oui, je crois. Raf ne savait pas grand-chose.

— Est-ce qu'il rentre ce soir ?

— Je ne pense pas, non.

— Eh bien, mon offre tient toujours.

— Merci, mais ça va aller.

Après ce nouveau mensonge, je la suivis dans la salle à manger.

# 20

Tôt le dimanche matin, je m'installai à la table de la cuisine pour manger des céréales et boire du thé. J'entendais le silence de la maison, le tic-tac de l'horloge, les aboiements des chiens au loin. Voilà ce qu'était devenue ma vie. Calme et vide. Je bâillai. J'avais mal dormi. Des images de Sullivan et toi avaient surgi dans ma tête, perturbant mon sommeil.

En voyant la chaise où Aaron s'asseyait enfant, je l'imaginai penché sur une assiette de biscuits. Il adorait les cookies et le lait après l'école, même adolescent. Même si Raf exigeait que je lui donne une alimentation équilibrée, ce n'était pas comme s'il en mangeait tous les jours. De plus, il était en pleine croissance. Un biscuit de temps à autre n'allait pas le tuer.

— *Qui était cette fille à qui tu parlais après les cours ?*

*Je lui avais posé la question au moment où il mordait généreusement dans son cookie aux pépites de chocolat.*

*Sa bouchée avalée, il avait levé les yeux, un peu de chocolat aux commissures des lèvres. Ses cheveux ébouriffés masquaient son front.*

— *Oh, c'est Tessa. La fille qui sort avec Ben.*

*J'acquiesçai.*

— *Tu n'as pas beaucoup invité Ben ces derniers temps.*

— *Ouais. (Il haussa les épaules.) On ne se voit plus trop.*

*Intéressant. Je haussai un sourcil.*

— *C'est à cause de Tessa ?*

— *Ben, ouais, j'imagine.*

— *Elle te plaît ?*

— *Tessa ? (Sa voix était montée dans les aigus.) Elle est cool, mais elle ne me plaît pas spécialement.*

— *Alors c'est à cause de Ben ? Tu as brisé le code d'honneur des mecs ?*

*J'étais fière d'être aussi à la page.*

*Jusqu'à ce que le visage d'Aaron se décompose et qu'il éclate de rire.*

— *Non, maman. Pas à cause d'un code d'honneur. Ben s'en ficherait si je sortais avec elle. Il ne s'intéresse pas aux filles. Il les utilise, c'est tout.*

— *Oh.*

*Cette révélation me tordit le ventre. Parfois, j'oubliais comment étaient les ados d'aujourd'hui. Je me remémorai l'époque où j'emmenais Aaron et Ben au parc. Il était difficile d'imaginer ce même garçon se servir de filles pour le sexe.*

— *Mais tu ne... enfin, tu n'as pas...*

*Aaron secoua vivement la tête.*

— *Non, maman.*

*Je soupirai de soulagement.*

Quand Aaron vivait à la maison, nous discutions tout le temps. Il se confiait beaucoup à moi. Plus que la plupart des garçons avec leur mère. Tout avait changé après son départ pour la fac. Comme si la distance qu'il voulait mettre entre Rafael et lui l'obligeait à s'éloigner aussi de moi. Cela me faisait mal, mais je m'efforçai de le comprendre.

Pourtant, Kelly, je ne crois pas qu'Aaron m'aurait caché ton existence. S'il était au courant pour son fils, il m'en aurait parlé. Il n'y avait qu'une explication logique : il n'en savait rien.

Tu mens, Kelly.

Aaron ne t'aurait jamais demandé d'avorter. Et il ne serait pas resté à l'écart de la vie de Sullivan. Personne ne connaissait la douleur d'être rejeté par son propre père mieux que lui. J'étais persuadée qu'il n'infligerait jamais cela à son propre fils.

J'en avais assez de tes petits jeux.

Le cœur battant, je saisis mon téléphone. De mes doigts tremblants, j'écrivis un message à Aaron pour tout lui raconter sur ton compte. Après un long soupir, je retins mon souffle un moment, puis appuyai sur envoi.

À l'instant où la bulle s'inséra dans le fil de la discussion, mon téléphone se mit à chantonner : « Je sais que tu me veux… » Mes épaules se crispèrent aussitôt. Inspirant profondément, je répondis :

— Hé ! Comment ça se passe ?

— Ça va. Papa a plusieurs os cassés, mais sinon, il va bien, expliqua Raf.

— Oh, tant mieux, dis-je, soulagée.

— Il sort dans la matinée. Mais je ne veux pas le laisser seul. Je vais rester chez lui quelques jours.

— C'est sûrement une bonne idée.

— Désolé de ne pas pouvoir rentrer ce week-end, ajouta-t-il avec un ton d'excuse.

Je voulais croire à ses regrets, mais ce n'était pas simple.

— Je te promets que je me ferai pardonner.

Je ne sus quoi répondre. Il avait tant à se faire pardonner. Mais je n'étais pas sûre qu'il en soit capable.

Tant de souffrance et de secrets accumulés.

À tel point qu'aujourd'hui tout semblait trop dérisoire, trop tard.

Après avoir raccroché, je me préparai un autre thé. Je me réjouis d'avoir abandonné le café quelques années auparavant. Inutile de me rendre plus nerveuse que je ne l'étais.

Alors que je terminais ma tasse, je reçus un SMS de Christine.

Devine quoi ? Joel a eu des billets pour emmener les enfants au théâtre ce soir. Je suis dispo. Tu veux sortir ?

Rien que l'idée de sortir m'épuisait. Mais j'avais envie de voir Christine. La journée de la veille avait été horriblement longue et silencieuse. J'aurais dû accepter l'offre de mon amie et rester chez elle le week-end.

`Et si tu venais à la maison ? Soirée entre filles.`

Le SMS envoyé, je gagnai ma chambre, où sa réponse arriva.

`Bonne idée. J'apporte le vin.`

Hier, je n'étais passée qu'une seule fois chez toi. Tu n'étais pas là.

En faisant mon lit, une horrible pensée me traversa. Et si tu étais partie pour de bon ? Si tu avais filé avec Sullivan et que je ne vous revoyais plus jamais ?

Le drap était défait d'un côté. Je le lissai et le rentrai sous le matelas. Mes pieds nus rencontrèrent un objet doux et duveteux. En me penchant, je découvris un petit singe en peluche sous mon lit.

Comment avait-il atterri là ?

Tandis que je me relevais, mon regard s'arrêta sur le couffin tout proche. Je me rappelai que Sullivan s'était réveillé en pleurant au milieu de la nuit. Je m'étais extirpée de mon lit et j'avais traîné le sac de couches par terre pour chercher une tétine à l'intérieur. Dans ma hâte, j'avais fait tomber plusieurs objets avant de la trouver.

Je pensais avoir tout ramassé mais, apparemment, je me trompais. Alors que j'examinais la petite peluche, quelque chose attira mon attention. Un éclat brillant niché dans la fourrure du singe. Les poils synthétiques le dissimulaient presque entièrement, comme s'il était enfoui là-dedans depuis un bon moment. Mais quand je saisis le singe pour l'étudier de plus près, un frisson me parcourut.

Je reconnus immédiatement l'objet.

— *Ils sont pour toi, mon garçon.*

*Rafael ouvrit sa paume. Un ballon géant avec JOYEUX 13e ANNIVERSAIRE dodelinait au-dessus de sa tête.*

— *Vraiment ?*

*Mon regard s'était embué quand j'avais découvert les boutons de manchette aux armoiries de la famille.*

*Aaron s'était tourné vers moi, visiblement sous le choc. Je lui avais souri en haussant les épaules, aussi ébahie que lui. Rafael ne m'avait pas prévenue. C'était le plus beau cadeau qu'il ait jamais offert à son fils. Et à cet instant, je l'aimais férocement.*

*— Mais ils t'appartiennent, avait répliqué Aaron, effrayé d'accepter un tel présent.*

*— Et avant cela, ils appartenaient à mon père. Un jour, tu les donneras à ton fils.*

*Je récupérai le bouton de manchette et l'observai avec incrédulité.*

Pourquoi était-il en ta possession ?

L'aurais-tu volé ?

\*

Dieu merci, tu étais rentrée chez toi.

Une bouffée de soulagement m'envahit. Tu ne t'étais pas enfuie.

Tes volets grands ouverts offraient une vue imprenable sur ton intérieur. Sullivan s'amusait dans sa balancelle, les yeux brillants, la bouche rieuse. Le mouvement régulier eut sur moi un effet hypnotique. La télévision était allumée. Je ne te voyais pas, mais je devinais que tu étais allongée sur le canapé, une main probablement plongée dans un sachet de chips.

Le bord irrégulier de ta boucle d'oreille cisaillait la chair tendre de ma paume et le bouton de manchette brûlait comme une braise au fond de ma poche. J'avais une envie irrépressible de débouler chez toi et de te fourrer le bouton de manchette sous le nez. Puis de te demander une explication. Par quel miracle étais-tu en possession de ce bouton ?

Mais ce n'était pas la meilleure manière de jouer la partie. Tu avais peut-être une bonne raison de détenir cet objet. Aaron aurait pu te l'offrir. Auquel cas je ne voulais pas tout gâcher.

Je me remémorai nos conversations à propos du père de Sullivan. Il semblerait que ta dernière discussion avec lui ait eu lieu quand tu étais enceinte. D'après ton récit, il ne connaissait pas Sullivan. Il ne l'avait même jamais rencontré.

Et voilà que tu débarquais ici. Dans ma ville.

Ce n'était pas un hasard. Même si tu m'évitais, cette idée me redonnait espoir.

Une voiture passa en trombe dans la rue. Je me recroquevillai vivement. Le vent balaya mon dos et ébouriffa mes cheveux. Avisant un couple sur le trottoir, je m'adossai à l'arbre, saisis mon téléphone et le pressai contre mon oreille.

— Ouais… d'accord, dis-je à voix haute, en contemplant mes pieds.

Dès que le couple eut passé son chemin, je rangeai mon appareil dans ma poche et me tournai de nouveau vers ta maison. Mon Dieu ! Postée devant ta fenêtre, tu regardais dans ma direction. Je tombai à genoux par terre ; le sang battait à mes tempes. Mes genoux s'enfoncèrent dans la terre et mes dents s'entrechoquèrent, provoquant un élancement douloureux dans ma mâchoire. Quelle poisse !

Une porte s'ouvrit et se referma. J'entendis des pas se rapprocher. Je scannai les alentours en quête d'une échappatoire. Il n'y en avait aucune. Tu avais repéré mon manège.

— Kelly ?

Tu te rapprochais.

*Merde. Merde. Merde.*

J'avais relâché ma vigilance.

— Kelly ?!

Tu fis le tour de l'arbre, sourcils froncés. Tu n'avais pas l'air contente.

— Euh… oui.

*Pas de panique.*

— Qu'est-ce que tu fiches là ?

Ma gorge était sèche. Je déglutis.

— Eh bien... tu n'as pas répondu à mes derniers messages.

— Et alors quoi ? Tu me surveilles ?

Au moins, tu ne paraissais plus effrayée. Plutôt furieuse !

— Non !

Je me relevai en repoussant le sol d'une main. Les genoux de mon jean étaient couverts de boue. Les frotter ne servait à rien.

— Je... euh... je voulais m'assurer que tu allais bien. Et puis j'ai fait tomber quelque chose par terre.

Je baissai les yeux. Ce n'était pas un mensonge. J'avais perdu ta boucle d'oreille en m'agenouillant. Impossible de la retrouver.

— Quoi ? demandas-tu, soupçonneuse, les yeux plissés.

— Une boucle d'oreille, répondis-je avec sincérité, espérant déclencher chez toi une réaction.

Tu demeuras impassible. Puis tes yeux scrutèrent mon visage.

— Mais tu portes les deux.

— Oh. (Je portai la main à mes oreilles, l'une après l'autre, et lâchai un rire embarrassé.) Oh, mon Dieu. Je pensais en avoir perdu une. Bah, en fait non.

Dieu merci, je n'avais jamais désiré faire du théâtre. J'étais une comédienne lamentable.

— Ah, d'accoooord.

Il était évident que tu n'en croyais pas un mot.

— Eh bien, Sullivan et moi, on va bien. Désolée de ne pas avoir répondu à tes messages, mais on a eu une dure semaine. D'ailleurs, je vais retourner le voir.

Tu t'éloignais déjà.

— Attends ! m'écriai-je, submergée par le désespoir. Le singe !

— Hein ?

Cela t'obligea à te retourner.

— C'est pour ça que je suis venue... Tu as oublié quelque chose chez moi.

Je laissai la phrase en suspens, espérant une réaction.

Ton expression ne changea pas. J'étudiai tes traits durcis, tes lèvres pincées, tes yeux plissés. Même agacée, tu étais jolie. Très différente des filles avec lesquelles mon fils sortait habituellement. Le doute s'insinua à nouveau dans mon esprit.

Je fermai les yeux et poussai un soupir. Une migraine s'annonçait dans ma tempe.

— Tu l'as ? dis-tu en tendant la main.

Je songeai à la boucle par terre et au bouton de manchette dans ma poche.

— Quoi ?

— Le singe.

Tu avais articulé lentement, en haussant les sourcils.

— Oh ! Bien sûr. Non, je l'ai oublié.

— Tu es venue pour me le rendre, et tu l'as oublié ?

— Oui.

Tu ris en secouant la tête.

— C'est la quatrième dimension, ma parole.

Tu m'observais comme si je sortais de l'asile psychiatrique. Je ne t'en blâmai pas.

— Bon, je dois rentrer. Sullivan n'est pas en grande forme. Je t'appellerai quand il ira mieux.

Je te regardai regagner ta maison sans un mot. Décidément, je faisais tout de travers aujourd'hui.

# 21

— Papa est rentré chez lui, déclara Rafael. Je l'aide à s'installer.

— C'est bien, répondis-je en regardant par la fenêtre d'un air absent, un mug de thé sur la table devant moi.

— Je vais passer le reste de la journée à organiser ses affaires. Cet endroit est un vrai bordel. Tu ne peux pas imaginer, Kel ! Il a des papiers qui datent de plusieurs années sur ses étagères. Des courriers, des listes de provisions. C'est un miracle qu'il s'y retrouve.

Ses paroles m'irritèrent, mais au lieu de me laisser emporter, je ricanai.

— Ça alors, te voilà devenu une vraie fée du logis !

Il eut un petit rire.

— Je n'irais pas jusque-là. Ce n'est que pour cette fois.

— Évidemment, marmonnai-je entre mes dents.

*Vu que tu n'en fiches pas une à la maison.*

— Quoi ?

— Rien, répliquai-je vivement en m'emparant de mon mug.

Le thé était encore trop chaud. Des volutes de vapeur s'enroulaient au-dessus de la tasse.

— Comment va-t-il, sur le plan psychologique ? Il a encore des hallucinations ?

Croyait-il toujours m'avoir vue ? brûlai-je de lui demander. Mais je ne voulais pas avoir l'air de lui soutirer des informations. Ni paraître totalement narcissique.

— Eh bien, il parle beaucoup d'Aaron.

Une chaleur se diffusa dans mon corps, tandis que ma bouche s'asséchait.

— Qu'est-ce qu'il a dit sur Aaron ?

— Il le réclame.

Mes doigts agrippés à la table, je me redressai brusquement.

— Il a... ? Je veux dire, il pense qu'Aaron lui a rendu visite aussi ?

*A-t-il vu mon fils ?*

— Non, répondit doucement Rafael. Il ne pense pas *avoir vu* Aaron. Il *veut* le voir.

— Oh.

Je lâchai un léger soupir et me laissai retomber sur mon siège, qui grinça sous mon poids.

— Kelly ?

— Oui, je suis là.

D'un geste hésitant, je tirai l'ordinateur portable vers moi et l'allumai.

— Tu vas bien ?

— Oui, dis-je en ouvrant Facebook. Tu prends un jour de congé demain ?

— Non, ce n'est pas prévu. Papa va s'en sortir. Je peux rester cette nuit, puis repasser chez lui après les cours.

— Mmm.

J'étais sur la page d'Aaron et je faisais dérouler son fil d'actualités. Rien n'avait été posté depuis des mois. Toujours les mêmes images. Les mêmes posts. Les mêmes messages.

Dans la liste de ses amis, je cliquai sur la photo de Chase – le colocataire d'Aaron l'année dernière. Sa page apparut, ses posts parlaient d'un jeu auquel il consacrait manifestement trop de temps.

Me mordillant la lèvre, j'ouvris son album photo. Mes doigts frémirent en passant les images en revue. Repérant une série de clichés avec Aaron, je les étudiai attentivement. J'avais examiné ces images des douzaines de fois. Les regarder une par une ne m'apprendrait rien de plus.

Aaron ne figurait jamais au premier plan. À l'inverse, son colocataire, qui semblait adorer l'objectif, prenait la pose avec un plaisir évident.

Je m'apprêtais à fermer la page quand mon cœur manqua un battement.

Il s'agissait d'un cliché que j'avais ignoré jusqu'alors car Aaron ne se trouvait pas dessus. Mais une fille en arrière-plan te ressemblait.

— Kelly ? Qu'est-ce que tu fais ? interrogea Rafael.

— Je t'écoute, répondis-je en m'approchant de l'écran pour mieux examiner l'image.

— Tu sembles distraite, fit-il remarquer d'un ton impatient.

Sur l'écran tactile, je posai le pouce et l'index et zoomai sur la fille qui parlait à une personne hors cadre.

— Oh, mon Dieu !

— Quoi ? s'écria Rafael, visiblement inquiet. Qu'est-ce qui se passe ?

— C'est Kelly ! m'écriai-je d'une voix blanche.

Ton visage était un peu plus rond, tes cheveux plus sombres, mais c'était bien toi. Enfin une preuve ! Aaron n'était pas sur la photo, mais il était bien à cette soirée. Tout comme toi.

Ça changeait tout.

J'en avais assez de me taire. De la jouer cool. D'attendre que tu sois prête à te livrer. *Merde alors !*

— Raf, j'ai la preuve que Kelly connaît Aaron.

— De quoi tu parles ?

— La photo ! Elle est dessus ! lançai-je tandis que l'adrénaline fusait dans mes veines. Sur la page de son coloc... ce soir-là... Je l'avais déjà vue, mais il n'est pas dessus... pourtant il était bien là-bas. Et Kelly aussi. Ah, j'étais certaine qu'elle le connaissait ! Je l'ai toujours su, mais maintenant j'en ai la preuve. Pas seulement qu'elle le connaissait, mais qu'elle se trouvait là ce fameux soir...

J'étais en roue libre à présent. Incapable de me retenir, je parlais à toute vitesse.

— Désolé, Kel, mais je ne te suis pas. Ce que tu racontes n'a aucun sens.

J'étais prise de tremblements. Proche de l'hystérie. Faire une pause. Prendre une profonde inspiration. Si je voulais qu'il m'écoute, je devais à tout prix me calmer.

— Je suis sur la page Facebook de Chase et je regarde ses photos, expliquai-je posément.

— Kel, dit-il de ce ton apitoyé que je haïssais. Pourquoi maintenant ? Je croyais que ça allait mieux.

— Oui, ça va mieux. Je voulais juste voir si Kelly était sur l'un des clichés.

Silence.

— Raf ?

L'avais-je perdu ?

— Je suis là. Mais je ne comprends pas. Tu cherches une photo de toi sur la page Facebook de Chase ?

— Non. Non, pas de moi. De mon amie Kelly. Je t'ai parlé d'elle, tu te rappelles ? Ma nouvelle amie.

Comment pouvait-il être à ce point à côté de la plaque ?

— Oh, bien sûr. Celle avec le bébé à qui tu as acheté toutes ces affaires. Elle s'appelle Kelly ?

— Oui !

Il ne m'écoutait donc jamais ? Ou bien avais-je omis de lui donner son prénom ? Je ne savais plus très bien. Je lui cachais tant de choses.

— Et elle connaissait Aaron ?

— Oui. Elle est sur une photo avec lui. Et elle a son bouton de manchette. Je l'ai trouvé à côté du couffin et...

— Le couffin ? m'interrompit Raf. Bon sang, mais de quoi tu parles ?

— Laisse tomber le couffin. Tu m'as entendue ? Kelly connaît notre fils. En fait, je pense que son bébé est peut-être...

— Kel, il faut que tu arrêtes ça.

— Quoi ?

Confuse, j'éloignai légèrement le combiné de mon oreille.

— Mon Dieu, je pensais que tu allais mieux, et voilà que tu...

— Je vais mieux, je t'assure, mais... Oh, mon Dieu, tu penses que Kelly a quelque chose à voir avec ce qui s'est passé ?

— Je ne peux pas continuer comme ça, se lamenta Rafael. Tu n'es pas la seule à l'avoir perdu, tu sais ?

— *Madame Medina ? J'ai peur d'avoir une mauvaise nouvelle. C'est à propos de votre fils, Aaron... trouvé inconscient dans sa chambre d'étudiant... Les secours ont tout tenté...*

— Bien sûr que je le sais.

— À cause de toi, je ne peux pas le pleurer. Mon Dieu, je ne peux même pas parler de lui au passé parce que tu veux à tout prix faire comme s'il était vivant ! Mais j'en ai assez de te protéger. Ça ne sert à rien. C'est de pire en pire. (Sa voix se brisa.) Tu ne me laisses même pas couper sa ligne de téléphone. Et je sais que tu continues à l'appeler.

— J'aime entendre sa voix.

Une larme roula sur ma joue.

— Il nous a quittés, Kel. Tu dois le laisser partir.

J'essuyai ma joue du dos de la main et reniflai.

— Tu crois que je ne le sais pas ? Tu crois que je ne sens pas son absence tous les jours qui passent ? Il me manque. C'est pour ça que je lui envoie des SMS. Un garçon a besoin de sa mère.

— Il est mort. Il n'a plus besoin de personne.

Ses paroles me firent l'effet d'un violent coup de poing dans le ventre. Plaquant la main sur mon estomac, je grimaçai.

— J'ai besoin de lui, d'accord ! Je ne suis pas folle, Raf. Je sais qu'il n'est plus là.

— Tu parles de lui comme s'il était parti étudier à la fac.

— Oui, et alors ? C'est plus facile pour moi de faire semblant. Je ne fais de mal à personne.

— Si, à *moi*, souffla Raf. Tu *me* fais du mal.

Telle une poupée dégonflée, je m'affaissai sur moi-même. J'avais tout raté. Encore une fois.

— Je sais combien tu l'aimais. Moi aussi, je l'aimais.

— Tu as eu une façon merdique de le montrer, marmonnai-je.

— Qu'est-ce que tu dis ?

Je me repliai sur moi-même pour échapper à ses flèches venimeuses. Mais il était bien trop loin pour m'atteindre, alors je repris :

— Ce sont tes exigences impossibles qui ont tué notre fils.

— Il faisait la fête, Kel. Il a bu de l'alcool et pris des pilules. En quoi est-ce ma faute ?

— Sérieusement ? Tu ne te rappelles pas votre dernière conversation ? Tu l'as menacé de ne plus financer ses études s'il n'avait pas de meilleurs résultats.

— Il faisait la bringue, c'est ce que font les étudiants. Ça n'a rien à voir avec moi ou notre dernière discussion. S'il avait tenu compte de mes avertissements, il aurait été en train de réviser, au lieu de boire avec ses copains.

La colère infusait dans mes veines.

— Tu pensais toujours du mal de lui.

— Et toi, tu le trouvais toujours si parfait.

— On croirait entendre ma mère.

*Si tu ne l'avais pas autant gâté, il serait peut-être encore là. Les enfants ont besoin de discipline, Kelly. Tu lui trouvais tout le temps des excuses.*

Les toutes dernières paroles de ma mère demeuraient gravées dans ma mémoire. Si seulement Carmen avait été en vie quand Aaron nous avait quittés. Elle aurait trouvé les mots justes. Elle m'aurait aidée. Quand j'étais allée trouver ma mère, j'avais espéré que, pour une fois, elle me réconforterait. Mais ma mère était terriblement prévisible. Mon père aussi. Il avait soutenu sa femme. Comme toujours.

Je ne sais pas pourquoi je m'étais imaginé que ce serait différent.

— Elle voulait juste t'aider à tourner la page, rétorqua Rafael d'un ton exaspéré.

— Je ne peux pas, avouai-je. Aaron était toute ma vie. Il signifiait tout pour moi.

Après un silence, Raf déclara :

— Ça, crois-moi, je suis au courant.

Sans un mot de plus, il coupa brusquement la communication.

Je reposai le téléphone sur la table et poussai un soupir dépité. J'aurais dû me sentir coupable, après ce que Rafael venait de dire, pourtant ce n'était pas le cas. Bizarrement, je me sentais libérée. Légère. Je gardais cela en moi depuis si longtemps.

Je me levai pour aller déposer ma tasse dans l'évier. En chemin, je jetai un coup d'œil au canapé où tu étais assise quand tu déblatérais tes mensonges sur mon fils.

*Il m'a demandé d'avorter.*

Mensonge. Aaron n'aurait jamais demandé une chose pareille. Et aujourd'hui, j'avais des preuves. Tu étais avec lui *après* la naissance de Sullivan.

Les mains tremblantes, je lâchai le mug dans l'évier. Il heurta violemment l'émail et se brisa.

Mon cœur tambourinait si fort dans ma poitrine que je le sentais battre à mes tempes. La tête me tournait. Les murs se refermaient sur moi alors que les événements de ces dernières heures faisaient enfin sens. Je pris une profonde inspiration et ramassai les morceaux de céramique. Froids. Ébréchés. Les plus gros mordirent ma chair. La douleur était la bienvenue. Enfin une chose à quoi me raccrocher.

Moi qui avais la sensation de me noyer. De quitter mon corps. Refermer le poing sur ces éclats m'ancrait dans le sol. Après les avoir jetés à la poubelle, j'essuyai mes mains sur mon pantalon, ce qui laissa une traînée rouge sur le tissu.

Quoi ?

J'examinai mes paumes. L'une d'elles était couverte de sang.

*Merci beaucoup, Kelly.*

Je me précipitai vers la salle de bains et fis couler de l'eau froide sur ma plaie. Ça piquait. Quand l'eau emporta le sang, je discernai plusieurs minuscules entailles en travers de ma main. Heureusement, aucune n'était profonde. J'ouvris l'armoire de toilette pour prendre une boîte de pansements.

Une sensation étrange courut sur ma nuque. Je me figeai. Mes bras se hérissèrent de chair de poule. Un craquement. Un bruit de pas. Je fermai le robinet et tendis l'oreille. Le silence m'enveloppait. Au bout de quelques secondes, je soufflai. Ma main saignait de nouveau.

Je rouvris le robinet en me moquant de ma nervosité. C'était ta faute, Kelly. Tu m'embrouillais les idées. Et ce depuis ton arrivée. Je savais que ce n'était pas une coïncidence. Dès le départ, j'avais compris que tu n'étais pas là par hasard. Que tu me cherchais.

Mes mains nettoyées, j'appliquai des pansements sur les coupures. Avant de quitter la salle de bains, je captai mon reflet dans le miroir.

Mon Dieu ! J'avais une mine épouvantable.

Des cernes bleus soulignaient mes yeux, comme si je n'avais pas dormi depuis des semaines. Mon teint était pâle, mes traits tirés. Mes cheveux ternes tombaient tristement sur mes joues creuses.

Pendant plusieurs semaines après la mort d'Aaron, j'avais eu l'air d'un cadavre. Un squelette. Un fantôme. Une morte-vivante.

Je ne m'en étais jamais vraiment remise, mais j'avais fini par m'alimenter à nouveau, par reprendre mes petites habitudes. Mon visage avait retrouvé des couleurs, mon corps avait repris du poids. Mais te voir sur cette photo m'avait replongée dans le passé. À présent, je ressentais encore plus douloureusement l'absence d'Aaron. Comme s'il était revenu à la vie pour m'être arraché une seconde fois.

Comme avec cet autre bébé. Celui que j'avais pris. Parce que je le prenais pour Aaron.

Mais ce n'était pas Aaron.

Il n'était pas à moi.

Ravalant la boule qui s'était formée dans ma gorge, je me détournai du miroir.

Et de cette femme au visage décharné.

Tandis que je quittais la salle de bains, je ressentis un nouveau picotement dans la nuque. Je me raidis, aux aguets. Cette fois-ci, j'étais certaine d'avoir entendu du bruit.

— Il y a quelqu'un ? appelai-je en avançant prudemment dans le couloir.

— Bonjour, répondit une voix.

Un petit cri m'échappa. Tu étais là, au beau milieu de mon salon.

— Kelly ?

Je me figeai.

— Désolée. Tu avais laissé la porte ouverte. (Tu jetas un coup d'œil à l'entrée derrière toi.) Je t'ai appelée plusieurs fois.

Je plissai les yeux. Avais-je vraiment laissé la porte déverrouillée ? Cela semblait peu probable. Mais comment serais-tu entrée ? Où était Sullivan ? Je repérai la poussette près du mur du salon. Une couverture la masquait, aussi supposais-je qu'il était endormi en dessous.

Quand j'étais enfant, nous avions un oiseau, et lorsque nous voulions le faire taire, nous disposions une couverture sur sa cage. Tu le traitais comme cet oiseau.

211

— Ça va ? demandas-tu en t'avançant vers moi.

Prise d'un tressaillement, je reculai d'un pas.

— Oui, ça va. Qu'est-ce que tu fais là ?

— Sullivan se sentait un peu mieux alors on s'est dit qu'on allait passer. Et récupérer le singe.

Ton regard se posa sur l'ordinateur sur la table du salon. On voyait ton visage en gros plan. À cette soirée où tu étais avec mon fils.

— Je sais pourquoi tu es ici, lâchai-je, tandis que l'adrénaline déferlait dans mon corps.

— Ouais, je viens de te le dire.

Tu parlais lentement, comme une maîtresse d'école à une enfant qui ne comprend rien.

Cela ne fit qu'attiser ma colère.

— Non, je sais pourquoi tu es ici, à Folsom. (J'observai la poussette à la dérobée. La cage à oiseaux. La couverture bleu et blanc.) Sullivan est mon petit-fils, n'est-ce pas ?

— Quoi ?

Ton front se plissa si violemment qu'on aurait dit qu'une épingle était plantée au milieu.

— Non !

Ton déni véhément me stimula. Je fis un pas en avant.

— Il ressemble à Aaron. Mêmes cheveux noirs. Même teint foncé.

— Cette description correspond à une foule de gens.

En proie à la confusion, tu reculas de plusieurs pas.

— J'ai trouvé le tee-shirt de l'université Hoffmann quand j'ai fait du rangement chez toi.

— Ouais, et alors ?

— Eh bien, tu ne m'as jamais précisé que tu étais allée là-bas.

— Je n'y suis pas allée. Je l'ai trouvé dans une friperie.

J'eus un rire amer, et secouai la tête.

— Laisse tomber, Kelly. Je sais que tu étais avec mon fils.

Tes yeux s'écarquillèrent.

— C'est dingue. Je ne connais même pas Aaron.

— Alors pourquoi as-tu l'un de ses boutons de manchette ? Il te l'a donné ou bien tu l'as volé dans sa chambre ?

C'était un pari risqué, mais je connaissais mon fils. Même si sa relation avec Rafael était compliquée, j'étais certaine qu'il avait emporté les boutons de manchette à l'université. Son grand-père et lui étaient proches, et il s'agissait de bijoux de famille. Je glissai mes doigts dans la poche de mon jean, mais elle était vide. Où était-il passé ?

— Écoute, je ne sais pas du tout de quoi tu parles.

Tu avais levé les mains en signe d'apaisement.

— Je n'ai jamais rencontré ton fils, et je ne sais même pas ce qu'est un bouton de manchette.

Inspirant brusquement, je tombai sur l'ordinateur. Je m'en approchai et désignai l'écran.

— C'est toi ! À la fête où était mon fils.

— Kelly, ce n'est pas moi. Enfin, cette fille me ressemble un peu. Mais ce n'est pas moi.

Une rage brûlante s'empara de moi, tel un incendie hors de contrôle, annihilant tout sur son passage.

— C'est toi. Tu étais avec mon fils le soir de sa mort ! Pourquoi me mens-tu ?

— Il est mort ? Je croyais qu'il était à la fac.

— Non, il n'est pas à la fac. (J'imitai le ton naïf que tu employais pour cracher tes mensonges.) Il est mort, mais tu le savais déjà, hein ? Tu te paies ma tête depuis le début.

— Je suis désolée, Kelly. Je n'avais aucune idée pour ton fils. (La pitié emplit ton regard, adoucissant ton expression.) Tu sembles bouleversée. Veux-tu que j'appelle quelqu'un ou… ?

Non, pas question de te laisser m'emboabiner à nouveau. Je savais ce que j'avais vu. Pointant l'écran du doigt, je criai :

— C'est toi ! Pourquoi continues-tu à me mentir ?

Tu avais tressailli et, l'espace d'une seconde, je la vis. L'étincelle de l'aveu. La vérité. Oh, oui, tu te jouais de moi depuis le début.

— Kelly, calme-toi.

Tu avanças de deux pas, les mains tendues devant toi.

— Tu connaissais mon fils, répétai-je. Tu étais avec lui.

J'étais sur le point d'obtenir des réponses, et j'en avais désespérément besoin.

Tu semblais nerveuse. Inquiète. Tu savais que je t'avais démasquée. Un gémissement s'échappa de la poussette de Sullivan, mais tu ne fis pas un geste, tu continuais de me fixer. Comme toujours, tu faisais passer ton fils après toi.

— Tu ne le mérites pas. Sullivan. Tu n'as aucune idée de ce que signifie être mère.

— Ce n'est pas vrai, répliquas-tu, le menton relevé en signe de défi.

— C'est vrai. Il est mon petit-fils. Il est à moi.

Un éclair traversa ton regard. Je t'irritais à présent. Oublié, l'air égaré, innocent.

— Il n'est pas ton petit-fils. Et il ne sera jamais à toi.

Comme tu paraissais menaçante, je reculais et heurtai la table du coccyx. Ton regard s'assombrit. Je sentis un frisson remonter le long de mon échine.

— J'imagine combien perdre ton fils a dû être pénible, Kelly.

Ta voix était différente à présent, posée, didactique. Ça me rappelait la manière dont Rafael et le Dr Hillerman me parlaient pour m'exhorter à me calmer. Agacée, j'inclinai légèrement la tête.

— Je vois bien que tu traverses une passe difficile. Mais ce que tu affirmes n'a aucun sens.

— Bien sûr que si, et tu le sais parfaitement.

— Non. (À nouveau, ce ton condescendant.) Honnêtement, Kelly, tu parles comme une déséquilibrée. Je devrais peut-être appeler ton psy ?

Je secouai la tête. Je n'étais pas folle. Et comment savais-tu que j'avais un psy ? C'est toi qui disais n'importe quoi. Tout le monde pensait que j'imaginais des choses depuis des mois, mais c'était faux. Je savais que mon fils ne s'était pas suicidé. Je lui avais parlé plus tôt ce jour-là. Il n'était pas déprimé, ni suicidaire. Et ce n'était pas non plus un accident. Aaron n'avait rien d'un fêtard. C'était un bon garçon.

Quelqu'un lui avait fait du mal.

*C'est toi qui lui as fait du mal, Kelly.*

Et maintenant, tu cherchais à me faire du mal, à moi.

Et à mon petit-fils.

Je ne pouvais pas te laisser faire.

J'agrippai la table derrière moi. Quand mes doigts se posèrent sur le chandelier en cuivre de Carmen, je le saisis.

— Dis-moi ce que tu sais sur mon fils. Tout de suite, grondai-je en brandissant le chandelier.

— Kelly, pose ça. Je ne sais rien. Tu te trompes totalement.

— Non, je sais que j'ai raison. Et tu vas m'avouer la vérité.

L'image du corps sans vie d'Aaron sur le sol de sa chambre d'étudiant s'imposa soudain à moi. Les gyrophares rouge et bleu devant la maison. Les deux agents de police sous le porche. Leurs visages graves au moment d'annoncer la nouvelle. Mon corps qui chute. Qui se désagrège. Mon cœur qui se brise.

C'était ta faute, Kelly.

Et tu allais le payer.

Je levai le chandelier d'un air menaçant.

— Non !

Tes lèvres formèrent un « o » de stupeur et tu levas les bras pour te protéger. Tes cheveux ébouriffés tombèrent sur ton visage.

C'est là que je compris.

Où je t'avais déjà vue.

Nue. En train de poser. Les lèvres entrouvertes. La tête renversée. Les bras levés.

Quand j'abattis le chandelier, je lâchai dans un souffle :

— Keith...

Nos regards se croisèrent, et je vis le prénom faire sens dans ton esprit. La prise de conscience dans tes yeux.

*Démasquée.*

II

## 22

J'avais ton sang sur les mains. Des gouttes rouges se formaient sous mes ongles et s'écoulaient dans mes paumes. Sous la douche, je regardai le liquide vermillon glisser sur moi et tournoyer dans la bonde. Attrapant le savon exfoliant, je me frottai vigoureusement partout, tentant d'effacer toutes traces de toi. Jusqu'à avoir la peau blanche et pure.

Mais je n'arrivais pas à te sortir de ma tête. Et la vision de ton corps rampant par terre en gémissant me hantait.

Ça me rendait malade. J'étais sur le point de hurler à tout instant. Le jet brûlant de la douche ne faisait qu'accentuer cette sensation.

Malheureusement, il était trop tard. Je ne pouvais plus revenir en arrière. C'était terminé.

Il était temps de se focaliser sur ce qu'il y avait de mieux pour Sullivan.

C'était lui le plus important. Et sa sécurité. Son bien-être.

Après avoir fait disparaître tout le sang, je sortis de la cabine. En posant le pied sur le tapis de bain moelleux, je savourai la douceur du tissu-éponge sous ma plante. Enveloppée dans une serviette, je me campai devant le miroir. Comme il était embué, je passai la main dessus pour faire apparaître mon reflet. Il surgit un bref instant avant de s'évanouir à nouveau.

J'ouvris la porte de la salle de bains pour faire entrer l'air frais et frissonnai. Mes poils se dressèrent sur mes bras.

Ouvrant le tiroir du petit meuble, je fouillai son contenu à la recherche d'une brosse. Puis je démêlai soigneusement mes cheveux mouillés, les séparai par une raie sur le côté.

Ils étaient soyeux et sentaient bon le shampoing à la noix de coco. Je songeais à les coiffer en douces ondulations et à appliquer un maquillage léger. Je porterais un pull large sur un jean, avec un minimum de bijoux. Comme une femme au foyer normal. Comme s'il ne s'était rien passé d'extraordinaire ce soir. En m'imaginant ainsi, je souris pour moi-même, et sentis mes muscles se relâcher.

Oui, j'étais certaine de pouvoir réussir. Bientôt, tout cela ne serait plus qu'un lointain souvenir. Une sorte de rêve, si irréel que je ne serais pas certaine que tu aies vraiment existé.

Un gémissement étouffé me parvint. Sullivan. Mon cœur bondit dans ma poitrine. L'espace d'un instant, je l'avais oublié.

Avec la sensation d'être stupide et négligente, je me précipitai dans la chambre où Sullivan était étendu dans son couffin, emmitouflé dans la couverture rose. Il agitait ses petits poings dans l'air.

— Allons, allons... Tout va bien se passer, je te le promets, roucoulai-je. Je suis là, d'accord ?

Je fredonnai tout en cherchant quelque chose à mettre et ne m'arrêtai qu'une fois habillée. Sullivan chouinait de temps à autre, ses grands yeux suivaient chacun de mes mouvements dans la pièce. Je faisais attention à ne pas le lâcher des yeux, tout en lui adressant de grands sourires. Les jambes en coton, j'avais peur de me déliter à tout instant et de m'affaler par terre.

La réalité de mon acte me vrillait le crâne, altérait ma respiration. Mais Sullivan m'ancrait à la vie. Il était tout ce qui comptait.

Je l'avais fait pour lui.

Le visage d'Aaron surgit dans mon esprit. Son regard confiant. Son sourire innocent. Une boule se logea dans ma gorge, je la ravalai aussitôt.

Non, ne pas penser à lui maintenant. Je devais me concentrer sur Sullivan. Sur notre avenir. Inutile de ressasser le passé. De toute façon, je ne pouvais pas revenir en arrière. *Ce qui est fait est fait.*

Après avoir séché mes cheveux et retouché mon maquillage, j'allai chercher Sullivan. Je le calai contre mon épaule et le fis rebondir doucement. Il babilla, ce qui soulagea la tension de mon ventre.

— Oui, mon ange, tout va bien se passer. Tu es en sécurité maintenant, lui murmurai-je en descendant l'escalier.

Quand j'effleurai son crâne duveteux du bout du nez, mon pouls s'accéléra. Il avait ton odeur. Je me reculai et retins mon souffle.

Passant devant la chambre d'Aaron, je me pétrifiai. D'une main tremblante, j'ouvris la porte et jetai un coup d'œil à l'intérieur. Mon estomac se contracta si violemment que j'eus peur de vomir. Retenant ma respiration, j'inspectai la pièce du regard – les affiches, le bureau, le lit impeccable. À croire qu'il allait revenir à tout moment.

Comme la sueur perlait à mes paupières, je clignai rapidement des yeux.

Qu'est-ce que je fabriquais ici ? C'était trop déprimant.

Après avoir refermé la porte derrière moi, je descendis l'escalier avec Sullivan paisible dans les bras.

Puis je gagnai la cuisine et me préparai du thé dans l'espoir de calmer mes nerfs.

Tout en berçant Sullivan, je sirotai mon thé et laissai mon regard errer vers les grandes fenêtres. Le ciel s'obscurcissait, le soleil était happé par les nuages. J'aimais cette heure de la journée. La transition.

Ma poitrine se souleva.

Sullivan frotta son visage contre mon épaule et se tortilla. Lorsque sa bouche s'empara de mon tee-shirt pour le sucer, il me vint à l'esprit qu'il avait sûrement faim. Je me rendis dans le salon, où l'odeur de Javel assaillit mes narines.

Ça aussi, c'était ta faute. Si tu n'avais pas mis du sang partout, je n'aurais pas été obligée de tout lessiver à l'eau de Javel.

Heureusement que c'était du parquet. Je n'aurais jamais pu rattraper de la moquette.

— *Ta gueule ! hurla-t-il en collant son poing dans la figure de maman.*

*Sa tête se renversa violemment en arrière, son cou craqua. Ravalant un hoquet, je plaquai ma main sur ma bouche. Il ne se doutait pas que j'étais cachée derrière le canapé.*

*Plissant les paupières très fort, j'entendis maman pleurer. C'était tout ce que je percevais. Il quitta la pièce comme une furie, claquant la porte si brutalement que les murs tremblèrent. Ouvrant les yeux, je me précipitai près de maman. Après lui avoir nettoyé le visage et apporté un sachet de glaçons, je m'employai à laver le sol.*

*Pendant des heures, j'avais frotté la moquette, mais impossible de faire partir toutes les taches. Le sang était imprégné dans les fibres, bien visible.*

*Des années après, on voyait encore les auréoles sur la moquette.*

Les gémissements de Sullivan me ramenèrent au présent. La gorge sèche, j'allai chercher le sac à langer près de la porte d'entrée.

— Ne t'inquiète pas, mon grand, lui susurrai-je en lui caressant le dos. Ton biberon est juste là.

En me penchant, mes genoux craquèrent. Avec une grimace, je dézippai le sac et plongeai la main dedans.

Puis je l'aperçus.

Le sang éclaboussé sur le sol. L'empreinte de main sur la bandoulière.

La colère me submergea, telle une vague brûlante. *Bon sang, tu ne peux pas me foutre la paix, hein ?*

Soudain, je sentis ta présence dans la pièce, ton souffle sur ma nuque, tes yeux rivés sur mes moindres mouvements.

Je me forçai à respirer. Un sentiment de panique s'empara de moi.

Rien ne s'était passé comme je l'avais prévu. Tout était arrivé si vite. Si brutalement. C'était ta faute. Tu m'avais forcé la main. Et maintenant, je commettais des erreurs. De grosses erreurs.

Avais-je oublié d'autres taches ?

C'était tellement plus compliqué que je l'imaginais quand j'étais arrivée en ville. Mon plan était pourtant simple.

M'introduire dans ta vie.

Devenir ton amie.

Gagner ta confiance.

Puis, une fois tout en place, je me débarrasserais de toi – avec discrétion et humanité, bien sûr. Je n'étais pas un monstre. Ensuite, je m'envolerais vers un paradis tropical avec ma nouvelle petite famille.

*Fin de la partie.*

*Qu'est-ce qui pouvait mal tourner ?*

Mais je n'avais pas prévu que tu découvrirais ma véritable identité. J'imagine que c'était en partie ma faute. À cause de ce fichu bouton de manchette.

— *Qu'est-ce que c'est ? demandai-je en désignant le motif gravé sur l'or.*

*Nous étions assis par terre dans la chambre d'Aaron, ados-sés au mur.*

— *Les armoiries de la famille Medina.*

*Un sourire dansa sur les lèvres d'Aaron.*

Mon fils y avait droit. C'étaient aussi les armoiries de sa famille.

Ce qui m'avait perdue, c'était de l'avoir laissé dans le sac à langer, d'autant que tu t'intéressais de près aux affaires de Sullivan. Mais le bouton était si petit que j'avais toujours peur de le perdre, alors je le gardais précieusement avec moi.

Grosse erreur.

Tu étais si agressive depuis notre rencontre que j'aurais dû me douter que tu me forcerais à agir plus vite que prévu. Alors que je n'étais pas du tout prête à le faire.

C'était vraiment à cause de toi que tout était devenu si sanglant. Mon plan n'impliquait ni souffrances ni effusions de sang. Tu m'as attaquée la première ! Alors j'imagine que *tu n'as eu que ce que tu méritais*, comme le disait si souvent ma mère.

Cela dit, ça compliquait la situation.

Les pleurs de Sullivan s'accentuèrent. J'enfouis ma tête entre mes mains. Dans mon crâne, ça tourbillonnait comme un manège de fête foraine. Je me sentais mal. Nauséeuse. Désorientée, comme si on m'avait secouée dans tous les sens.

Inspirant brusquement, je parcourus les murs du regard. Ne voyant aucune trace de sang dessus, je sentis le soulagement me gagner.

Les éclaboussures par terre ne seraient pas difficiles à éliminer. Oui, voilà ce qu'il fallait faire. Encore un peu de Javel et le tour serait joué. Sans disparaître tout à fait, mon angoisse s'apaisa légèrement.

*Je n'ai pas le choix. Je dois aller de l'avant.*

Lorsque la police se mettrait à ta recherche, j'aurais mis les voiles depuis longtemps. Je serais sûrement dans un autre pays. Mais je devais me débarrasser de toutes les preuves. Rien ne devait me relier à toi.

Une fois que j'aurais obtenu ce que je désirais, il était hors de question que je passe le reste de mon existence à regarder par-dessus mon épaule. Je ne te laisserais pas gâcher mon conte de fées et sa fin heureuse.

Repérant une couverture, je l'étalai par terre et allongeai Sullivan dessus. Il serra ses petits poings et cria à pleins poumons. Son hurlement strident fit bondir mon cœur.

— Chut... chut..., répétai-je.

Sullivan battait des pieds à présent, comme s'il ponctuait ses cris.

Je me précipitai dans la cuisine. L'eau de Javel se trouvait dans le placard sous l'évier. Me penchant pour examiner l'intérieur, je saisis une éponge et la bouteille de détergent. Puis j'enfilai une paire de gants. L'éponge était teintée de rouge. Je m'en débarrasserais dès que j'aurais effacé toutes les traces de ta présence.

En me relevant, je me retrouvai face à la fenêtre qui donnait sur l'arrière de la propriété. Mon regard s'arrêta sur la cabane de jardin. Un rappel que tu n'étais pas réellement partie. La nuit tombait à présent. Les cris de Sullivan avaient gagné en puissance.

C'était insupportable. Je tremblais comme une feuille.

— La ferme ! criai-je à Sullivan, avant de le regretter aussitôt.

Ce n'était pas sa faute. Il était innocent. Il était ma raison de vivre.

Je ne devais pas l'oublier.

— Oh, pardon, mon grand.

Je m'agenouillai à côté de lui et lui caressai le visage. Il était chaud et mouillé de larmes. Je le sentais même à travers mes gants en latex.

*Reprends-toi, Kelly. Arrête de paniquer.*

Il fourra un poing dans sa bouche et le suça.

Mince. Il avait faim !

Avant toutes choses, enlever les gants, poser la Javel et lui préparer un biberon.

Une fois la tétine dans sa bouche, il se mit à boire goulûment. Je soufflai, savourant le silence. De ma main libre, j'essuyai la sueur accumulée sur ma lèvre supérieure.

Des lumières éclairèrent le devant de la maison. Des éclats de voix. Assise sur le canapé, j'observai l'extérieur par la vitre. Elle n'était pas zébrée de traces comme à la maison. À l'évidence, tu étais plus méticuleuse que moi.

Deux enfants couraient dans le jardin de l'autre côté de la rue. Un homme et une femme les observaient depuis le porche. Je souris et posai mon regard sur Sullivan, qui tétait son lait avec ardeur.

Bientôt, tout serait parfait.

J'offrais à mon fils une vie nouvelle. Une vie meilleure. Une famille. Tout ce que je n'avais jamais eu.

Il n'y avait aucune raison de paniquer pour un peu de sang. On n'était que dimanche soir. J'avais largement le temps de nettoyer.

Presque une semaine entière. Tout devait être prêt pour vendredi.

Pour l'instant, j'avais besoin de me détendre. La journée avait été longue et stressante. Il était temps de relâcher la pression. Je parcourus le vaste salon du regard.

Ce confort m'était étranger. Enfant, j'avais grandi dans un logement à loyer modéré. La seule jolie maison où j'avais vécu était celle de ma grand-mère, mais elle n'était en rien comparable à celle-ci.

Sullivan devenait lourd dans mes bras. Il s'était endormi. Pour éviter de le réveiller, je décidai de ne pas le transporter jusqu'au berceau à l'étage. Il risquait de s'agiter au moindre mouvement. Avec précaution, je me levai et le déposai sur sa couverture, près du canapé.

Retenant mon souffle, je me reculai lentement. Il s'étira, puis replongea dans un profond sommeil. Je poussai un soupir d'aise.

Que faisaient les femmes au foyer des banlieues aisées, le soir ?

Levant les yeux vers les plafonds voûtés, je fis courir mon index sur le dessus du canapé. Mes pieds nus sur le plancher frais, je gagnai la cuisine et allumai la lumière. Une chaude teinte dorée inonda la pièce, illuminant les comptoirs lisses et impeccables. Pas une tasse sale ni un emballage vide en vue. Pas étonnant que ma maison t'ait mise si mal à l'aise. La tienne était tellement propre. Trop propre. Franchement, tu avais un sérieux problème, Kelly. Un TOC ou un truc de ce genre. Au moins, c'était vivant chez moi.

Dans un coin se trouvait un casier rempli de bouteilles. J'en choisis deux. Je n'y connaissais rien en vin. Mais c'était ta boisson de prédilection. Et pas seulement quand nous étions ensemble.

Avant de te rencontrer, j'avais fait des recherches. Ce n'était pas difficile. Tu racontais tout en ligne. Pour une femme d'âge mûr, tu maîtrisais les réseaux sociaux. Tu avais des comptes Instagram et Facebook. Je n'ai jamais compris le besoin des gens d'étaler leur vie privée sur Internet. À quoi bon raconter ses histoires au monde entier ?

Moi, je crois que je suis plutôt du genre secrète.

Alors que toi, pas du tout. Des mois avant d'emménager à Folsom, j'avais étudié tes comptes. Tes habitudes. Tes passe-temps. Ce que tu aimais et n'aimais pas. Bref, ce n'était pas difficile de tout savoir sur toi.

Tu te rendais à ton club de gym deux fois par semaine. Tu postais même des commentaires sur ton amie. Non seulement il était narcissique de croire qu'on s'intéressait à la fréquence de tes cours de yoga, mais c'était dangereux. Voyons, tes comptes étaient publics, n'importe qui pouvait te retrouver et traquer tes moindres faits et gestes. Aller au même club que toi.

Tu suivais même l'ancien pédiatre de ton fils sur Facebook. Une fois, tu avais partagé son post, un message à propos du vaccin contre la grippe. Plusieurs de tes amis anti-vaccinations avaient pris position avec virulence sur ce sujet.

Après avoir déniché un verre à vin (bordel, tu en avais un paquet !), je débouchai une bouteille. Puis je versai le liquide rouge brillant dans le verre. Je l'emplis à ras bord, même si cela ne se faisait pas. Tu vois, c'était toute la différence entre toi et moi. Je ne me donnais pas en spectacle.

Je faisais ce que je voulais.

Au diable la société et ses règles !

Je regagnai le salon. Penchée au-dessus de Sullivan, je le regardai dormir pendant une minute. Mon Dieu, il était si parfait. Il méritait ce que la vie avait de mieux à offrir. Et j'allais le lui donner.

Mon verre à la main, je me laissai tomber sur le canapé et posai mes pieds sur la table basse. Je n'avais jamais vu un écran de télévision aussi grand. Il occupait pratiquement tout le mur. Trois comptes étaient enregistrés – Rafael, Aaron et toi. Je m'attardai sur celui d'Aaron, l'estomac noué.

Tu m'avais paru tellement triste et désespérée lorsque tu avais parlé de la mort d'Aaron. Perdre son fils était inconcevable.

Je songeai au sourire bienveillant et à l'idéalisme d'Aaron. Je n'avais jamais rencontré de garçon comme lui.

Je chassai ces souvenirs en secouant la tête. Ce n'était pas le moment d'avoir des regrets. Après une nouvelle gorgée de vin, je cliquai sur le compte d'Aaron. Dans le menu déroulant, je découvris *The Office* et le sélectionnai. Quand la série commença, je m'enfonçai dans le canapé et bus une gorgée de vin.

*Ah, ça, c'est la belle vie !*

Je regardais l'épisode depuis quinze minutes quand un bruit en provenance du dehors me surprit. Je tressaillis. Lentement, je tournai la tête. Deux phares apparurent devant la maison et remontèrent l'allée. Qui était-ce ?

Mes épaules se contractèrent au bruit d'une portière claquée, suivi de pas rapides sur le porche. Les coups frappés à la porte me pétrifièrent. Je restai immobile comme une statue, redoutant de bouger un muscle. Sans tourner la tête, je reportai mon regard sur Sullivan. Il remua légèrement.

*Par pitié, faites qu'il ne se réveille pas.*

Un silence s'installa, puis de nouveaux coups retentirent. Qui cela pouvait-il bien être ? J'eus une vision de toi debout devant la porte, la tête en sang. Impossible. Tu ne pouvais pas revenir. Ni maintenant. Ni jamais.

J'en étais certaine.

C'était peut-être un témoin de Jéhovah ou un livreur. Quoiqu'il fût un peu tard pour ce genre de visites.

— Kelly ? appela une voix féminine.

Sullivan se trémoussa de nouveau, ses petits poings levés. *Oh, mon Dieu, non.*

D'un geste prudent, je posai mon verre sur la table basse, puis me coulai sur le sol et traversai la pièce en rampant. Ton sac à main se trouvait dans l'entrée. Je l'atteignis et le fouillai en quête de ton téléphone.

Toujours à plat ventre, je l'allumai.

Il était verrouillé.

Amusant. Tu postais tous les détails de ton existence sur les réseaux sociaux, mais tu protégeais l'accès de ton portable. Comme si tu avais une vie privée.

Le mot de passe contenait cinq lettres.

Je souris. Cela pouvait-il être aussi simple ?

Après avoir tapé AARON, le téléphone se débloqua.

Ouaip. Tu étais vraiment trop prévisible, Kelly.

Plusieurs messages non lus. L'un d'eux était de Christine.

Suis en route.

Du pouce, je fis défiler la conversation. *Merde.* Tu avais prévu une soirée avec Christine.

Tu avais aussi un rappel de rendez-vous de ton salon de manucure. Cela attendrait. D'abord, me débarrasser de ta copine, qui n'avait manifestement pas compris le message.

Elle continuait à tambouriner à la porte en t'appelant. Je lui envoyai un SMS.

Vraiment désolée. Me sens patraque. On remet ça.

Les coups cessèrent. Je soupirai.

Des petits points apparurent sur l'écran. J'attendis la réponse, cramponnée au téléphone.

Quoi ? Tu allais bien ce matin.

Je secouai la tête avant d'expliquer que c'était arrivé subitement.

Peu importe. Je suis là. Tu ne m'entends pas ? Ouvre !

Bon sang, ton amie n'était franchement pas conciliante.

Désolée. Déjà au lit.

En retenant mon souffle, je m'adossai dans l'espoir qu'elle prenne le large. Mon cœur cognait si violemment que je l'entendais résonner dans tous mes os. Sullivan dormait toujours, mais il était agité, battait des pieds, ouvrait et fermait ses doigts. Soudain, une musique s'éleva de ma main ; je sursautai. *Merde.* Je coupai aussitôt le son. Était-elle en train de m'appeler ? Quel genre d'amies avais-tu ?

Un autre SMS arriva :

Laisse-moi entrer. Le vin est le meilleur des remèdes.

Ébahie, je fixai des yeux l'écran. Pas possible ?

Comme je ne répondais pas, elle insista :

Je ne pars pas tant que je ne suis pas sûre que tout va bien.

Roulant des yeux, je poussai un grognement.

*Ah, super.* Comment allais-je me débarrasser d'elle ?

— Kelly ?

Je tressaillis de surprise.

— Qu'est-ce qui se passe ? Tu vas bien ?

La voix ne provenait plus de la porte d'entrée. Quand je vis son visage apparaître dans l'encadrement de la fenêtre, je collai mon dos au mur, regrettant de ne pouvoir me fondre dedans, me mêler à la peinture. Pétrifiée, je contemplai le plafond.

*Oh non, Sullivan.*

Il était visible depuis la fenêtre.

Et si elle le voyait ?

La télé aussi était allumée.

Pourquoi avais-je laissé les volets ouverts ?

Agacée, je me tapai la tête contre le mur. Pas question de la laisser tout foutre en l'air. J'étais sur le point d'obtenir ce que j'avais toujours désiré. L'adrénaline fusa dans mes veines, tandis que je fixais des yeux le sac à langer. Le pistolet était à l'intérieur. Il ne me fallait qu'un instant pour l'atteindre.

Et après quoi ?

Non. L'arme n'était pas la réponse. Elle était mon dernier recours. Je ne l'utiliserais qu'en cas d'absolue nécessité.

Je n'en avais même pas eu besoin avec toi.

Mais dès que j'appuierais sur la détente, c'en serait terminé pour moi. Le coup de feu rameuterait tout le quartier. Et je devrais partir. Or ce n'était pas possible. Pas encore.

Rester ici jusqu'à vendredi. Même si tous mes plans étaient bouleversés, c'était impératif.

J'avais dû improviser pour me débarrasser de toi, mais je l'avais fait en toute discrétion.

Maintenant, trouver une solution pour faire déguerpir ta copine en douceur.

Honnêtement, je ne lui voulais aucun mal. La journée avait été épuisante. Je n'avais qu'une envie : regarder une bêtise à la télé en sirotant un verre de vin. La frustration me gagna. Comment virer ta stupide copine ?

Les doigts tremblants, je fis défiler votre conversation sur l'écran, espérant trouver un indice utile. Ah ! Je souris.

Me mordillant la lèvre, j'écrivis :

`Je crois que c'est la grippe. Et tu ne peux pas manquer le récital de Maddie jeudi.`

Je me raidis, l'oreille aux aguets. Les coups avaient cessé. Lorsque je jetai un coup d'œil à la fenêtre, le visage avait disparu. Le portable vibra dans ma main.

`Argh la grippe ? OK, j'abandonne.`

Puis elle ajouta :

`Repose-toi bien. Je t'appelle demain.`

Je poussai un soupir de soulagement et répondis :
Merci, Christine. A+.

Ses pas résonnèrent sur le trottoir. Une portière se referma. Le moteur ronronna, puis les pneus crissèrent sur l'asphalte. Tous mes muscles se relâchèrent. Alors que je respirais enfin, un cri aigu déchira le silence.

Sullivan était réveillé.

*Génial. Adieu ma soirée tranquille.*

# 23

Tu aurais fait une bonne détective privée, Kelly. Tu avais vu juste à propos de Keith.

— *Qu'est-ce que tu manigances ? demanda Rafael par-dessus mon épaule, son odeur de cuir caressant mes narines.*

— *J'enregistre mon numéro dans ton portable, répondis-je en tapant K-E...*

— *Non ! Tu ne peux pas écrire ton prénom dans mes contacts.*

— *Tu as peur que ta femme le voie ?*

*Mon doigt hésitait au-dessus du téléphone. Je haussai un sourcil.*

— *Eh bien, pour tout dire, oui.*

*Je pinçais les lèvres, quand une idée me vint.*

— *Et ça ?*

*I-T-H.*

— *Keith ?*

— *Ouaip. Pour ta femme, je serai simplement ton nouveau collègue, ajoutai-je avec un clin d'œil. Un gars qui t'envoie énormément de textos.*

— *Ah oui ? fit-il en couvrant mes lèvres des siennes.*

Si tu savais qui était Keith, cela signifiait que tu avais vu mes photos de nus.

Comme c'est étrange, pendant tout ce temps, tu savais que ton mari te trompait et tu n'avais pas réagi. J'imagine que, dans ce domaine, on était très différentes toutes les deux. Je n'aimais pas partager.

Pas même avec toi.

Pas même si tu l'avais épousé avant moi.

J'étais au courant de ton existence depuis le début. Il t'avait mentionnée dès notre toute première conversation.

J'avais entendu parler du Pr Medina bien avant de suivre son cours. Toutes les filles du campus le connaissaient. D'après les rumeurs, il était super sexy. Jusqu'ici, tous mes professeurs étaient vieux et moches. J'imaginais mal un prof sexy.

Avant de le voir.

En préambule de son cours de présentation, il s'était posté près de la porte et avait serré la main de chacun de ses étudiants, à mesure qu'ils entraient dans la salle. Il m'avait taquinée parce que j'avais la main froide. Ce n'était pas de la drague, plutôt un commentaire amical. C'était sa manière d'être. Il traitait tous ses étudiants en ami. En égal.

Dès notre premier échange, il m'avait mise à l'aise.

Je suivais son cours depuis une semaine et fantasmais sur lui. Puis une occasion s'était présentée. Il avait engagé la conversation. Une fois, je m'étais attardée après le cours, m'assurant d'être la dernière à quitter la salle. Au moment de franchir la porte, je lui avais lancé un au revoir timide. Je m'attendais à une réponse analogue, au lieu de quoi, il s'était avancé vers moi.

— *Kelly, n'est-ce pas ?*

*Je hochai la tête, les joues en feu.*

*Ses yeux étaient d'un brun chocolat, ses cheveux tombaient souplement sur son front hâlé. J'avais l'impression de comprendre enfin les romans à l'eau de rose que dévorait ma grand-mère, et que je lisais en cachette dans ma chambre.*

*Son regard fier et perçant.*

*Son odeur musquée.*

*Ses cheveux soyeux, savamment décoiffés.*

*Beau, grand et ténébreux.*

Autrefois, j'en riais, convaincue que ce genre d'hommes n'existait pas. Pas dans la vraie vie. Ils vivaient seulement dans les pages des romans.

Mais face à Rafael, j'avais compris mon erreur. Ces hommes étaient bien réels. L'un d'eux se tenait devant moi.

*— Je m'en souviens car ma femme porte le même prénom.*

*Mon ventre se noua et mes espoirs romantiques s'envolèrent. Être comparée à l'épouse d'un homme n'avait rien de sexy. Il me faisait déjà savoir qu'il n'était pas libre. Qu'il t'appartenait. J'avais failli laisser tomber. M'en aller.*

*Puis il avait ajouté :*

*— Vous lui ressemblez beaucoup quand elle était jeune. (Ses lèvres se retroussèrent.) On s'est rencontrés à la fac.*

*— Ah, je ne savais pas.*

*Je souris et glissai les doigts dans mes cheveux d'un air lascif.*

*Intrigué, il se pencha légèrement vers moi.*

*— Comment le pourriez-vous ? On ne se connaît pas.*

*Pas encore, songeai-je.*

Ce ne fut pas la seule fois où il me parla de toi. De temps à autre, tu surgissais dans la conversation.

*— Tu ne rentres pas ce week-end ?*

*C'était un vendredi soir : nous étions dans son appartement, blottis sur son canapé, et nous regardions la quatrième saison de* Stranger Things.

*Il secoua la tête.*

*— Pourquoi ? Ta femme ne t'attend pas ?*

*— Je crois qu'elle préfère quand je ne suis pas là.*

*La tristesse qui affleurait dans ses yeux me fit fondre.
Je connaissais ce sentiment de rejet. Ne pas être désirée. Je
l'avais connu toute ma vie. Et c'était nul.*

*C'était quoi, ton problème, Kelly ? J'aurais donné n'im-
porte quoi pour être à ta place. L'épouse de Rafael Medina.
Pour qui tu te prenais ? Tu ne voyais pas à quel point les
hommes comme Rafael étaient rares ? Le monde était rempli
de losers. Crois-moi, j'en savais quelque chose. Ma mère et
moi, on avait largement eu notre part.*

*Rafael était à mille lieues de ces pauvres types qui gravi-
taient autour de nous.*

*S'il était à moi, je ne le laisserais jamais partir.*

*Ignorant la télévision, j'enfourchai Rafael et pris son visage
entre mes mains.*

*— Eh bien, moi, je préfère que tu restes ici.*

*— Vraiment ? Je n'envahis pas ton espace ?*

*Je ris.*

*— Comment ça ?*

*— Tu n'as pas mieux à faire ? Sortir avec tes amis ou
t'amuser ?*

*— Je ne veux être nulle part ailleurs, susurrai-je contre
ses lèvres.*

*Ses mains remontèrent le long de mon dos et il m'embrassa
avec fougue. Je dénouai mes jambes et il me souleva pour me
transporter dans la chambre. Après m'avoir jetée sur le lit,
il arracha mes vêtements. Je lui enlevai sa chemise et baissai
son pantalon. Puis il se jeta sur moi.*

*— J'ai apporté des jouets, murmurai-je à son oreille. Ils
sont dans mon sac à main.*

*Les hommes ne crachent pas sur un peu de piment et de
perversion. Ils ne veulent pas de plans monotones. Avec
Rafael, je faisais sans cesse monter les enchères, terrifiée à
l'idée qu'il perde tout intérêt pour moi. Il n'était pas question
que cela se produise.*

— Essayons un truc différent, ce soir.

Il m'embrassa de nouveau. Lorsque sa paume s'enroula autour de mon cou, je devinai ce qu'il avait en tête. Un de mes ex aimait le même genre de jeu. Je me raidis.

— Ça va ? s'enquit Rafael en desserrant son étreinte.

On ne m'avait jamais demandé mon avis. Mes sentiments ne comptaient pas pour mes autres partenaires. Même ma virginité m'avait été arrachée. Volée par un salaud que ma mère avait ramené à la maison et qui ne semblait pas connaître le sens du mot NON. Ça ne m'avait pas surprise outre mesure. À voir les relations amoureuses de ma mère, j'avais compris que les femmes n'étaient rien d'autre que des pions dont les hommes se servaient pour leur plaisir.

Mais Rafael ne me traitait pas de cette manière.

— Tape-moi sur la main quand tu veux que j'arrête, d'accord ? proposa-t-il avant de resserrer sa prise sur mon cou.

Lorsque ce fut terminé, il me remercia de l'avoir laissé faire. Il me raconta que tu avais complètement paniqué quand il avait tenté l'expérience avec toi. C'est pourquoi, alors qu'il me demandait si cela m'avait plu, je mentis :

— C'était bon, comme quand on plane. Euphorisant. Excitant. Une poussée d'adrénaline.

Ce n'était pas totalement faux. L'étranglement était atroce. Mais le reste était génial. Et j'avais choisi de me concentrer là-dessus. Rien n'était jamais parfait, après tout. Or ce que je partageais avec Rafael n'en était pas loin.

Rafael s'ennuyait avec toi, c'est pour ça qu'il s'était tourné vers moi.

Ne vous méprenez pas, notre relation n'était pas uniquement sexuelle. Il prenait vraiment soin de moi.

Une fois, alors que j'étais malade, il était resté auprès de moi tout le week-end, m'obligeant à manger de la soupe et à me réhydrater. Il m'avait soignée. Je lui répétais de rentrer chez lui, mais il me répondait que j'étais sa priorité.

Moi.

Imaginez un peu.

Je n'avais jamais été la priorité de qui que ce fût. Encore moins celle d'un homme. Bon sang, même mon père ne s'était jamais occupé de moi. Il s'était fait la malle quand ma mère était enceinte de moi et n'avait pas regardé une seule fois en arrière.

Rafael veillait sur moi. Parfois, il me préférait à sa femme et son fils. J'avais toujours rêvé d'occuper une place particulière dans le cœur de quelqu'un.

Sullivan dans les bras, je regagnai la cuisine. Par la fenêtre, je vis les nuages qui obscurcissaient le ciel alors qu'on était en plein jour. Le vent cinglait les carreaux, laissant des débris et des feuilles dans son sillage. Mon regard se posa sur la remise au fond du jardin. Malgré les rafales, les deux battants de la porte ne bougeaient pas. Mon estomac se noua.

*Je suis vraiment désolée d'en être arrivée là, Kelly.*

Une part de moi te trouvait plutôt cool. Ça n'avait rien de personnel.

Sullivan produisait des petits bruits de succion. Je me penchai pour déposer un baiser sur sa peau douce et tiède. Mon fils méritait une meilleure vie que la mienne. Il méritait d'avoir ses deux parents.

Il s'agissait de lui. Pas de toi.

*Tu comprends, n'est-ce pas ?*

Une odeur d'urine agressa mes narines. Je reniflai la couche de Sullivan. Elle était chaude, et lourde. Je regardai de nouveau vers la fenêtre. Tu allais devoir attendre.

Me ruant dans le salon, j'attrapai le sac à langer. Les empreintes de doigts ensanglantées sur la bandoulière me narguaient. Réprimant un frisson, je pêchai une couche à l'intérieur. Il n'en restait plus que deux. La veille, j'avais agi avec imprudence.

Je n'étais pas vraiment préparée, et maintenant j'en payais le prix.

La couche de Sullivan changée, je fouillai mon porte-feuille. Pas beaucoup d'argent non plus. Il était difficile de croire que j'avais déjà dépensé presque tout l'héritage de ma grand-mère. Soixante mille dollars m'avaient paru être une somme énorme au début. Mais en fin de compte ce n'était pas grand-chose après une année à l'université et les frais médicaux de l'accouchement – une vraie arnaque !

Bah. Bientôt, Rafael serait de retour et tout rentrerait dans l'ordre. Il prendrait soin de moi, comme un homme se doit de le faire.

Ce que n'avait jamais fait mon père.

Il suffisait de tenir jusqu'à la fin de la semaine.

Mon estomac se tordit lorsque je passai en revue les différents objets que j'avais fourrés dans le sac avant de prendre la direction de ta maison. Sullivan avait non seulement besoin de couches, mais aussi de vêtements de rechange. Tout comme moi. La veille au soir, ça m'avait amusée de me mettre à ta place pendant un moment, porter tes habits et me pavaner dans ta maison comme une parfaite ménagère de banlieue. Mais, soyons réalistes, tes fringues étaient moches et déprimantes. Mes tenues me manquaient. J'allais devoir retourner à la maison pour prendre mes affaires.

Ce qui n'était pas du tout prévu.

Merde, je me sentais vraiment idiote.

Je poussai un long soupir. Puis je levai le menton, résolue à me calmer. À cesser de m'inquiéter pour ce que je ne pouvais pas contrôler.

*Inutile de pleurer, le mal est fait.*
*N'est-ce pas ce qui se dit, Kelly ?*

Prenant Sullivan dans les bras, je montai à l'étage. Je le couchai dans le berceau et ouvris ta commode pour choisir une tenue, me rappelant que, bientôt, je pourrais porter mes propres vêtements. Je venais à peine de quitter le champ de vision de Sullivan qu'il se mit à pleurer. Bon sang, ce gamin ne pouvait pas rester seul deux secondes ! Tout en fouillant ta collection de pulls désespérante, je fis rouler mes épaules. La présence de Rafael aiderait peut-être Sullivan à s'apaiser. Ma mère m'avait raconté que je pleurnichais tout le temps quand j'étais petite. Sûrement un truc de famille monoparentale.

Je me forçai à enfiler un jean et un pull gris. Le pantalon était un peu large, aussi l'ajustai-je avec une ceinture. Puis je remontai les manches de mon pull.

Après quoi, je jetai un coup d'œil au miroir le plus proche et éclatai de rire.

J'étais toi. Enfin, une version améliorée de toi.

Kelly Medina, 2.0.

Comme les pleurs de Sullivan s'intensifiaient, je me ruai vers lui et le sortis du berceau. Ce serait tellement plus simple quand j'aurais de l'aide. Sullivan ne cessa de donner des coups de pied pendant que je le changeais et lui enfilais des chaussettes propres.

— Ça suffit ! criai-je en maintenant sa jambe en place.

Il se démena de plus belle et une marque rouge apparut à l'endroit où je l'agrippais.

— Désolée, grommelai-je.

Je le relâchai avec le sentiment coupable d'avoir serré trop fort. Dieu merci, tu n'étais plus là pour voir ça, Kelly. Tu aurais secoué la tête d'un air désapprobateur. Et tu m'aurais sûrement conseillé de me montrer plus patiente la prochaine fois.

Comme si tu étais une référence en matière de parentalité. Ton fils était mort. Tu n'avais rien fait pour le protéger. Contrairement à moi avec Sullivan.

Alors, qui était la meilleure mère ?

Le cœur battant, j'emportai Sullivan dans le salon ainsi que le sac à langer.

Tous les lundis matin, Ella se rendait à son club de tricot. Elle s'absentait généralement de 9 heures à midi. Cela me laissait le temps d'aller chercher ce dont j'avais besoin et de revenir sans encombre. La nuit dernière, j'avais transféré le siège-auto de Sullivan dans ta voiture et planqué mon van. La tempête avait compliqué cette petite tâche. Mais ç'avait été mille fois plus difficile de traîner ton corps jusqu'à la remise.

Ce souvenir me répugnait tellement que je tremblai malgré moi.

Sullivan n'avait aucune idée de ce que j'avais déjà accompli pour lui dans sa courte existence. Les gens que j'avais fait souffrir. Les sacrifices auxquels j'avais consenti.

Tes grands yeux écarquillés surgirent dans mon esprit, le sang qui s'écoulait de ta blessure à la tête.

*Pourvu que ça en vaille la peine.*

Je sanglai Sullivan dans son siège auto et laissai tomber le sac à ses pieds. La portière fermée, j'enfilai une casquette et des lunettes de soleil. Puis je me glissai derrière le volant. Mon van sentait la sueur et la friture. Ta voiture, en revanche, dégageait une odeur de cuir mêlée d'une senteur printanière. Elle était aussi bien plus propre que la mienne, qui était littéralement jonchée de détritus, de jouets, de canettes vides et de Kleenex usagés.

Par chance, grâce aux vitres teintées à l'arrière, quiconque passait à côté de la voiture se dirait que tu allais faire une course. Je progressai lentement dans la rue, attentive à ne pas dépasser la vitesse autorisée. Inutile de se faire remarquer.

Nous roulions depuis seulement quelques minutes que Sullivan se remit à piailler. Mes épaules se contractèrent. Il avait toujours été un bébé remuant, mais il pleurait de plus en plus ces derniers temps. Peut-être qu'il faisait ses dents. C'était le genre de détail que je t'aurais demandé la semaine dernière. Une pointe de regret me titilla. Je me tortillai sur mon siège en inspirant profondément.

Tu étais entrée dans ma tête. Des bribes de toi s'étaient incrustées en moi. Tes paroles hantaient mon esprit. Avec ta voix devenue familière.

Quand mon plan avait pris forme dans ma tête, tu n'étais pas encore réelle. Un simple visage sur un écran, une femme imaginaire.

À l'approche de la maison, je ralentis. Je me rappelai la première fois que tu étais venue chez moi. Ton dégoût en découvrant mon lieu de vie. Je m'étais mordu la langue si fort pour ne pas crier la vérité que j'avais eu du sang dans la bouche. La maison d'hôte n'était que temporaire. En attendant de retrouver ma nouvelle petite famille.

L'allée d'Ella était déserte et les rideaux fermés. Lorsqu'elle était chez elle, ils restaient toujours ouverts. Nuit et jour. Elle n'était pas craintive, même si elle habitait seule. Sans doute parce qu'elle était de nature confiante.

Elle m'avait laissée emménager sans faire de recherches sur mon passé ni me demander de références. Je ne l'avais rencontrée qu'une seule fois après avoir lu sa petite annonce sur l'ordinateur de la bibliothèque. Assise sur son canapé élimé, dans le petit salon à l'odeur rance, j'avais joué à fond

la carte du charme, je lui avais permis de porter Sullivan
– la totale. Le lendemain, je m'installais dans sa maison
d'hôte.

C'était un sacré progrès, car avant, je dormais dans mon
van.

Je me garai dans le virage et coupai le moteur. Sullivan
pleurnichait toujours. Tous ces sanglots ne me facilitaient
pas la tâche pour l'extraire de la voiture.

— Tu veux sortir ou pas ? lâchai-je, excédée. (Il pleura
de plus belle.) Désolée, désolée, marmonnai-je avec le sentiment de passer mon temps à le houspiller.

— *Kelly, la ferme, gémit maman en serrant sa tête entre
ses mains.*

*À ses pieds, une bouteille de vodka vide. Ses yeux étaient
rouges et gonflés.*

*Une odeur douceâtre flottait dans l'air. Comme une banane
pourrie. Ce n'était pas bon signe. En ce début d'après-midi,
il faisait sombre à cause des rideaux tirés. Prise d'un trem-
blement, je songeai qu'on avait toujours l'impression d'être
au crépuscule dans cet endroit.*

— *Désolée, chuchotai-je, submergée par la culpabilité.*

*Maman traversait une mauvaise passe. Elle m'avait
demandé de la laisser tranquille. Pourquoi n'en faisais-je
qu'à ma tête ?*

*M'approchant d'elle, je récupérai discrètement la bouteille
de vodka et la jetai à la poubelle. Il ne fallait pas qu'elle la
trouve à son réveil.*

*Tout en rinçant la vaisselle sale, je regardai par la
fenêtre. Le soleil était haut dans le ciel d'un bleu imma-
culé. Un homme passa sur le trottoir, en tenant sa fille
par la main. Une sensation désagréable afflua dans mes
entrailles. Mal à l'aise, j'invoquais mes mensonges habituels, que je me répétais encore et encore, comme un
mantra.*

*Mon père travaille pour la CIA. Pour sa propre sécurité, il doit rester caché.*

*Mon père est décédé quand ma mère était enceinte. Son dernier souhait, sur son lit de mort, était de me rencontrer. De me serrer dans ses bras. De me dire qu'il m'aimait.*

*Mais j'avais beau me raconter ces histoires à longueur de temps, j'ai toujours su que c'étaient des mensonges. Mon père est parti parce qu'il s'en fichait. Il ne voulait pas me connaître.*

Effleurant le front de Sullivan du bout des lèvres, je me fis la promesse de ne jamais lui donner l'impression de ne pas être aimé. Puis je pressai ma bouche sur sa petite joue pour sceller mon serment d'un baiser.

Très bientôt, tout serait terminé.

Oui, très bientôt, nous formerions une famille, et alors, tout irait bien. Non, pas juste bien. Tout serait parfait.

Le sourire aux lèvres, serrant mon fils contre moi, je marchai en direction de la maison d'hôte. Une brise se leva, ébouriffant mes cheveux, un frisson courut sur ma nuque. Mes dents claquèrent involontairement. Mon Dieu, pourquoi le temps était-il si venteux cette année ? C'était désagréable. J'étais définitivement prête pour la vie tropicale.

Il faisait encore plus froid dans le petit pavillon, et mon corps tout entier se mit à trembler. Comme Sullivan tressaillait, je le serrai plus fort encore. Il nicha son visage dans ma poitrine pendant que je rassemblais rapidement quelques affaires. Ce n'était pas simple, avec le petit dans les bras, mais pas question de le poser. Ma honte de l'avoir plusieurs fois réprimandé m'empêchait de le lâcher.

Dans la chambre, mon regard tomba sur son lit d'enfant. Je me rappelai combien tu étais fâchée contre moi de l'avoir allongé sur le ventre. Tu avais réagi comme si je voulais faire du mal à mon fils.

À cet instant, j'avais compris que tu ne me connaissais pas du tout.

Tout ce que je faisais, c'était pour lui.

Une fois le sac bourré de couches, je soupirai et parcourus la pièce du regard. Je détestais l'idée de laisser le mobilier ici. Je te devais bien cela, Kelly, tu avais acheté de jolies choses à mon fils. Il adorait sa balancelle. Et moi aussi. Car ça me laissait un peu de temps pour moi. Mais il n'était pas question de traîner ce truc jusqu'à la voiture.

À son retour, Rafael viendrait sûrement chercher le reste de mes maigres possessions. Bah ! Quelle blague ! Je n'en aurais pas besoin. Il m'achèterait des affaires neuves. De bien meilleure qualité.

Je souris. *Tu vois, je n'ai plus besoin de toi.*

Avec un soupir, je jetai le sac à langer sur mon épaule et sortis. Dans le jardin, je faillis m'étrangler.

— Ella ! (Son prénom jaillit de ma bouche à la manière d'un hoquet.) Je… euh… je croyais que tu étais à ton club de tricot ce matin ?

— En effet. Je suis partie plus tôt.

Elle me regarda intensément, les yeux brillants. Il me fallut un gros effort de volonté pour soutenir son regard.

— J'étais un peu fatiguée, je crois.

Sa peau parcheminée était presque grise par endroits. En effet, elle ne paraissait pas dans son assiette. Involontairement, je fis un pas en arrière, comme pour éloigner Sullivan d'elle. Pas question qu'il attrape son virus. Ça ferait déraper tous mes plans.

— Désolée, marmonnai-je.

— Je n'ai pas vu ta voiture garée devant, s'étonna-t-elle, les yeux plissés.

Je sentis les poils se dresser sur ma nuque, mais je lui offris un sourire placide.

— Oh, oui, elle est... euh... au garage. Une copine va passer me prendre.

— Oh, ma pauvre, rien de grave, j'espère ?

Je secouai la tête.

— Non. Juste un contrôle de routine.

— Bien. (Elle me tapota le bras, puis se toucha le front.) Je dois vraiment rentrer.

— Bien sûr. Reposez-vous.

Le soulagement inonda mes veines lorsqu'elle reprit le chemin de sa maison.

Le cœur cognant à tout rompre, je regagnai vivement la voiture. Après avoir lancé le sac à langer sur la banquette arrière, je sanglai Sullivan dans son siège. Mes mains tremblaient tellement que je dus m'y reprendre à trois fois. Enfin, je réussis à l'installer et pris place au volant. Je verrouillai les portières et m'adossai au siège en soufflant. C'était moins une. Je ne pouvais pas me permettre d'autres rencontres de ce genre.

Une fois rentrée chez toi, j'y resterais jusqu'au retour de Rafael. Plus de sorties. Plus de balades.

J'envoyai un SMS à Rafael et allumai le moteur.

Ma peur refluait à mesure que j'approchais de la maison. Bientôt, nous serions très loin d'ici. Dans un lieu où personne ne nous trouverait.

Et la vie reprendrait son cours normal.

Je ris en songeant combien je ressemblais à ma mère ces derniers temps.

Ma mère était la reine des citations inspirées. Elle avait toujours un calendrier rempli de dictons. Elle les affichait sur le réfrigérateur et partout dans la maison. Il n'était pas rare, quand on allait dans la salle de bains pour se préparer à partir à l'école, de trouver un morceau de papier collé au miroir : « Brille, mon petit diamant. » Ou, au moment de saisir un mug, de voir un post-it dessus : « N'oublie jamais de rêver. »

Dès que j'avais été en âge de le faire, j'avais offert un calendrier à ma mère pour chaque Noël. Une année, comme je n'en avais pas trouvé, j'en avais fabriqué un. Pas journalier (cela m'aurait pris une éternité), mais mensuel. La plupart des citations étaient de mon cru. Les autres, je les avais trouvées en ligne.

Elles étaient probablement plus stupides qu'inspirées. J'écrivais des bêtises comme : « Ne sois pas bête, soit chouette. » Ou encore : « Ton boulot est nul, c'est pour ça qu'on a inventé l'alcool. » Cette dernière n'avait pas trop fait rire ma mère. Pour tout dire, elle m'avait fait la leçon sur les effets de la boisson. Comme si j'avais besoin de ce genre de discours. Je savais mieux que quiconque combien l'alcool était destructeur.

Du moins pour ma mère.

J'avais eu peur qu'elle soit fâchée de ne pas avoir le vrai calendrier, mais pas du tout. Elle avait accroché ces citations idiotes dans toutes les pièces, comme si ces dernières constituaient une réelle source d'inspiration.

Elle avait même demandé à ma grand-ma d'en broder une sur mon oreiller – une que j'avais copiée, pas inventée : « Sois une licorne dans une horde de chevaux. »

Dans la maison d'hôte, je conservais une boîte qui renfermait des souvenirs de ma grand-ma et de ma mère. Deux en particulier étaient chers à mon cœur.

L'oreiller brodé, et une photo de ma *grand-ma* et moi.

C'étaient les deux seuls objets qui m'appartenaient vraiment.

Arrivée chez toi, je posai l'oreiller sur ton lit. Et la photo sur ta table de nuit, afin que le visage de ma grand-ma me contemple tous les matins à mon réveil et soit ma dernière vision avant de m'endormir.

Ainsi, elles veilleraient toutes les deux sur moi.

Tu pensais sûrement que j'étais un monstre, mais tu te trompais. J'étais une femme amoureuse, et il fallait se battre pour ceux qu'on aimait, n'est-ce pas ?

Surtout, j'étais une mère capable de tout pour donner la meilleure existence possible à son fils.

Tu comprenais ça, non ?

# 24

Pas étonnant que ton mari t'ait trompée, Kelly. Tu ne possédais pas une seule pièce de lingerie sexy. Ton tiroir à sous-vêtements ressemblait à une mer de culottes beiges où surnageaient quelques soutiens-gorges géants à grosses bretelles. Tu ne pouvais pas faire une folie et t'offrir un truc en dentelle ? Tout était en coton, uni et informe.

Certains étaient même déchirés ou troués.

Par moments, je me sentais mal, et même coupable, d'avoir couché avec Rafael alors que je le savais marié. Mais maintenant, c'était différent. Tu l'avais pratiquement jeté dans mes bras. À croire que tu voulais t'en débarrasser.

Pendant la sieste de Sullivan, je me fis couler un bain, puis me déshabillai. Tu possédais une baignoire surélevée, qu'il fallait escalader. Autour, des vasques remplies de sels colorés et de bombes de bain. J'en saisis une rose qui sentait le chewing-gum. Je la jetai dans la baignoire à moitié pleine. La boule se désagrégea et l'eau prit une couleur bonbon.

Comme je trempais un doigt de pied dedans, un frisson remonta le long de ma jambe, puis de mon dos. C'était un peu trop chaud. La vapeur tournoyait devant mes yeux, humidifiant les pointes de mes cheveux.

J'attendis que l'eau couleur pastel refroidisse un peu, puis je m'y glissai avec un soupir de contentement. À l'évidence, se laver était bien plus fun dans ta peau. Pour moi, ce n'était qu'une nécessité. Une corvée à accomplir. Rapide. Efficace. Ça faisait partie de ma routine quotidienne. Ce n'était pas un divertissement ni un moment de détente.

La tête renversée en arrière, je regrettai de ne pas m'être servi un verre. Probablement ton habitude quand tu prenais un bain, hein ? Ton amie et toi sembliez beaucoup apprécier le vin. À en croire vos échanges de SMS…

Au fait, ta copine refusait de lâcher l'affaire. Elle t'envoyait texto sur texto. Si je ne te connaissais pas aussi bien, je dirais qu'il y avait anguille sous roche. Tu envoyais nettement moins de messages à ton propre mari.

De quel bord étais-tu, Kelly ?

Je songeai combien tu étais autoritaire. Tu m'avais pratiquement forcé la main pour devenir ton amie. Tu m'écrivais et tu m'invitais tout le temps, tu m'offrais des cadeaux. Peut-être que je te plaisais ? Ha ! Tous les Medina étaient fous de moi.

Je me laissai glisser dans la baignoire jusqu'à ce que l'eau remonte jusqu'à mon menton. Le liquide rosé s'accrochait à ma peau, la peignait d'une couleur acidulée. Mes orteils ressortirent de l'autre côté. Le vernis était écaillé. Je pris mentalement note de chercher de quoi le remplacer – tu avais sûrement d'autres flacons planqués quelque part, et je voulais me faire belle pour le retour de Rafael.

Peut-être une teinte brillante, jaune ou rose vif. En général, l'hiver, je préférais le pourpre ou le bleu, mais là où nous allions, les nuances tropicales semblaient plus appropriées.

Les yeux clos, je savourais la chaleur de l'eau et me pris à rêver que je lézardais sur la plage, un cocktail givré à la main.

Le cri de Sullivan mit brutalement fin à ma rêverie. Tous mes muscles se contractèrent. Une seconde plus tôt, j'étais totalement détendue, le corps reposé, l'esprit à mille lieues de là. En poussant un long soupir, je me laissai glisser entièrement dans le bain. Une fois immergée, le silence m'enveloppa de nouveau. L'eau chaude s'enroulait autour de moi. Si je n'avais pas besoin de respirer, je resterais là pour toujours. Mais mes poumons finirent par crier grâce, ma tête jaillit de l'eau, et les pleurs de Sullivan me percèrent à nouveau les tympans.

À contrecœur, je me hissai hors de la baignoire, me séchai et me drapai dans une serviette avant de me précipiter vers le berceau. Le visage de Sullivan était tout rouge, ses petits poings levés comme s'il injuriait Dieu.

— Tout va bien. Chuuuut, murmurai-je en le soulevant dans mes bras. (Il continuait à geindre alors que je le serrais contre moi.) Tu as faim ?

Comme il continuait de pleurnicher, j'en conclus que la réponse était oui. Je n'allais pas attendre qu'il soit assez grand pour me donner son opinion.

Après avoir bu son biberon, il était toujours agité.

— Qu'est-ce qui se passe, mon bonhomme ? demandai-je en le faisant sauter sur mes genoux.

Parfois, je me sentais stupide de lui poser des questions auxquelles il ne pouvait pas répondre. Je caressai ses cheveux noirs.

— Tu es le portrait craché de ton père, lui susurrai-je avec une sensation de chaleur au creux du ventre.

C'était une phrase qu'on n'avait jamais prononcée à mon sujet. Ma mère ne parlait jamais de mon père, malgré mes demandes incessantes. Lorsque enfant je l'interrogeais sur lui, elle changeait inévitablement de sujet ; d'autres fois, elle se fâchait. Au final, je n'obtenais jamais de réponses.

Une année, on avait dû travailler sur la généalogie en classe. Quand le professeur nous avait distribué la feuille avec le dessin d'un arbre, avec des cases blanches sur les branches, j'avais espéré que ma mère s'ouvrirait. Il fallait qu'elle me raconte... Après tout, il s'agissait d'un travail d'école. Et elle faisait toujours tout un plat des obligations scolaires. Mais malgré cette opportunité, je n'avais rien tiré d'elle.

Je n'oublierais jamais ma déception lorsque j'avais rendu mon arbre avec la moitié des branches vides.

Toute mon enfance, j'avais gardé l'espoir que ma grand-ma savait quelque chose et qu'un jour je réussirais à lui faire cracher le morceau. Mais même après la mort de maman, elle m'avait juré qu'elle n'était au courant de rien.

Elles avaient toutes les deux emporté le secret dans la tombe.

Ma mère et moi, on ne se ressemblait pas du tout. Elle était blonde, la peau très blanche. J'avais le teint pâle, avec une légère coloration jaune, et les cheveux de jais. Je ressemblais sans doute davantage à mon père, mais comment en être sûre ?

Je me levai et m'approchai de la fenêtre. Le ciel était presque noir, alors que c'était l'après-midi. Des trombes d'eau s'abattaient, tels des rideaux géants. Le vent cinglait les branches et les feuilles étaient aspirées dans un tourbillon. Enroulée dans ma serviette, j'eus la chair de poule.

Sullivan poussa un gémissement. Je posai mes lèvres sur son front. Sa peau était chaude. Trop chaude. Je marquai une pause avant de l'effleurer de nouveau du bout des lèvres. Pas de doute, sa température n'était pas habituelle.

Mon pouls s'accéléra. Avait-il de la fièvre ?

Je lui touchai le front du dos de la main, comme ma mère le faisait avec moi. D'accord, c'était chaud, mais comment savoir s'il était fiévreux ?

Oh, bon sang ! Et s'il était trop malade pour voyager ?

Un soupir. Il serait probablement rétabli d'ici vendredi. On était seulement mardi.

Mon regard s'attarda sur la remise et mon estomac se retourna. Je parie que tu saurais quoi faire. Tu avais été maman pendant des années. Et tu étais clairement une de ces mères je-sais-tout. Le genre qui dévorait tous les livres sur la maternité, suivait les cours d'accouchement sans douleur et tout le tralala.

Trop tard.

Tu n'étais plus là. À présent, je ne pouvais plus te demander conseil.

Et pas question d'emmener mon fils chez le médecin. De toute façon, il n'en avait pas. Oui, je sais, tu croyais le contraire. Mais ce rendez-vous chez le pédiatre n'avait jamais été pour Sullivan. Je l'avais pris uniquement pour toi.

Ma mère disait que nous avions tous notre kryptonite. Une faiblesse. Une obsession. Une chose qui avait le pouvoir de nous détruire.

Après avoir vu ton post au sujet de ton pédiatre sur ta page Facebook, une idée m'était venue.

Quand j'avais appelé pour prendre rendez-vous, j'avais donné deux numéros à la réceptionniste. L'un d'eux était le tien. Je l'avais récupéré dans le portable de Rafael environ un an auparavant, au cas où j'en aurais besoin. J'avais donc fini par trouver une excellente raison de l'utiliser.

Tu avais été si facile à manipuler. Tu t'étais même pointée au rendez-vous avant moi. Quelle impatience !

Pourtant, je n'avais pas besoin de te connaître. J'aurais pu simplement m'introduire dans ta maison et me débarrasser de toi, mais je voulais que cela passe pour un accident. Faire croire que tu avais sombré dans la folie. Une tragédie : une overdose d'alcool ou de médicaments.

C'était la seule manière de m'assurer un avenir avec Rafael.

Et puis j'ai appris à te connaître, et j'ai compris que tu n'avais déjà pas toute ta tête.

Mais tu m'avais rendu la vie plus simple. Après la nuit passée chez toi, j'avais eu des doutes. En réalité, je crois que je commençais à t'apprécier. Et j'espérais trouver une autre solution pour que tu ne finisses pas six pieds sous terre.

Mais tu avais tout fait foirer, hein ?

Je palpai une nouvelle fois le front de Sullivan. Il était carrément brûlant. Je regrettais presque que le pédiatre ait été une ruse. Je n'avais pas d'assurance maladie, c'était tout le problème.

J'allais devoir régler seule ce contretemps.

La panique menaçait de s'emparer de moi, lorsque j'eus une illumination. Je n'étais pas vraiment seule. Certes, tu n'étais plus là pour répondre à mes questions, néanmoins, tu pouvais m'aider.

— Accroche-toi, mon grand, maman te tient, claironnai-je de ma voix la plus maternelle.

*Mince, je devenais vraiment toi.*

D'abord, l'armoire de ta salle de bains. Elle était remplie de crèmes corporelles et de lotions capillaires. Sérieusement, ce qui manquait dans ton tiroir à lingerie était compensé par ta collection de produits de beauté. Quel gâchis, vu l'état de tes cheveux !

Sullivan gémit dans mes bras. Son visage était cramoisi, ses joues brûlantes.

— Ça va aller, mon chéri, le rassurai-je, priant en silence que j'aie raison.

Attenante à la chambre d'Aaron, il y avait une autre salle de bains. Je me penchai pour ouvrir le placard sous le lavabo, mais ne dénichai que des produits d'entretien et un flacon périmé de crème à raser. Je me relevai et tirai le tiroir sur la gauche de l'armoire de toilette. Il contenait tout un tas de portraits encadrés couverts de poussière. Certains étaient brisés, comme si on les y avait jetés.

J'en saisis un. C'était une photo d'Aaron et toi. Il devait avoir sept ou huit ans. Vos joues étaient pressées l'une contre l'autre, et vous affichiez de larges sourires. Sa petite main boudinée incurvée sur ton autre joue, il te serrait contre lui le plus fort possible. J'inspirai profondément, puis expirai. La gorge nouée, je remis le cadre à sa place et refermai violemment le tiroir.

— *Tu as des enfants ?*

*À plat ventre, je me hissai sur les coudes et agitai les jambes en l'air derrière moi.*

*Rafael roula sur le lit, froissant les draps d'hôtel sous son poids. Les yeux fixés sur le plafond, il fronça les sourcils.*

— *Un fils.*

— *Quel âge ?*

*Il resta silencieux une minute, les lèvres pincées. Je fis courir mon doigt sur sa poitrine nue. Avec un grognement, il prit ma main dans la sienne et la mordilla doucement. Je gloussai. Il m'attira sur lui et m'embrassa avec passion.*

— *Non. (Je le repoussai et secouai la tête. Pas cette fois.) Tu fais toujours ça quand je te pose des questions.*

— *C'est tellement plus intéressant que de parler, répondit-il avec un clin d'œil.*

*Il m'enveloppa de ses bras et me serra contre lui. Ses lèvres se plaquèrent sur les miennes, tandis que ses paumes glissaient le long de mon dos. Mon corps se liquéfia, s'abandonna à son étreinte. Ce serait si facile...*

*Mais...*

— *Non !*

*Je m'arrachai à lui.*

— *C'est quoi le problème ? aboya-t-il.*

*Son regard s'enflamma. Mon corps se raidit. Je ne l'avais jamais vu en colère. Je faillis me déballonner. Mais nous couchions ensemble depuis près d'un mois et il ne m'avait rien confié sur sa vie privée. Je n'étais jamais allée dans son appartement. Je savais qu'il avait un enfant parce que je t'avais débusquée sur Facebook. Tu postais sans cesse des photos de ton fils et tu étais si fière ! Bon sang que c'était exaspérant !*

*Ça me rendait jalouse que tu partages avec Rafael une chose que je ne pouvais pas avoir. Vous parliez d'un tas de sujets. Des sujets importants. Alors que Rafael et moi passions notre temps dans cette chambre d'hôtel. Bien sûr, le sexe était génial, mais je sentais que je tombais amoureuse de lui. Et j'en voulais plus.*

*Je lui avais parlé de ma famille. Il était temps qu'il me dévoile la sienne.*

*Un fils, ce n'était pas rien. Nous ne pourrions jamais réellement nous connecter avec un tel gouffre entre nous. Je voulais qu'il se sente libre de l'évoquer s'il en avait envie.*

— *C'est juste que… (Je me mordis la langue, à la recherche des bons termes. Je n'avais jamais été très douée avec les mots.) Je veux que tu saches que tu peux tout me dire.*

*Son regard s'adoucit.*

— *Je le sais bien.*

— *Alors pourquoi tu refuses de me parler de ton fils ?*

*Il soupira.*

— *Parce que j'ai peur, d'accord ?*

— *Peur ? (Voilà qui était inattendu. Je m'agenouillai sur le lit près de lui.) Peur de quoi ?*

*Pendant un long moment, il garda le silence, se contentant de m'observer, les yeux étrécis comme s'il cherchait à lire sur mon visage.*

— *Peur que tout ça s'arrête, j'imagine.*

— *Pourquoi ça s'arrêterait ?*

— *Mon fils a… à peu près ton âge, expliqua-t-il d'un ton triste. (Puis il haussa les épaules.) À toi de voir.*

— *C'est cool. Je parie que vous êtes superproches tous les deux, hein ?*

— *Euh, pas vraiment, non.*

— *Quoi ? Tu plaisantes ! (Je lui poussai le bras en glous-sant.) Je donnerais n'importe quoi pour avoir un père aussi cool que toi.*

*Il rit.*

— *Je crois qu'il n'a pas autant d'estime pour moi.*

— *Bah, c'est normal. On n'est pas censés trop apprécier nos parents à cet âge, hein ?*

*Rafael hocha la tête et écarta une mèche de mon visage.*

— *Merci.*

— *De quoi ?*

— *De ne pas paniquer.*

— *Pourquoi je paniquerais ? Ce n'est pas comme si je ne connaissais pas ton âge.*

— *Tu viens de me traiter de vieux là, non ?*

— *Hé ! Quand on trouve chaussure à son pied...*

— *Viens ici, je vais te montrer combien je suis jeune et vigoureux !*

*Il me sourit, et j'obtempérai avec plaisir.*

Dans la salle de bains du rez-de-chaussée, je finis par dénicher une trousse de premiers secours. Je soupirai de gratitude, mais quand je l'ouvris, mon soulagement se mua en effroi. Sidérée, je saisis le thermomètre encore dans son emballage et le retournai entre mes doigts. En dessous, du Tylenol, du sirop, des seringues pour bébé. Les dates d'expiration couraient encore sur plusieurs années. Tout cela avait été acheté récemment.

Pourquoi t'étais-tu procuré une trousse de premiers soins pour bébé ?

Je repensai à toutes les affaires que tu m'avais offertes. Peut-être était-ce mon prochain cadeau.

Alors pourquoi l'avoir rangée dans ta salle de bains ?

Sullivan frotta son nez sur mon épaule et gémit. Je palpai sa tête. Il était de plus en plus chaud. Plus le temps de spéculer sur cette étrange découverte.

Je posai Sullivan quelques instants, le temps de déballer le thermomètre. C'était l'un de ces instruments sophistiqués, qu'il suffisait de passer devant le front pour obtenir le résultat.

39,4.

Bon, j'imagine que ça aurait pu être pire.

En plus, il faisait ses dents. N'avais-je pas lu quelque part que cela provoquait de la fièvre ? Je n'en étais pas sûre. Encore une fois, c'était une question à laquelle tu aurais su répondre.

Malgré tout, j'ouvris rapidement le flacon de Tylenol et lui administrai la dose appropriée. En une demi-heure, sa fièvre tomba. À mesure que sa température baissait, Sullivan se calmait.

*Tu vois, je me débrouille très bien toute seule. Je n'ai pas besoin de toi.*

Peu après, Sullivan dormait à poings fermés. Mes bras étaient comme du caoutchouc. Tout en les secouant, je pris le chemin de la cuisine, où je comptais me servir un verre de vin. Là, je remarquai un cahier relié de cuir sur le comptoir, à côté de ton ordinateur portable. Celui que tu consultais quand j'étais venue te voir dimanche. Comment avais-je pu manquer ça ?

De ma main libre, j'attrapai le cahier et allai m'affaler dans le canapé du salon. Tout en sirotant une gorgée de vin, je l'ouvris à la première page.

Il y avait deux colonnes. D'un côté, la date, et en regard, un commentaire. Tu écrivais si mal que je mis du temps à déchiffrer, voire deviner tes mots.

La première phrase disait : *Elle a couché le bébé sur le ventre dans son berceau. En colère quand je lui ai dit de le retourner.*

Ma bouche s'assécha. Je me redressai et m'efforçai de lire la deuxième ligne.

*Couche pleine et lourde. Elle ne l'a pas changée depuis des heures.*

*Le lait du biberon était rance.*

*Sullivan a des égratignures et des bleus sur le haut de la cuisse.*

Comment osais-tu ? Parfois, Sullivan se grattait jusqu'au sang. Ses ongles étaient irréguliers. Il me faisait mal à moi aussi.

À quoi servait cette liste ? Cherchais-tu à prouver que je n'étais pas une bonne mère ? D'une main tremblante, je posai mon verre sur la table basse. À qui avais-tu l'intention de montrer cela ?

La colère, qui enflait dans ma poitrine, tordit mes entrailles comme une tornade.

Je songeai à la trousse de premiers soins et au couffin dans ta chambre. Tu voulais m'enlever Sullivan, c'est ça ?

Dire que je me sentais coupable de ce que je t'avais fait !

Alors que tu le méritais.

Délaissant le carnet, je retournai dans la cuisine. L'alcool me donnait des aigreurs d'estomac. J'avais besoin de grignoter. Qu'est-ce qui se mariait bien avec le vin ?

J'ouvris le réfrigérateur et sondai les étagères.

Rien de très intéressant. Tout était aussi terne et déprimant que tes sous-vêtements.

J'ouvris le tiroir du bas, espérant trouver des fruits et des légumes. Mais il était rempli de fromages. Et pas du genre que ma mère achetait. Non, c'étaient des fromages originaux. Et en quantité.

Pourquoi en avais-tu autant ?

J'en saisis un et lus l'étiquette. *Parfait pour les planches de charcuterie.*

Bon sang, c'était quoi ça ? Adossée au comptoir, j'extirpai ton téléphone et entrai « planche de charcuterie » sur Google.

Après avoir rassemblé tous les fromages et un saucisson sec, je fouillai tes placards et ton garde-manger. Je n'eus aucun mal à dénicher des crackers et une planche de bois qui correspondait à la description. Tout était rangé dans des boîtes étiquetées et classées, à croire que tu souffrais d'un sérieux TOC. *Bon sang, Kelly, tu avais un paquet de problèmes à régler, n'est-ce pas ?*

Je disposai les tranches de saucisson et les fromages comme sur la photo. Reculant d'un pas, j'admirai mon œuvre.

*Très chic.*

Peut-être étais-je faite pour la vie de femme au foyer après tout ?

Mon verre dans une main, ma planche dans l'autre, je grimpai l'escalier. Depuis mon arrivée dans ta maison, je mourais d'envie de m'installer sur le balcon de ta chambre. Le temps était encore à l'orage, mais l'auvent me protége-rait de la pluie. Je m'enveloppai dans l'un des manteaux de Rafael, respirant son odeur familière imprégnée dans le tissu. Puis je sortis sur le balcon. Le vent sifflait autour de moi. Tenant fermement mon verre et ma planche, je pris place dans un fauteuil en rotin. Le meuble craqua sous mon poids. Pourvu qu'il ne cède pas. Il ne semblait guère solide.

Une fois confortablement installée, je posai la planche sur mes genoux et avalai une gorgée de vin. La chaleur de l'alcool imprégna ma gorge, amollissant mes membres. Des feuilles jonchaient le sol. Au loin, les branches des arbres ondulaient comme s'ils dansaient au rythme d'une musique lancinante. La pluie martelait l'auvent au-dessus de ma tête et, de temps à autre, un nuage de brume s'effilochait dans ma direction. Par chance, j'étais à l'abri.

Je n'aimais pas beaucoup les fromages. Certains empes-taient – l'un d'eux sentait carrément les pieds. Un autre ressemblait plutôt à un dessert crémeux. En revanche, je dévorai tout le saucisson.

Baissant les yeux sur le jardin, je repérai la cabane du coin de l'œil et pensai à ton stupide journal. Je n'en revenais toujours pas de tes manigances. Moi qui croyais être la seule à avoir un but caché.

Bien sûr, je savais que tu adorais Sullivan. J'avais bien vu la manière dont tu le couvais de ton regard éploré : « Oh, non, mes ovules sont desséchés ! » Et ouais, j'étais au courant que tu avais volé le bébé d'une femme dans un magasin. Mais tu ne me semblais pas trop à côté de la plaque. Du moins jusqu'à la nuit où nous avions dormi chez toi. Tu t'étais conduite comme si Sullivan était ton fils, ça m'avait fait flipper.

Pourtant, je ne t'aurais jamais imaginée en train de comploter.

Me renfonçant dans le fauteuil, j'avalai une autre gorgée. Je ne buvais pas autant de vin avant de te connaître. En général, je m'en tenais à des alcools forts, qui faisaient rapidement effet. Whiskey, rhum, vodka, tequila.

En fait, c'était de la tequila que je buvais le soir de ma rencontre avec Aaron. Comme son coloc avait posté un message au sujet d'une soirée, j'avais supposé qu'Aaron serait présent. Cela dit, je n'avais pas imaginé qu'il y aurait autant de monde. Je voulais approcher Aaron, mais je me faisais sans cesse brancher par d'autres types. Au bout d'un moment, j'avais abandonné mon idée première et je m'étais mise à boire des shots avec un inconnu.

Pourtant, mon plan avait fini par porter ses fruits, car c'était grâce à cette tequila que j'avais fait la connaissance d'Aaron.

*J'avais le vertige. Mes paupières étaient si lourdes qu'il me fallut un énorme effort pour les ouvrir. Je tendis le bras vers le mur pour me soutenir, mais je manquai ma cible et sentis mes jambes se dérober sous moi.*

— *Aouch !*

*Deux bras m'agrippèrent, arrêtant ma chute.*

*Je levai les yeux. Aaron se tenait devant moi. J'étudiai son visage en quête des traces de Rafael, mais je n'en trouvais pratiquement aucune. Sa peau était pâle – pas sombre comme celle de son père. Et ses traits étaient plus doux, plus ronds – alors que ceux de Rafael étaient plus anguleux, plus sévères.*

— *Tout va bien ? s'enquit Aaron en m'examinant.*

*Je baissai les yeux et hochai la tête. Mon estomac se révulsa, un goût âcre emplit ma bouche. Je m'efforçai de respirer par le nez pour repousser la nausée, en vain. À présent, je me tordais de douleur et j'étais sur le point de vomir par terre. Les joues en feu, je sentais des gouttes de sueur qui coulaient sur mes tempes.*

*Génial.*

— *Tiens bon, dit Aaron en m'entraînant dans le couloir. Par ici.*

*Il me fit entrer précipitamment dans une petite salle de bains qui sentait bon le savon. Je tombai à genoux devant la cuvette des toilettes et rendis mes tripes. Du vomi gicla tout autour des toilettes. J'entendis le cliquetis de la porte derrière moi et supposai qu'Aaron était parti. Difficile de lui en vouloir. C'était carrément dégueu.*

*Penchée sur les chiottes, je dégobillai à nouveau. Mes cheveux tombèrent sur mon visage, mais je sentis des mains les ramener en arrière et les rassembler sur ma nuque. Je tournai la tête. Aaron était agenouillé derrière moi.*

— *Tu n'as pas à…*

— *Ne t'inquiète pas pour ça.*

*J'allais protester mais un nouveau haut-le-cœur m'en empêcha. Mon Dieu, combien de tequila avais-je avalé ?*

*Lorsque je réussis à me redresser, j'inspirai profondément. Aaron retenait toujours mes cheveux. J'essuyai la sueur de mon front et l'observai.*

— Ça ne te dégoûte pas ?

— Je ne vais pas te mentir, ce n'est pas beau à voir.

J'éclatai de rire.

— Et tu n'es pas malade ?

— Pour commencer, je n'ai pas descendu une bouteille entière de tequila.

Il m'avait donc observée ? Intéressant.

— Mais en général, quand on regarde quelqu'un dégueuler…

— Ah, ouais, je vois. Je crois que j'ai un estomac en acier.

— C'est ton superpouvoir, hein ? plaisantai-je.

Il rit, mais quelque chose flottait dans son regard. Une gravité nouvelle.

— Si j'étais un super-héros, répondit-il, j'aurais le pouvoir le plus stupide de la terre. Ouais, c'est tout moi, j'ai la poisse. (Il secoua la tête et me regarda.) Et toi ? Quel superpouvoir tu voudrais posséder ?

Plantant mes dents dans ma lèvre, je réfléchis un moment.

— Je ne sais pas.

— Allez, il y a forcément quelque chose. La force de Superman ? L'invisibilité ?

— Je me sens déjà forte, et je ne veux pas être plus invisible que je ne le suis déjà.

— Ouais, d'accord. (Aaron se tut un moment.) Tu es loin d'être invisible, crois-moi.

Je détournai les yeux de son regard intense. Sa bienveillance me mettait mal à l'aise. Je repensai à mon plan, et mon estomac se contracta de nouveau. S'il continuait à se montrer aussi gentil, je ne parviendrais jamais à le mener à bien. Encore une fois, j'étais trop ivre pour agir ce soir, mais je pouvais au moins gagner du temps.

Un coup à la porte nous surprit.

— J'ai terminé, je crois, l'avertis-je.

263

*Il m'aida à me relever et me ramena dans sa chambre. Je pensais qu'il allait tenter quelque chose, au lieu de quoi, il m'allongea, me recouvrit d'une couverture, et me laissa dormir tranquillement.*

Voilà. Ce fut mon dernier shot de tequila.

# 25

Mardi soir, je dormis dans ton lit, avec un tee-shirt de ton mari en guise de pyjama. Ma meilleure nuit depuis des lustres. Pour la première fois depuis des semaines, j'avais l'impression que la situation s'améliorait. Je ne me sentais plus coupable.

J'avais toujours Sullivan. Et tu n'étais plus là.

L'univers reprenait ses droits. Les gens bien allaient gagner la partie.

Quand je rejetai la couverture, l'ourlet du tee-shirt glissa sur la cicatrice difforme de mon genou, ravivant un souvenir.

— *Comment est-ce arrivé ?*

*Rafael dessina le contour de ma cicatrice du bout du doigt. Ça chatouillait, dans le bon sens du terme.*

— *Un tesson de bouteille.*

*Les coins de ses yeux se plissèrent. Il ouvrit la bouche comme pour faire une bonne blague. Mais voyant mon expression, il se ravisa.*

*Au fil des années, j'avais inventé beaucoup d'histoires sur la manière dont je m'étais fait cette cicatrice, des récits de plus en plus dramatiques. Je n'avais jamais dit la vérité à personne. L'expression concernée de Rafael me donna envie de me confier.*

*Je nettoyais la pièce après une bagarre entre ma mère et mon beau-père et je m'étais agenouillée pour enlever des taches de sang. Je n'avais pas vu le verre brisé sur la moquette.*

— *Tu ne m'as jamais parlé de ton beau-père.*

— *Il n'était pas souvent dans les parages.*

— *Et ton père ?*

— *Je ne l'ai jamais rencontré. (Mes sourcils se froncèrent.)
Je ne sais rien sur lui en fait.*

— *Désolé. (La main de Rafael recouvrit ma cicatrice.) Tu
mérites mieux.*

— *Ah oui ?*

*Je n'en étais pas sûre. Mais Rafael voulait me le faire croire.
Le sourire aux lèvres, je l'observai attentivement.*

— *Tu es un type bien, tu le sais, ça ?*

*Il baissa les yeux avec un air dubitatif.*

— *Je doute que ma femme soit d'accord avec toi sur ce
point.*

— *Hé ! (Je passai mon doigt sous son menton.) Elle a
tort. Crois-moi, tu fais partie des types bien.*

Glissant hors du lit, je m'approchai du couffin à pas de
loup et jetai un coup d'œil à l'intérieur. Sullivan dormait
encore à 6 heures passées. C'était un miracle.

*Tu vois, qu'est-ce que je te disais ?*

Tout allait pour le mieux dans le meilleur des mondes.

Satisfaite, je regardai la poitrine de Sullivan se soulever
à intervalles réguliers. Ses joues avaient retrouvé leur couleur normale. Je ne voulais pas le toucher, pour ne pas le
réveiller, mais il ne semblait plus fiévreux.

Un bruit au-dehors attira mon attention. C'était un bruit
familier, un cahotement, suivi d'un bip. Ma gorge se serra.
*Le camion des éboueurs.*

C'était sans doute le jour du ramassage des ordures de
ton quartier. Enfant, j'étais responsable des poubelles.
Chaque fois que je les oubliais, le vieux monsieur de la
maison voisine venait frapper chez nous et proposait de
porter nos sacs de détritus dans la rue. Il savait que j'étais
élevée par une mère célibataire, alors il nous donnait un
coup de main. C'était sans doute le seul gars gentil de mon
enfance. Par moments, je regrettais que ma mère ne sorte
pas avec lui, mais il avait au moins soixante-dix ans.

C'était pareil pour Ella. L'un de ses voisins l'aidait.

Mais ici, personne ne m'avait rappelé le ramassage des ordures. Personne n'était venu frapper à ma porte la veille au soir.

Probablement parce que tu n'avais pas besoin de rappel à l'ordre. Tu sortais sûrement tes poubelles tous les mardis soir sans faute. Tu n'étais pas du genre négligent.

La panique planta ses griffes dans mon esprit. Les voisins allaient trouver anormal que tu oublies aujourd'hui – pour ce qu'ils en savaient, tu étais à la maison.

Je me passai la main sur le visage.

*Du calme, Kelly.*

Je m'approchai en grommelant de la fenêtre qui surplombait le jardin de derrière. Je plaquai ma paume sur la vitre froide et observai la remise. Elle était verrouillée. La pluie tambourinait contre le toit et inondait le jardin.

Deux jours déjà.

Après l'incident des poubelles, je ne pouvais plus me permettre d'autres erreurs.

Les voisins allaient bientôt remarquer l'odeur. J'avais repoussé l'échéance suffisamment longtemps. Il était temps de terminer le boulot.

\*

J'attendis la sieste de Sullivan pour sortir. Reconnaissante que la pluie ait cessé, j'enfilai mon jean élimé préféré, un tee-shirt à manches longues et des Converse. J'avais remonté mes cheveux en un chignon lâche. C'était une apparence que tu ne pouvais sans doute pas adopter.

Après un dernier coup d'œil à mon fils, je constatai avec satisfaction qu'il dormait profondément. *Eh oui, Kelly. Je suis une bonne mère.*

Puis j'allai chercher le sac à langer. En fouillant dedans, mes doigts tombèrent sur un objet lisse, froid et métallique.

Je refermai le poing dessus et l'extirpai du fatras. Inutile de vérifier s'il était chargé.

Je glissai l'arme dans ma poche arrière avant de redescendre l'escalier en trombe, mes pas résonnant sur les marches. Le pistolet était une simple précaution. Je n'avais pas l'intention de m'en servir.

La clé de la remise pendait à un crochet près de la porte de derrière. Je l'attrapai et glissai l'anneau à mon index.

Dehors, le vent gifla mon visage en filant sur la pelouse. Parvenue à la cabane, je pris une grande inspiration.

Des odeurs de terre, de boue, d'herbe et de froid. Mon corps tremblait légèrement, non pas sous l'effet de la peur, mais de l'adrénaline. Je parcourus la maison du regard en pensant à Sullivan endormi à l'étage. Dieu merci, il n'était pas assez grand pour s'approcher de la fenêtre et regarder dehors. Que penserait-il alors de sa maman ?

Avec un soupir, je saisis l'anneau à mon doigt. La clé pendait au bout. La brise faisait tournoyer les feuilles et les brindilles autour de moi. Quelques mèches s'échappèrent de mon chignon et chatouillèrent mon visage. Je les écartai, et la clé effleura mes lèvres. L'odeur métallique me rappela celle du sang. Je frissonnai.

Qu'allais-je découvrir en ouvrant la remise ?

Ton cadavre ?

C'était ce que je pensais trouver. Ce que j'espérais, pour qu'on soit quittes.

Mais maintenant que j'étais là, je n'en étais plus aussi sûre.

Je songeai à ton journal. Sullivan. Rafael. Notre avenir.

*Du nerf, Kelly. Tu en es capable.*

C'était comme ce jour-là où j'étais allée au lac avec un groupe d'amis du lycée. Tous avaient sauté du haut d'un promontoire rocheux. Je refusais d'admettre que ça me faisait peur. Alors je m'étais forcée. Tout en grimpant sur l'escarpement, j'étais terrifiée, mais je savais que je devais le faire.

Ce souvenir en tête, j'insérai la clé dans la serrure. Le verrou s'ouvrit, et j'actionnai la poignée.

— Kelly !

Je suspendis mon geste.

— Kelly ? Tu es là ?

*Rafael ?*

Mon cœur manqua un battement. Il était rentré plus tôt. Il était venu pour moi.

*Enfin.* L'air afflua dans ma poitrine. Toute la tension et le stress des derniers jours se dissipèrent peu à peu.

Je n'avais plus à faire tout ça seule. Il prendrait soin de moi à présent. Il allait s'occuper de tout.

Délaissant la remise, je fis volte-face et courus vers la maison.

*Bon débarras, Kelly.*

III

# 26

Je nageais.

L'eau étreignait mon corps comme deux bras fermes. Il faisait chaud, le soleil brillait et le ciel était d'un bleu profond. C'était si paisible. L'eau autour de moi, lisse comme du verre. Au loin, je vis Rafael sur la plage. Étendu sur une serviette aux couleurs vives, il lisait un magazine. Je souris et lui fis un signe de la main.

Il me salua en retour, ses dents étincelèrent au soleil. L'air charriait une odeur d'embruns et de sable chaud. J'inspirai une grande bouffée en écartant les bras pour garder mon équilibre. Les vaguelettes lapaient mon corps.

Ce fut ma seule activité de la journée. Plus tôt, j'avais paressé sur la plage en buvant des margaritas, un bon livre à la main.

Allongée sur l'eau, j'écartai les bras en croix et fis la planche.

Ah, c'était la belle vie.

Un clapotement non loin de moi attira mon attention. Je tournai la tête.

Aaron se trouvait à quelques mètres de là et battait frénétiquement de ses petites jambes. Au début, je crus qu'il était bien. Heureux. Soudain, sa tête glissa sous la surface et ne réapparut pas. Je me redressai. Mes pieds prirent appui sur le sable. Une main en visière pour me protéger du soleil, je fouillai la plage en quête de Rafael. Il n'était nulle part en vue. Des nuages s'amoncelaient au-dessus de ma tête. Je réprimai un frisson. Aaron était toujours sous l'eau et agitait si vivement des bras que de l'écume s'était formée autour de lui, tel un bain moussant. En deux temps, trois mouvements, je le rejoignis et tendis la main pour l'attraper. Mes doigts se refermèrent sur le vide. Je m'escrimais à vouloir le retenir, mais ne parvenais même pas à le toucher. L'eau s'écoulait entre mes doigts, insaisissable et immatérielle.

La panique m'étrangla. Affolée, je plongeai sous la surface et brassai l'eau de toutes mes forces, sans parvenir à me mouvoir. Les ténèbres m'enveloppèrent et un bruit strident vrilla mes tympans.

— Aaron ! hurlai-je.

Je ne le voyais plus. Où était-il passé ? Je m'enfonçai un peu plus dans les profondeurs. Perdis tout contrôle. Je me noyais avec lui.

Mes paupières papillonnèrent avant de s'ouvrir. J'inspirai une grande goulée d'air. Mon cœur cognait violemment contre mes côtes. En position assise, je regardai tout autour de moi. La pièce tournoyait. Je clignai des yeux. Portant ma main à ma tempe, je sentis une rugosité, une croûte dure sous mes doigts. Puis j'examinai ma main, maculée de sang séché. Des entailles zébraient ma paume, telles des coupures de rasoir. Deux pansements fripés étaient vaguement collés à ma peau.

Alors tout me revint en une série de flashs.

*Le mug cassé dans l'évier.*

*Ma main sous le jet dans la salle de bains.*

*Ton arrivée inopinée.*

*Notre confrontation.*

*Ton agression inattendue.*

*Le coup violent à la tête.*

*Le trou noir.*

Un froid glacial s'insinua dans mes os. Où étais-je ?

Levant les yeux, il me fallut une minute pour reconnaître le lieu. Obscur. Étriqué. Les murs qui ressemblaient à du plastique.

Je retins mon souffle.

*La remise.*

J'étais dans la cabane du jardin !

La pluie crépitait sur le toit. Le vent tourbillonnait. La porte à double battant vibrait, mais ne cédait pas, ce qui signifiait que tu m'avais enfermée. Je scrutai les parois. Pas de fenêtres. Quand Rafael et moi avions eu l'idée d'acheter une remise, nous avions envisagé de l'agrémenter d'une fenêtre, mais cela coûtait trop cher. Au final, nous en avions choisi une d'occasion sur Internet.

Une migraine courait derrière mes yeux et se répandait peu à peu dans tout mon crâne. Ça faisait un mal de chien.

Souffrais-je d'un traumatisme crânien ?

Depuis combien de temps étais-je là ?

Par l'interstice entre les portes filtrait un rai de lumière. Il ne faisait pas nuit. Mais avec la tempête, impossible de deviner l'heure.

Ni le jour de la semaine.

Me rallongeant par terre, pour apaiser mon puissant mal de crâne, je fouillai ma mémoire pour retrouver quel jour on était. Il ne me fallut qu'une minute pour me rappeler qu'on était dimanche.

*Dimanche.*

Mon pouls fit un bond.

Christine et moi avions prévu une soirée entre filles. Elle comprendrait forcément que quelque chose clochait. L'espoir s'alluma en moi comme une étincelle. Mon amie allait me sauver.

Revigorée, je glissai mes mains dans les poches de mon jean.

Vides.

Bien sûr, tu avais gardé mon portable.

Fermant les yeux, je revis la photo dans ma tête. Celle de la soirée où tu étais avec Aaron. Tu n'avais pas répondu à mes questions. Tu ne m'avais pas confirmé que tu le connaissais.

Non, tu m'avais menti. Tu voulais me faire passer pour folle. Totalement dérangée.

Mais je ne l'étais pas. Je savais ce que j'avais vu. Je connaissais la vérité.

Être piégée dans cette cabane, avec le crâne fendu, confirmait mes soupçons. Pour quelle autre raison m'aurais-tu agressée ?

Ma bouche était rêche comme du papier de verre. Ça pulsait dans mon crâne. Je devais sortir de là. Pourquoi m'avais-tu séquestrée là-dedans ? Qu'avais-tu en tête ?

Tout cela était étrange. Me garder si près de toi. Dans mon propre jardin.

À moins que...

Mon pouls s'accéléra.

Est-ce que tu me croyais morte ?

J'examinai mon jean. Il était couvert de boue. Les manches de ma chemise étaient sales et humides. Tu m'avais traînée jusqu'ici. Comme on traînerait un corps sans vie.

Un frisson de terreur me parcourut.

De nouveau, je palpai mon front. L'entaille était profonde. J'aurais probablement besoin de points de suture. Examinant la porte verrouillée, je sentis la peur m'envahir. J'étais trop faible et nauséeuse pour bouger. Mais je ne pouvais pas rester ici et me vider de mon sang.

Cela faisait-il partie de ton plan ? Me laisser agoniser ici ? Étais-tu chez moi ? À vivre ma vie ?

Ou pire. Étais-tu partie ?

Frustrée, j'observai l'inclinaison du toit. La pluie tambourinait toujours dessus. En écoutant ce bruit régulier, je t'imaginai très loin d'ici. Peut-être dans un pays étranger.

Je ne savais pas ce qui était pire. Que tu sois ici, ou au bout du monde.

L'un ou l'autre était catastrophique.

Je sentais des boîtes qui me rentraient dans les côtes, je me retournai. Alors que je me démenais pour chercher une position plus confortable, un rire hystérique éructa de ma poitrine. Pendant plusieurs minutes, je ris sans pouvoir m'arrêter, jusqu'à ce que mon ventre se torde de douleur et que ma gorge me brûle. Si quelqu'un pouvait me voir en cet instant, il me prendrait bel et bien pour une folle.

Et j'avais peut-être bien perdu la raison.

La situation était insensée. Enfermée dans ma propre remise, dans mon propre jardin. Par une femme qui portait mon nom. Une femme qui non seulement connaissait mon fils, mais aussi mon mari.

Bien sûr, tu avais tout nié en bloc. Mais je ne t'avais pas crue. Pas une seconde. Je savais que tu mentais.

Qu'était devenue ma vie ?

Mes rires se muèrent en sanglots. Mon corps se mit à trembler tout entier, ma respiration était saccadée. Je repensai au coup de téléphone de la secrétaire de mon ancien pédiatre. Le matin où j'avais appris ton existence. Si seulement j'avais pu l'oublier. Lâcher prise. Si seulement je n'étais pas partie à ta recherche. Peut-être que rien de tout cela ne serait arrivé.

L'esprit embrumé, je me rappelai les messages sur le portable de Raf, la photo de toi sur Facebook. Notre rencontre n'avait rien d'une coïncidence. J'avais raison depuis le début. C'était toi qui m'avais trouvée. Et non le contraire.

À présent, alors que les ténèbres envahissaient mon esprit, une question demeurait : pourquoi ?

*

— *Maman ! Maman ! À l'aide !*

*Il faisait un noir d'encre. J'avais beau plisser les yeux, je ne voyais rien du tout.*

— *J'arrive, mon bébé. Tiens bon !*

*Je me mis à courir dans l'obscurité.*

*Des pleurs. Un bébé.*

*Mon cœur battant à tout rompre.*

*Courir plus vite. Plus vite !*

*Les pleurs se rapprochaient.*

*— Je suis là ! Maman est là !*

*Enfin, un rai de lumière. Une pièce tout au bout du couloir. Les sanglots venaient de là. Je me précipitai à l'intérieur. Une lueur vive éclairait la pièce.*

*Dans le coin, un berceau. Je m'approchai vivement.*

*Ce n'était pas Aaron. C'était Sullivan. Il sanglotait si fort que son visage avait viré au rouge tomate.*

*— Tout va bien. Chuuuut.*

*Je le soulevai dans mes bras, puis me retournai et me pétrifiai. La pièce était vide quand j'étais entrée. À présent, tu te tenais devant moi, à côté de Rafael et Aaron, et tu me souriais.*

*— Éloigne-toi de mon fils ! sifflai-je entre mes dents, la poitrine oppressée.*

*— Toi d'abord.*

*Tu posas la main sur l'épaule d'Aaron.*

*La panique m'étranglait.*

*— Laisse-le tranquille. Ne lui fais pas de mal.*

*Tu te mis à rire. Un rire hystérique.*

*— Tu ne peux pas m'arrêter. Plus maintenant.*

*Les gyrophares rouge et bleu derrière toi. Le hurlement des sirènes. La terreur qui m'éteignit le cœur quand je vis l'agent de police. Celui qui était venu à la maison ce fameux soir. Celui qui m'avait annoncé la mort de mon fils.*

*Pas encore. Non, par pitié. Pas cette fois.*

\*

Un élancement douloureux me réveilla. La migraine était toujours là, et j'étais presque sûre que ma plaie saignait encore. Je ne savais pas du tout depuis combien de temps j'étais dans cet endroit. Plusieurs heures ? Plusieurs jours ?

Me redressant sur les coudes, je parcourus l'espace étroit du regard. Il était plein à craquer. Non seulement nous avions acheté la moins chère des remises, mais aussi la plus petite. Le froid qui traversait mon chemisier me faisait claquer des dents.

J'étais entourée de boîtes de rangement. En plissant les yeux, je parvins à déchiffrer ce que j'avais écrit dessus. Lorsque je découvris celle où était inscrit « cuisine », je m'en rapprochai.

Malgré les martèlements de mon crâne, je parvins à l'ouvrir.

Extirpant plusieurs torchons à vaisselle, je les nouai ensemble et les enroulai autour de ma tête. Je n'étais pas sûre de mon coup, je n'étais pas médecin. Mais je regardais beaucoup la télévision, et c'était ce que faisaient les personnages des séries hospitalières.

Au moins, ça me réchauffait un peu.

Dans le coin de la cabane, je repérai plusieurs figurines d'Aaron. Je me remémorai les bruits qu'il faisait avec ses jouets. Les voix graves qu'il donnait à ses personnages. Sans oublier son air sérieux et pénétré.

Il resterait toujours mon petit garçon.

Mon cœur.

Mon plus grand amour.

Une larme coula sur ma joue.

— *D'après l'autopsie, il y avait de la drogue et de l'alcool dans le sang d'Aaron, précisa Rafael. Il a fait une overdose.*

— *Non.*

*Je secouai la tête, en pleine confusion. C'était le matin. Rafael se préparait à partir quand il avait reçu l'appel.*

— *C'est impossible. Aaron ne prend pas de drogue.*

— *Apparemment, il en consomme... consommait.*

*La correction me mit hors de moi – je le giflai. La manière cruelle dont il m'avait rappelé la disparition de mon fils.*

*Mort. Comme si je n'avais pas compris. Comme s'il avait besoin de me le balancer à la figure.*

*Son regard brillait de rage. Il s'éloigna en soupirant. J'aurais dû lui présenter mes excuses. Arranger la situation. Mais je n'avais rien fait.*

*Quand il quitta la pièce, il claqua la porte si violemment que les vitres tremblèrent. Je me laissai glisser contre le mur et atterris sur les fesses. Des sanglots se déversèrent de ma bouche et se répandirent sur le sol.*

*Ils avaient tort. Tous autant qu'ils étaient.*

*C'était une erreur. Aaron ne prenait pas de drogue. Il ne buvait pas, pas plus que de raison. C'était un bon garçon. Je connaissais mon fils. Pas eux.*

*Je restai adossée au mur jusqu'au crépuscule. Je n'avais pas couru derrière Rafael. Je ne lui avais jamais demandé pardon, je ne l'avais pas supplié de revenir dans la chambre. Lorsqu'il était parti travailler ce jour-là, je ne lui avais même pas dit au revoir.*

*Je n'en avais pas eu la force. Peut-être que si je l'avais fait, tout serait différent.*

*Mais ce n'était pas lui que je pleurais. Ce n'était pas lui que je voulais désespérément retrouver.*

Sans eau ni nourriture, je ne tiendrais pas longtemps. Je souffrais de crampes d'estomac. La faim alternait avec la nausée. Ma gorge était sèche et douloureuse.

La tête comme une toupie, je m'allongeai à nouveau par terre. Le visage d'Aaron flottait au-dessus de moi et clignotait tel un stroboscope. Je tendis le bras pour attraper l'apparition, pour la tenir dans ma main. Le sentir près de moi. Les yeux clos, je l'imaginais tout près. Les semaines suivant la mort d'Aaron, dormir avait été mon activité préférée. Il me rendait visite pendant mon sommeil. S'asseyait à côté de moi. Me parlait. Me serrait contre lui. Puis, avec la lumière crue du jour, il disparaissait. Et je devais vivre sans lui.

Son visage gravé dans mon esprit, là où je gardais le contrôle, je fredonnai doucement, comme quand il était petit.

« Brille, brille, petite étoile… »

J'avais soif. Tellement soif.

Je me liquéfiais par terre. Tandis que le froid s'insinuait en moi, je m'imaginais ne faire plus qu'un avec le sol.

Ou lâcher prise.

Ce serait si facile. Je pourrais rester là jusqu'à ce que mon corps dérive.

Et je retrouverais Aaron. Mon petit garçon.

M'attendait-il ? Voulait-il que j'abandonne cette vie pour le retrouver ?

La pluie martelait doucement le toit, tel un roulement de tambour. Ou une comptine vaguement familière.

Une douce chaleur m'envahit. Je nageai sous la surface en faisant de grands moulinets des bras. L'eau glissa entre mes doigts. J'avais l'impression de flotter. Loin, très loin. Comme si je planais au-dessus de mon corps. Je vis Aaron articuler mon nom, des bulles au coin des lèvres. Il tendit la main vers moi et s'enfonça encore plus profondément.

Sans un regard en arrière, je plongeai vers lui.

# 27

Un mois après la mort d'Aaron, j'avais pris un petit garçon dans un magasin d'alimentation. À entendre les témoins, je l'avais kidnappé avec une arme à feu ou un truc horrible de ce genre.

Mais cela ne s'était pas du tout passé ainsi.

Je n'avais pratiquement pas quitté la maison depuis un mois. Je passais le plus clair de mes journées dans mon lit, sous les couvertures, à attendre que le temps passe. À prier pour que tout ne soit qu'un affreux cauchemar. Ou l'une de ces émissions idiotes où un type surgit de nulle part pour vous annoncer : « On vous a bien eue ! » Mais les semaines étaient devenues des mois et je n'avais toujours pas accepté la réalité. Et personne n'était venu me dire que c'était juste une mauvaise plaisanterie.

Rafael travaillait à la fac et notre réfrigérateur était vide.

Je gobais des antidépresseurs comme des bonbons et j'avais la tête dans du coton. Au supermarché, je flânais dans les allées en jetant des denrées dans mon chariot d'un air absent. Je me rappelais avoir jeté un coup d'œil, à un moment donné, à mes provisions, et avoir pensé que cela ne ressemblait pas à mes produits habituels. Comme si je n'avais pas fait attention.

L'incident s'était produit au rayon des surgelés. Je cherchais de la glace au chocolat noir, ce qui me paraissait facile à trouver. En réalité, cela ne l'était pas. Il existait une quantité astronomique de parfums chocolatés. Quand enfin j'avais mis la main dessus, j'avais été si soulagée que j'avais failli pleurer.

Pas parce que j'aimais la glace. Je mangeais rarement de la crème glacée. Mais Aaron l'adorait. Et le chocolat noir était son parfum préféré.

J'avais laissé tomber le pot de glace dans le chariot et repris mon chemin.

— Glaa-aace, avait murmuré une petite voix.

J'avais baissé les yeux et ç'avait été un miracle. Aaron était de retour, dans le chariot.

Enfin, cela s'était produit. Ce que j'attendais depuis des semaines.

Aux anges, je l'avais pris dans mes bras et j'avais collé mon visage contre le sien.

— Ma-man.

— Oui. Maman, avais-je répété, euphorique.

J'avais abandonné mon chariot. Pas pour une raison bizarre, mais parce que je me moquais de mes achats, maintenant que j'avais retrouvé mon fils.

Je venais d'atteindre ma voiture quand je l'avais entendue.

La vraie mère de l'enfant, qui hurlait à l'enlèvement. En quelques secondes, les employés du magasin m'avaient cernée, ils étaient accompagnés d'un agent de sécurité.

— M'dame, donnez-moi cet enfant.

— Il est à moi.

— Non, il n'est pas à vous. S'il vous plaît, donnez-le-moi.

— Mais il était dans mon chariot, protestai-je quand l'agent m'avait arraché le garçonnet des bras.

J'avais passé le reste de la journée au poste de police, à répondre aux questions. Rafael était arrivé plus tard dans la soirée, livide. Au bout du compte, la mère n'avait pas porté plainte. Tout le monde en ville était au courant de la mort d'Aaron.

Rafael leur avait expliqué que je ne voulais pas voler l'enfant.

*Déconnectée de la réalité.* C'était ainsi qu'ils m'avaient décrite. Les policiers. Mon psy. Mon mari. Je détestais la formule, mais je supposais que je devais me montrer reconnaissante, car cela m'avait évité la prison. Au début, Rafael voulait m'envoyer dans un hôpital psychiatrique, mais je l'en avais dissuadé en acceptant de consulter le Dr Hillerman une fois par semaine.

Une partie de moi espérait que ces séances nous aideraient tous les deux à guérir. Mais Raf n'avait pas voulu m'emmener chez le psychiatre, et encore moins y aller avec moi. Je m'étais dit que suivre cette thérapie lui prouverait combien j'étais forte, ou du moins que je m'efforçais de l'être.

Mais je m'étais effondrée après la mort d'Aaron, et il ne parvenait pas à me voir autrement que comme une personne faible.

*

Le tonnerre éclata, un claquement sec, comme un coup de feu. Je tressaillis, mes paupières papillonnèrent un instant. Ma langue, dure comme du gravier, me brûlait. Déglutir me faisait l'effet d'avoir une pelote d'épingles dans la gorge.

*La pluie.*

*Voilà la solution.*

Je me redressai d'un bond, inspirant d'un coup. Prise de vertige, je réussis à m'accrocher à une pile de cartons pour ne pas perdre l'équilibre. Tu étais avec mon fils juste avant son overdose. Tu savais quelque chose, j'en étais convaincue. Et je ne quitterais pas cette terre sans avoir découvert quoi.

Tu pouvais t'en prendre à moi. Me frapper. M'enfermer dans une cabane.

Mais si tu croyais m'éliminer, tu te fichais le doigt dans l'œil.

Ne jamais sous-estimer la détermination d'une mère.

Revigorée par l'adrénaline, je me mis péniblement debout et m'approchai d'un mur de cartons. Les passant en revue un à un, je finis par dénicher celui que je cherchais. J'étais tellement faible qu'il me fallut plusieurs tentatives pour réussir à l'ouvrir. Quand je parvins à extraire un vieux gobelet pour bébé d'Aaron, j'avais mal aux bras.

J'ôtai le couvercle et me traînai jusqu'à la double porte dont le bas était légèrement tordu. Rafael s'en était si souvent plaint que je n'avais pu l'oublier. Il avait râlé pendant des jours après le vendeur qui, selon lui, s'était payé notre tête.

Je n'aurais jamais cru remercier un jour le ciel pour ces battants voilés.

Le gobelet dans ma main droite, je tentai de le faire passer dans l'espace entre les portes. Impossible.

Mon cœur flancha, mes épaules s'affaissèrent.

Mais je me repris vite. Ce n'était pas le moment d'abandonner.

Après plusieurs inspirations, je refis une tentative. J'agrippai les coins des deux battants et les poussai de toutes mes forces.

Sans résultat.

Mes doigts étaient raides et glacés. Je les remuai pour faire circuler le sang. Puis je soufflai dessus pour les réchauffer.

Après quoi, je tentai à nouveau d'élargir l'intervalle.

Finalement, au bout de ce qui me parut une éternité, je gagnai un peu de terrain. L'ouverture était assez large pour le passage de ma main. Insérer le gobelet fut plus difficile, mais je finis par y arriver.

Avec un soupir de soulagement, j'écoutai les gouttes remplir le récipient en plastique. Lorsqu'il fut plein, je le tirai à l'intérieur. Je renversai un peu d'eau au passage, mais il en restait encore pas mal lorsque je portai le gobelet à mes lèvres.

Je bus avidement. L'eau fraîche avait un goût de terre, mais le liquide qui nappa ma langue et s'écoula dans ma gorge me fit un bien fou. En quelques secondes, le récipient était vide, et j'en voulus davantage. Mon estomac gargouilla en signe de protestation, aussi décidai-je d'attendre quelques minutes.

Alors que j'observais l'espace entre les deux battants, je me demandai si je pouvais l'élargir suffisamment pour faire passer tout mon corps. J'en doutais, pourtant je devais à tout prix essayer.

Il était hors de question que je croupisse ici.

Renversant ma tête contre le mur, j'inspirai profondément. Une goutte tomba sur le bout de ma chaussure. La brèche laissait entrer la pluie. L'air froid qui fouetta mon visage me fit frissonner.

Le froid était un petit prix à payer pour étancher ma soif. Sans cela, je mourrais sûrement.

Techniquement, je devrais aussi me nourrir, mais l'eau me faisait gagner du temps.

Un bruit familier résonna au-delà du vent tempétueux et de la pluie qui tombait à torrents. Des voix. Je me redressai. Il y avait quelqu'un dans le jardin de la maison voisine. Des enfants, j'imagine. Sans doute en train de jouer sous l'averse. Aaron adorait cela. Et qui dit enfants dit adultes, n'est-ce pas ?

Je rampai au niveau de la porte et pressai mes lèvres contre l'ouverture.

— Au secours ! criai-je. Je suis enfermée dans la remise. À l'aide !

Puis je me tus pour écouter la réponse.

Rien.

— Ohé ! Il y a quelqu'un ? S'il vous plaît, aidez-moi ! Je suis coincée !

Au bout de plusieurs minutes sans réponse, je frappai la porte de ma paume et grognai de frustration.

— À l'aide ! Aidez-moi !

Je criai encore et encore pendant ce qui me sembla des heures, alors que cela ne faisait probablement que quelques minutes. Je ne m'arrêtai que lorsque ma voix se brisa. Abattue, je me laissai retomber par terre.

La pluie commençait à se calmer.

Il était impératif de récolter plus d'eau avant qu'elle s'arrête.

D'une main fébrile, je repris le gobelet et insérai une nouvelle fois ma paume dans la brèche. Les bords éraflèrent ma peau.

Cette fois, il me fallut plus de temps pour le remplir. Je le ramenai à moi avec précaution. Je ne pouvais me permettre de perdre la moindre goutte.

Et s'il s'arrêtait de pleuvoir complètement ? C'était toujours très sec ici. Nous n'avions pas eu d'automne aussi pluvieux depuis des années. Le lac allait être magnifique. Je priai pour être encore là pour l'admirer.

Je sirotai lentement mon eau. Après avoir aspiré la dernière goutte, je remplis de nouveau la tasse et m'interdis d'y toucher, préférant la garder pour plus tard. Je la déposai à côté de ma jambe et m'adossai de nouveau à la paroi.

La remise se refroidissait à mesure que la nuit s'épaississait. Je fourrageai dans le carton des affaires de bébé jusqu'à ce que je dégotte une série de couvertures.

C'étaient celles d'Aaron quand il était enfant. Il m'en fallut plusieurs pour me recouvrir tout le corps.

Je songeai combien mon fils serait fier de moi s'il me voyait en ce moment. Il adorait les émissions télévisées sur la survie. Chaque fois que j'en regardais une avec lui, il disait en riant que je ne tiendrais pas longtemps. J'étais plutôt d'accord à l'époque. Je n'étais pas vraiment une « femme des bois ». Je n'avais jamais campé, pêché, ni accompli aucune autre activité de ce genre.

Mais regardez-moi aujourd'hui. Je survivais.

Resserrant les couvertures autour de moi, je respirai profondément. Elles sentaient la poussière et le carton. Ainsi qu'une légère odeur de bébé. À moins que ce soit le fruit de mon imagination. Les yeux clos, je humai de nouveau le tissu-éponge.

Je m'accrochais toujours à l'espoir que quelqu'un m'ait entendue. Peut-être que les secours étaient en route.

En fait, j'étais surprise que Christine n'ait pas encore déboulé dans la maison. Elle s'était sûrement étonnée de l'annulation de notre soirée entre filles.

Comment avais-tu fait pour te débarrasser d'elle ? Avais-tu juste éteint les lumières pour lui faire croire que je n'étais pas là ? Ou bien lui avais-tu répondu ? Lui avais-tu raconté que je m'étais absentée ou que j'avais d'autres projets ?

Une bile aigre me remonta dans la gorge.

Tu étais probablement intervenue.

Oui, c'était logique. Christine ne s'était pas inquiétée parce que tu lui avais parlé. Tu avais sans doute inventé une excuse. Et comme j'avais péroré sur ma bonne copine Kelly, Christine n'avait eu aucune raison de ne pas te faire confiance.

Mon moral chuta en flèche. Je cognai l'arrière de mon crâne contre la paroi et laissai échapper un gémissement de défaite. Étais-tu ma seule porte de sortie ?

Non, pas question.

Il n'était pas question que je termine ici.

Je ne te laisserais pas gagner.

*

Lorsque je me réveillai, un insecte mort flottait dans mon eau.

L'été, Christine et moi nous installions parfois dans son patio pour boire un verre de vin. Inévitablement, l'une de nous terminait avec une mouche dans son verre à moitié plein. Joel nous disait de l'enlever et de continuer à boire, mais nous trouvions toutes les deux cela dégoûtant.

Je n'avais pas ce luxe aujourd'hui.

Du bout du doigt, je repêchai l'insecte et le jetai. Des gouttes d'eau éclaboussèrent le sol à la manière d'une peinture moderne. Comme il ne pleuvait plus, je me forçai à en garder la moitié pour plus tard.

Par l'interstice entre les battants, je vis de la lumière.

Alors il faisait jour.

Avais-je dormi toute la nuit ?

Était-ce le deuxième jour ? Ou bien le troisième ?

Mon estomac gargouilla.

C'était la faim. J'avais besoin de m'alimenter.

Chaque année, au mois de janvier, Christine faisait la diète. Parfois, elle se contentait de jus de fruits ou d'un mois « sec », sans alcool. Une année, elle avait consommé une horrible décoction de jus de citron au poivre de Cayenne.

J'avais tenté l'expérience avec elle une seule fois. Ça avait été un désastre. Je m'étais mise à tricher au bout d'une journée. Elle était fâchée, mais je lui avais expliqué que mon corps n'était pas fait pour les régimes. Rien que sauter le petit déjeuner me rendait malade.

Combien de temps un être humain pouvait-il vivre sans nourriture ? Voilà une information que j'aurais pu chercher sur Google si j'avais eu mon téléphone.

Je me mis à fantasmer sur mes plats préférés. Hamburgers moelleux et frites croustillantes, la sauce à part. Imaginer le sel fondre sur ma langue me donnait l'eau à la bouche. Pizza jambon-ananas. Un plaisir coupable que je ne m'autorisais qu'une fois Rafael parti, vu qu'il détestait les fruits cuits. Enchiladas au poulet et sauce tomate pimentée. Chips et guacamole.

Contractant le ventre, je remontai les jambes contre ma poitrine. La position me soulagea un peu de ma faim, mais pas complètement.

Je ne pouvais pas rester ici à dépérir. Tu pouvais revenir à tout moment pour finir le boulot. Durant les semaines où nous avions fait connaissance, je ne t'avais jamais imaginée dangereuse. Au pire, tu serais venue pour l'argent. Mais même dans mes plus atroces cauchemars, je ne t'aurais jamais crue capable de cela.

Tu semblais inoffensive.

Un peu idiote même.

Et naïve, assurément.

Mais pas dangereuse. Ni froide et calculatrice.

Encore une fois, je ne te connaissais pas vraiment.

Je savais que tu avais en ta possession le bouton de manchette d'Aaron.

Je savais que tu étais à la soirée avec lui, le soir de sa mort.

Je savais que Sullivan ressemblait à Aaron.

Mais je savais aussi que tu étais Keith, ce qui changeait complètement la donne.

*Vendredi soir. Assis sur le canapé, Rafael et moi regardions un film. Rafael était étrangement silencieux. Comme distrait. Pas bizarre, plutôt taciturne. J'avais tenté de le faire sourire, mais il consultait constamment son téléphone. Et chaque fois, un petit sourire flottait sur ses lèvres.*

*Je ne me rappelais pas la dernière fois qu'il m'avait souri ainsi.*

*— Qui t'envoie tous ces textos ? finis-je par demander.*

*Il leva les yeux de son portable avec une mine hébétée, comme s'il avait oublié ma présence.*

*— Oh, c'est Keith. Un nouveau professeur dans mon département.*

*Ouais, mon œil.*

— *Pourquoi il t'écrit autant un vendredi soir ?*

— *Bah, des trucs de mecs. Il est sympa. On est devenus amis.*

*Quand un nouveau SMS arriva quelques minutes plus tard, je regardai son écran à la dérobée, même s'il le tenait stratégiquement loin de moi. Je réussis à intercepter le nom : Keith.*

*Mes muscles se détendirent. Peut-être que j'étais parano après tout.*

*Cependant, je ne parvenais pas à me débarrasser de mes soupçons. Aussi, dans la nuit, pendant que Rafael dormait, je m'emparai de son téléphone. Il avait changé son mot de passe. Après en avoir essayé plusieurs, je redoutai de le bloquer.*

*Enfin, sur une impulsion, j'entrai KEITH.*

*Gagné !*

*L'espace d'un instant, je me demandai si mon mari était homo. Puis je cliquai sur le fil de la conversation. D'après les photos de nus, il était clair que Keith n'était pas un homme. Hélas, lorsque je voulus lire les messages qu'ils échangeaient, Raf remua. Aussitôt, j'éteignis son portable et me glissai sous les draps.*

*J'avais songé à confronter mon mari un million de fois. Et même à le quitter. Mais j'avais peur. Je n'avais jamais été seule. Je n'avais pas d'emploi et je n'étais pas sûre d'en trouver un pour gagner ma vie. Surtout, j'avais peur qu'Aaron souffre. Que Raf lui coupe les vivres et refuse de payer ses études. Puis Aaron était mort et mon monde s'était écroulé. Quitter Raf était devenu le cadet de mes soucis.*

Maintenant que je savais que tu étais Keith, je me demandais de quoi tu étais capable.

Allongée sur le ventre, je m'efforçai de regarder par l'orifice que j'avais élargi entre les battants. Mais je ne voyais rien d'autre que de l'herbe.

Que faisais-tu ?

L'obscurité gagnait du terrain. À l'évidence, les voisins ne m'avaient pas entendue. J'étais livrée à moi-même. Personne ne viendrait à mon secours.

Aaron adorait les documentaires sur la résolution des énigmes criminelles. Une fois, j'en avais regardé un avec lui. C'était à propos d'une femme enlevée, et je me rappelle avoir dit qu'à sa place, je me serais débattue comme un diable. Et que si des gens avaient réussi à me kidnapper, je ferais en sorte de m'échapper.

Finalement, j'avais été plus facile à capturer que je ne le pensais. Tout ce temps, j'avais naïvement cru que c'était moi qui menais le jeu. En réalité, c'était toi.

Je gardais un moment ma dernière gorgée d'eau dans la bouche pour la savourer. Après l'avoir avalée, je me remis à l'ouvrage.

M'agenouillant, j'agrippai les rebords voilés des deux battants comme je l'avais fait plus tôt. Dans ma tête, Aaron me souriait et hochait la tête. Avec un grognement, je tirai de toutes mes forces. À un moment, je fus certaine qu'ils avaient bougé, mais quand je vérifiai en glissant la main dans l'ouverture, elle ne me parut pas plus large.

J'aurais dû faire de la gym avec Christine plus sérieusement. Elle était sûrement capable d'arracher ces portes. Si un jour je parvenais à sortir d'ici, je jure que je ferais davantage d'exercice. Soulever des poids. Peut-être prendre des cours d'autodéfense. Jamais plus je ne serais une victime.

Mais d'abord, il fallait filer d'ici.

Je continuai à tirer sur les coins, m'évertuant à agrandir l'espace. Le ciel avait viré au noir complet. Le vent hurlait comme un loup et la pluie criblait le toit.

La tempête avait repris de plus belle.

Mes bras me lançaient et mes paupières étaient lourdes.

Abandonnant la partie pour la nuit, je récupérai de l'eau de pluie, en bus quelques gorgées, puis me rallongeai par terre. Une fois enveloppée dans les couvertures de bébé d'Aaron, je fermai les yeux. Mes doigts s'enroulèrent sur le tissu doux, et je sombrai dans le sommeil.

## 28

Le grondement du camion des poubelles me réveilla.

N'importe quelle autre semaine, je ne l'aurais pas remarqué. Mais aujourd'hui, c'était important. Enfin un repère temporel. C'était le jour du ramassage des ordures. Mercredi. Comme tu m'avais enfermée ici dimanche, cela faisait deux jours et trois nuits.

Je digérai cette information et terminai ma dernière goutte d'eau.

Tout était silencieux. La tempête s'était apaisée. À travers la brèche, je voyais qu'il faisait beau, et chaud. Une douce fragrance s'insinua à l'intérieur, un parfum de fleurs et d'herbe humide. Une promesse. Si seulement je pouvais les voir. Je n'étais pas croyante, mais j'allais à l'église de temps à autre. Quand Aaron était petit, je l'emmenais parfois à la messe avec moi, persuadée que c'était le rôle d'une bonne mère.

Je connaissais de nombreuses histoires bibliques. Comme celle de l'arche de Noé. Si bien que je comprenais la signification des arcs-en-ciel, lesquels me procuraient un sentiment de paix.

J'avais besoin de cette paix maintenant. J'avais besoin de croire à cette promesse.

Posant ma tasse vide, je m'affaissai. Je n'aurais jamais dû boire toute l'eau, mais j'avais tellement soif. C'en était probablement terminé de la pluie, ce qui signifiait que je n'avais plus le choix. Il fallait que je sorte de là aujourd'hui.

La migraine vrillait mon crâne. Tous mes muscles me faisaient souffrir. Même ma peau était douloureuse. La nuit dernière, la tempête m'avait redonné des forces, hélas, ces dernières étaient épuisées à présent. À croire qu'elles avaient été emportées par le vent et la pluie, et disséminées au loin.

Découragée, je priai en silence pour retrouver un peu d'énergie.

Avec le petit jour, la réalité brute m'apparaissait. Cela semblait impossible.

Brusquement, je levai la tête en entendant une portière claquer. Les aboiements d'un chien. Des crissements de pneus.

Mon sang afflua dans mes veines. La fin de l'orage était peut-être synonyme d'espoir après tout. Les gens n'étaient plus terrés chez eux.

— Au secours ! criai-je à pleins poumons.

Du moins fis-je de mon mieux. Ma gorge était si sèche que seul un faible croassement s'en échappa. Comme si je m'étais transformée en reptile ou un autre animal minuscule.

— À l'aide ! C'est Kelly Medina ! Je suis coincée dans la remise ! S'il vous plaît !

Oh, mon Dieu. Cela ne servait à rien. Je m'entendais à peine moi-même.

Et cela ne faisait qu'accentuer ma migraine.

Prenant ma tête entre mes mains, je me massai les tempes, dans l'espoir de dissiper la douleur. Ma vue se brouilla. De nouveau allongée, je fermai les yeux une minute.

— *Bonsoir, maman.*

*Mon cœur bondit dans ma poitrine. Cachant précipitamment le cadeau à moitié emballé, je levai les yeux. Il n'était revenu que depuis quelques jours, pour les fêtes de Noël. Et je n'avais plus l'habitude de l'avoir à la maison.*

— *Qu'est-ce que tu fais debout ? le questionnai-je.*

— *Il n'est pas tard, répondit Aaron en s'installant dans le canapé.*

*La pièce était sombre, éclairée seulement par les guirlandes de Noël.*

Je repliai vivement le papier cadeau sur la boîte, arrachai un morceau de ruban adhésif et le collai dessus.

— Il est minuit.

Il sourit.

— C'est bien ce que je dis, il n'est pas tard.

Souvent, j'oubliais l'âge d'Aaron. Pour moi, il resterait toujours mon petit garçon. Pourtant c'était presque un homme. Je glissai discrètement le présent grossièrement emballé sous le sapin.

— Bah, je croyais que tu dormais. C'est pour ça que je suis descendue préparer les cadeaux.

— Je n'ai rien vu ! plaisanta-t-il en levant les mains. Promis.

Son regard erra sur les présents sous le sapin, tous enveloppés de papier rouge et vert.

— Alors tout vient du Père Noël ?

Je gloussai.

— Oui.

— J'ai cessé d'y croire il y a des années.

— Je le sais bien, répliquai-je, un peu trop sur la défensive. C'était l'année de tes huit ans. Je m'en souviens comme si c'était hier.

Il me jeta un coup d'œil amusé.

— Ouais, tu étais plutôt bouleversée quand j'ai refusé d'aller au centre commercial avec toi pour voir le Père Noël.

— Eh bien, c'était bizarre. Deux jours plus tôt, tu me suppliais de t'y emmener. Puis le matin venu, tu as déclaré que tu n'y croyais plus.

J'observai le visage de mon fils, anguleux et viril, toutes traces d'innocence disparues. Certains jours, il me paraissait inimaginable de ne plus jamais entendre sa petite voix ni son rire d'enfant. Il y avait des milliers de livres sur la maternité, pourtant aucun ne m'avait préparée à ces pertes-là. Personne ne m'avait prévenue que, durant toute la vie d'Aaron, je passerais mon temps à regretter l'enfant qu'il avait été, sa manière de parler et d'agir.

— Tu ne m'as jamais raconté ce qui s'était passé. Comment as-tu découvert que le Père Noël n'existait pas ?

Il croisa ses bras derrière la tête.

— C'est papa qui me l'a dit.

— Quoi ?

La trahison étreignit mon cœur.

— C'était juste avant de partir au centre commercial. Je faisais la liste des choses que je voulais demander au Père Noël. Il m'a demandé ce que je faisais et lorsque je lui ai répondu, il a rigolé. Et il m'a dit que j'étais trop grand pour ces bêtises. Que j'avais besoin de mûrir.

— Il ne me l'a jamais raconté. (Je regardai vers le plafond. Rafael dormait dans la chambre juste au-dessus de nous. J'eus le cœur serré.) Je suis désolée de ce qui s'est passé.

Aaron haussa les épaules.

— Il n'avait pas tort. J'étais trop grand pour croire encore au Père Noël.

— Non, pas du tout.

— Maman, si c'était à toi d'en décider, je resterais un enfant pour toujours.

— Est-ce que ce serait si grave ? dis-je avec un clin d'œil.

Son sourire vacilla.

— J'imagine que non.

Je marquai une pause avant de reprendre :

— Es-tu heureux, Aaron ?

— Ouais, ça va.

— Non, je veux dire, vraiment heureux ? Tu aimes ta vie ?

Il resta silencieux un moment, l'air songeur. Puis il posa les mains sur ses genoux. On entendait le tic-tac de l'horloge murale. Je savourai l'odeur du sapin.

— Ouais, vraiment.

— Alors tu aimes la fac ? Tu t'es fait des amis ?

— Ouais. (Il hocha la tête.) C'est cool.

Je fus surprise que son bonheur me réjouisse autant. Depuis son départ, j'espérais secrètement que la maison lui

297

manquerait et qu'il me reviendrait. Mais à le voir assis sur le canapé en face de moi, devenu un homme, je compris que ce n'était pas ce que je désirais pour lui. Je voulais qu'il mène une vie épanouie loin d'ici. Une vie bien à lui.

— Je suis tellement contente. C'est tout ce que je te souhaite, tu sais ? D'être heureux.

Mes yeux s'embuèrent. Je clignai rapidement les paupières et me tournai vers le sapin. Je ne voulais pas le mettre mal à l'aise. C'était notre vraie première conversation en plusieurs mois. Depuis son arrivée, il passait l'essentiel de son temps avec ses amis ou restait dans sa chambre pour jouer à des jeux vidéo ou regarder YouTube. Même quand il descendait avec nous, il était accaparé par son téléphone. Ce soir, j'avais toute son attention. Pas question de gâcher ce moment en me transformant en mère sentimentale et larmoyante. J'avais l'intention de rester décontractée.

— Et toi ? interrogea-t-il au bout d'un moment.

— Quoi moi ?

— Tu es heureuse ?

Sa question me prit au dépourvu. Aaron ne me l'avait jamais posée. Notre relation était fondée sur mon inquiétude et mes interrogations pour lui. Jamais l'inverse.

— Oui, je crois que oui.

— Vraiment ?

Son regard s'étrécit.

— Oui, vraiment.

— Quelle est la chose au monde qui te rend le plus heureuse ?

Je haussai les épaules.

— J'imagine que c'est de te savoir bien dans ta peau.

Il secoua la tête.

— Tu plaisantes ?

— Quoi ? Non, je suis honnête. Tu es ma plus grande fierté dans la vie. Mon plus grand accomplissement. Mon héritage.

— *Oh, mon Dieu. Tu es tellement sentimentale.*

— *Désolée, tu as posé la question.*

*Il soupira et se pencha en avant.*

— *Non, maman, je t'ai demandé si tu étais heureuse. Toi. Pas moi. Y a-t-il une chose dans la vie que tu ne fais que pour toi ? Qui ne soit pas à propos de papa ou moi ?*

*Je réfléchis un instant.*

— *Oui. Enfin, je pense. J'ai Christine, et toutes les deux, on fait du yoga et de la gym. Des soirées entre filles aussi.*

— *C'est cool.*

*Il sourit. J'étais contente de l'avoir rassuré.*

— *Waouh ! (Je passai en plaisantant le dos de ma main sur mon front.) Soulagée d'avoir réussi le test.*

*Avec un petit rire, il répliqua :*

— *Ce n'était pas un test. Je veux juste m'assurer que tu vas bien.*

— *Je vais bien.*

*J'avais adoré ce moment. Peut-être que cette nouvelle phase de nos existences n'était pas si mal, après tout. Aaron n'avait plus besoin de moi comme avant, mais nous pouvions avoir de vrais échanges, sincères, comme des amis.*

*Oui, des amis.*

*C'était chouette.*

Quelque part au-dehors, une porte s'ouvrit et se referma. Puis un cliquètement de clés. Des pas sur la pelouse. Tout proches. Ils se dirigeaient vers la remise. Je voulus regarder par l'interstice pour m'en assurer, mais les pas se rapprochaient. Trop tard.

L'espace d'une terrible seconde, je songeai à faire la morte. Te faire croire que tu m'avais bel et bien tuée après m'avoir arraché le chandelier et frappée à la tête. Mais non. Ce serait stupide. Et si tu avais décidé de te débarrasser du corps ? Alors quoi ?

La clé s'inséra dans la serrure.

Oh, mon Dieu. Que faire ? J'étais trop faible pour me défendre.

Je pensai à ma blessure au crâne. Bah, moi aussi je pouvais jouer à ce petit jeu.

Déterminée, je plongeai la main dans la boîte la plus proche et fouillai l'intérieur. Au début, je ne trouvai que des tissus, des couvertures, rien de solide. Rien qui puisse me servir d'arme.

Mon cœur tambourinait contre mes côtes.

Tu avais déverrouillé la porte. Je vis tes ongles vernis agripper le bord. Rose pâle. Cette couleur ne t'allait pas du tout. Sans tes bagues de mauvais goût, j'aurais pensé que c'était quelqu'un d'autre. Mais je reconnus la teinte. Elle m'appartenait.

La satisfaction gonfla ma poitrine quand je refermai la paume sur un objet dur. Je l'extirpai avec une joie débordante. Il s'agissait d'un projet artistique d'Aaron à l'école élémentaire. Un truc en argile. Pas exactement ce que j'espérais, mais si je parvenais à frapper assez fort, je pourrais au moins gagner du temps et tenter de m'enfuir.

Je levai le bras, brandissant l'objet. La porte s'entrouvrit.

— Kelly !

Je me pétrifiai.

*Raf ?*

La porte s'immobilisa. Ta main disparut.

— Kelly ? Tu es là ? l'entendis-je crier au loin.

Je retins mon souffle. Tes pas s'éloignèrent. Au début, je crus que tu t'enfuyais. Affolée d'être prise la main dans le sac. Mais ensuite, j'entendis la porte de derrière s'ouvrir et se refermer à nouveau.

Tu étais retournée dans la maison.

Mon sang se glaça.

Raf avait dit : « Tu es là ? » Et non : « Tu es à la maison ? » Sa manière habituelle de m'interpeller quand il arrivait. Car cette fois, ce n'était pas moi qu'il cherchait, n'est-ce pas ? C'était toi.

*Merde.* Tu menais vraiment la danse.

Tu avais même réussi à le faire revenir plus tôt. Il n'était pas rentré depuis des semaines et voilà qu'il débarquait un mercredi. Pour toi.

Savait-il que j'étais enfermée dans la remise ? Que tu m'avais violemment agressée ? Je ravalai l'émotion qui obstruait ma gorge. Mes yeux me brûlaient.

Comment pouvait-il me faire une chose pareille ?

Certes, notre relation n'était pas terrible, mais de là à me séquestrer ? J'observai le minuscule endroit dans lequel j'étais piégée depuis des jours. Je ne souhaiterais pas cela à mon pire ennemi. Mon mari était-il vraiment son complice ?

Raf connaissait-il ton lien avec Aaron ?

Je m'efforçai de calmer ma respiration. Le vent gémissait toujours dans les arbres. Les deux battants de la remise claquèrent sous la brise. L'un d'eux s'ouvrit à la volée et l'air froid me gifla le visage, me coupant le souffle.

Mon pouls s'accéléra.

La serrure.

Tu avais oublié de la verrouiller.

Je fis un pas en avant. Lorsque j'émergeai de la cabane, la lumière du jour m'aveugla. Me protégeant le visage, je baissai les yeux. J'avais toujours cette satanée migraine, mais je ne devais pas penser à cela maintenant. J'avais besoin d'aide. Appeler le 911. Trouver un médecin.

Je me dirigeai le plus vite possible vers le portail, ignorant le vertige qui me saisissait. Ce serait bientôt terminé. Je devais juste m'en aller d'ici. Frapper chez un voisin. Emprunter son téléphone. J'étais presque arrivée au portail quand je t'aperçus derrière la fenêtre. Avec mon mari.

Arrêtant ma course, je vous observai en me demandant ce que vous pouviez bien vous raconter. Étiez-vous satisfaits de ce plan parfaitement exécuté ? Te félicitait-il ?

La colère fusa dans mes veines.

Parliez-vous d'Aaron ?

Impossible de m'en aller. Pas tant que je ne saurais pas la vérité. Pas tant que tu ne serais pas punie pour ce que tu nous avais fait, à Aaron et à moi. En outre, je voulais m'assurer que Sullivan était en sécurité.

Me détournant du portail, je repris le chemin de la maison. Mes pieds s'enfoncèrent dans la pelouse à chaque pas, laissant la preuve tangible que j'étais toujours en vie.

# 29

Je n'avais aucune chance d'entrer par la porte de derrière sans me faire remarquer. Or je n'avais pas l'intention de m'annoncer. Si tu pensais m'avoir tuée la première fois, je doutais que tu hésites à le refaire. Il me fallait un plan d'action.

De plus, je voulais à tout prix savoir ce que vous vous racontiez tous les deux.

M'éloignant de la fenêtre, j'examinai l'arrière de la bâtisse et avisai le balcon de ma chambre. C'était l'un des grands avantages de cette maison. Avant d'emménager, je m'étais imaginée en train de boire mon café là tous les matins et de siroter mon verre de vin tous les soirs. En réalité, je n'y allais que rarement.

L'espoir me saisit quand je vis une échelle appuyée sur un mur. Environ un mois plus tôt, Rafael s'était employé à nettoyer les gouttières. C'était sans doute la première fois que je lui étais reconnaissante de ne pas avoir rangé son matériel.

Mon corps flancha quand je m'en approchai. Prise de vertige, je faillis tomber. Je stoppai et respirai lentement tout en priant pour avoir la force de continuer.

*Tu as besoin d'un médecin*, m'avertit une voix prudente, qui me rappelait celle de Carmen.

Mais une autre voix s'opposa à elle, plus puissante. Celle d'Aaron. *Maman, tu en es capable.*

Avec ce que certains décriraient comme une force surhumaine, je transportai l'échelle jusqu'au balcon. Elle était un peu bancale sur le sol meuble, aussi m'employai-je à la stabiliser avant de gravir le premier échelon. Pendant mon ascension, elle tangua plusieurs fois, mais je parvins jusqu'en haut sans encombre.

Sur la table en bois du balcon, je découvris une assiette de fromages et de crackers à demi entamée et un verre de vin vide.

Apparemment, tu avais apprécié l'endroit.

Mon estomac gronda à la vue de la nourriture. Depuis combien de temps l'assiette était là ? Elle était humide. Malgré tout, j'engloutis les restes de fromages et de crackers avec une totale insouciance.

Une semaine plus tôt, j'aurais trouvé ce comportement dégoûtant, mais la faim peut nous pousser à de drôles de choses.

Je pensais me sentir mieux après avoir mangé, mais mon ventre gargouillait de plus belle alors que j'avais tout avalé. La nausée me saisit. Je salivai. J'inspirai plusieurs fois par le nez, jusqu'à ce que mon malaise s'atténue.

Par chance, la porte du balcon n'était pas fermée à clé. Je tournai la poignée et ouvris sans faire de bruit. À peine dans ma chambre, je sentis ton odeur. Ton parfum floral. Une vague de colère me submergea.

Des vêtements étaient éparpillés un peu partout sur le sol. Une serviette mouillée traînait sur le lit défait.

*Cet endroit est une porcherie.* La voix de Rafael s'imposa à moi. J'éprouvais le besoin urgent de tout nettoyer.

Un verre d'eau sur la table de nuit. Je me ruai dessus. En contournant le lit, je faillis heurter le couffin, où Sullivan dormait profondément.

Surprise, je plaquai une main sur ma poitrine. Dieu merci, je ne l'avais pas réveillé.

Après avoir bu l'eau d'un trait, je me sentis un peu ragaillardie.

*Merci de m'avoir laissé à boire et à manger, Kelly. C'est gentil de ta part.*

Mes lèvres tremblaient. Je marchai jusqu'à la porte à pas de loup. Retenant mon souffle, je l'ouvris doucement et m'avançai à pas prudents dans le couloir.

— Tu ne m'as pas répondu !

La voix furieuse de Rafael. Son ton familier me fit tressaillir. M'adossant au mur, je me rappelai que sa colère n'était pas dirigée contre moi. Du moins, pas en cet instant.

— Qu'est-ce que tu fiches ici ? Où est Kelly ?

— Je suis là, lui répondis-tu d'un ton de défi.

Sans même te voir, je t'imaginais le menton relevé, les yeux brillants. Étonnamment, je ne te connaissais que depuis un mois et, déjà, je pouvais lire en toi.

J'avais l'impression que tu te trouvais dans le salon, au pied des escaliers. Je longeai prudemment le mur.

— Non, pas toi. Je veux dire…

Sa voix se brisa.

*Il parlait de moi. Pas de toi.*

Un sentiment de triomphe m'inonda. Ainsi, Rafael n'était pas au courant de tes manigances.

— Oh, mon Dieu, c'est toi ! Tu es la nouvelle amie de ma femme, tu es la fameuse Kelly.

*Enfin. Il était temps.*

— Elle t'a parlé de moi ?

Tu paraissais choquée. Je ne voyais pas pourquoi.

— Ouais. Enfin, elle m'a dit qu'elle avait une nouvelle amie, mais je n'imaginais pas qu'elle parlait de toi. Pourquoi as-tu sympathisé avec ma femme ? Qu'est-ce que tu fiches ici, Kelly ?

— Je suis là pour toi. Pour qu'on forme une famille. Toi, moi et Sullivan.

— Sullivan ?

— Notre fils.

Tout mon être frémit. Sullivan était le fils de Rafael, pas celui d'Aaron. Je tenais enfin ma réponse.

— Ce... ce n'est pas possible, répliqua-t-il d'une voix blanche.

— Pourquoi ? Parce que tu m'as demandé de me débarrasser de mon enfant ? Tu pensais vraiment que j'allais t'obéir ?

— Tu as dit que tu le ferais, déclara Rafael lentement, d'une voix ferme, méthodique.

J'en eus la nausée. Cela me rendait malade qu'il t'ait demandé de mettre fin à ta grossesse.

— Je n'ai pas pu, avouas-tu.

Malgré moi, j'admirais ton courage.

— Tu devrais t'en réjouir. Maintenant, tu as un fils.

— J'ai déjà... j'avais déjà un fils.

Je sentis la douleur dans ta voix tremblante.

Mes yeux me piquèrent.

— D'accord. Tu avais un fils. Mais maintenant, Aaron a disparu, alors que Sullivan est là. (Je perçus des frottements sur la moquette, comme si tu tournais en rond.) Sullivan et moi. Nous sommes ta famille désormais. Je te rends la famille que tu as perdue. J'ai tout arrangé pour toi.

Il me fallut un effort surhumain pour ne pas dévaler les marches et arracher le sourire narquois que tu affichais à coup sûr sur ton visage stupide. Je n'avais pas réussi à t'extirper la vérité sur mon fils l'autre soir, mais j'étais certaine de pouvoir le faire à présent.

— Qu'entends-tu par la *famille que j'ai perdue* ? Où est Kelly ? Qu'as-tu fait de ma femme ?

Je me passai la main sur le visage pour chasser ma frustration. Vraiment ? Il allait s'intéresser à moi, maintenant ? J'allais bien. *Pose des questions sur Aaron. Découvre ce qu'elle sait.*

306

— Quelle importance ? Elle est partie. Elle ne voulait pas de toi. Pas comme moi. Et tu n'as pas besoin d'elle, de toute façon. Je suis ta femme à présent, et Sullivan est ton fils. Nous sommes les nouveaux Medina.

— Qu'est-ce que ça signifie ? Tu lui as fait du mal ? Comment sais-tu pour Aaron ? Attends… Kelly a dit qu'elle avait trouvé une photo d'une fête où tu étais avec lui. Je pensais qu'elle déraillait de nouveau. Je… je… pensais qu'elle avait tout inventé.

Il se tut un moment, et un gémissement étranglé lui échappa.

Une boule de bile me remonta dans la gorge.

— Oh, mon Dieu, elle avait raison. Tu connaissais Aaron ?

Alors que je devrais être assoiffée de vengeance, j'étais prise de nausées.

— Bien sûr que non. Je ne vois pas du tout de quoi tu parles, répliquas-tu vivement. Kelly est folle. Je ne ferais jamais de mal à ta famille. La mort de ton fils était un accident et ta femme a filé. Je suis là pour te sauver. T'emmener loin d'ici, dans un paradis tropical.

— Tu penses que je vais partir avec toi ? Mais tu es dingue !

— Je ne suis pas dingue. (Ta voix avait changé.) C'est Kelly qui a perdu la tête.

— Dis-moi où est ma femme.

— Je suis juste là.

— Ma vraie femme !

— Allez, arrête de jouer aux gentils maris. Nous savons tous les deux que tu n'en es pas un.

— Tu croyais vraiment que c'était ce que je voulais ?

La voix de Raf n'était plus qu'un murmure.

Je me glissai le long du mur du palier, progressant jusqu'à ce que vous soyez tous les deux dans mon champ de vision.

Tu me tournais le dos, mais je voyais distinctement le visage de Rafael.

Il poussa un profond soupir et se frotta les yeux.

— Où est Kelly ? S'il te plaît, dis-moi ce que tu lui as fait.

— Bon sang, comme si tu t'inquiétais pour elle ! raillas-tu.

— Je me suis toujours inquiété pour ma femme.

— Allons, Raf. Pourquoi tu dis ça ? Il n'y a que toi et moi, ici. Tu n'as pas besoin de jouer la comédie.

Ta voix était devenue horriblement enjôleuse et tu t'approchais de Raf en roulant des hanches.

— Je te connais. Tu me veux. Et maintenant, je suis à toi. Alors oublie ton ancienne famille. Il est temps de tourner la page.

Tu levas le bras et fis courir un doigt sur sa poitrine.

— Ça suffit ! (Il écarta ta main et recula d'un pas.) Je veux savoir ce que tu as fait. Où est Kelly ?

Tu restas parfaitement calme un moment. Je ne voyais pas ton visage, mais j'imaginais ton expression choquée. Au bout de quelques secondes, tu secouas la tête.

— Tu n'as pas changé du tout, susurras-tu d'une voix douce, presque enfantine. Tu es celui qui m'a demandé de me débarrasser de mon bébé. Je pensais qu'une fois Kelly et Aaron hors du paysage, tu serais différent. Mais non. Tu t'es servi de moi depuis le début, n'est-ce pas ? Tu ne m'as jamais aimée. Ça a toujours été eux, hein ?

— Non. (Il secoua désespérément la tête.) Ce n'est pas vrai.

— Si, c'est vrai. La seule personne qui t'intéresse, c'est elle. Tu sais qu'elle me prend pour une mère indigne ? Alors que c'est faux. Je suis une bonne mère.

Rafael acquiesça.

— J'en suis sûr.

Hum. Il était meilleur comédien que moi. Je n'aurais jamais pu te dire une chose pareille sans grimacer. Cela dit, Raf avait toujours été doué pour les faux-semblants.

— Ah oui ? Tu penses que je suis une bonne mère ? repris-tu avec espoir.

Manifestement, tu avais un besoin féroce de son approbation. Pauvre fille. Tu n'avais vraiment rien compris, n'est-ce pas ?

Rafael déglutit, son cou enflé sous l'effort.

— Je... hum... il est évident, à la façon dont tu en parles, que tu tiens énormément à ton fils. (Il secoua la tête.) *Notre* fils.

*Excellent. Bien joué.*

— Tu as enfin dit *notre fils*. Elle voulait me prendre Sullivan, tu le savais ? J'ai trouvé son journal.

*Aaah zut. Mon journal.*

— C'est ce qui t'a poussée à faire ça ? Kelly voulait prendre ton bébé ?

— Non, je l'ai fait parce que je t'aime. Tu es tout ce que j'ai.

Je reconnaissais ce timbre de voix. Tu l'avais déjà employé avec moi. Ton plan était en train de dérailler. Et maintenant, toi aussi.

— J'ai perdu ma grand-mère et ma mère. Je veux former une famille avec Sullivan et toi.

Derrière moi, Sullivan poussa un gémissement. Je me retranchai vivement derrière le mur.

— Je suis désolé à propos de ta famille, mais que... ?

Tu tournas brusquement la tête. Toi aussi, tu l'avais entendu.

— Attends.

Les plaintes de Sullivan s'accentuèrent. *Merde.* Je me réfugiai dans la chambre, l'oreille aux aguets, au cas où tu te serais élancée dans l'escalier.

— Chuuut, murmurai-je à Sullivan en le soulevant du couffin.

À l'intérieur, une tétine. Je la ramassai d'un geste fébrile et l'insérai dans sa bouche avec reconnaissance. Il se calma instantanément. Je me tins immobile.

Silence. Ma peau était parcourue de picotements. Je m'approchai prudemment du seuil en serrant l'enfant contre moi. Que se passait-il en bas ? Déglutissant, je fis un pas dans le couloir. La conversation était trop loin, trop étouffée pour que j'en saisisse le sens. J'allai vérifier que Sullivan suçait bien sa tétine. Ce qui était le cas, vigoureusement même. Mince, il avait faim. Je ne parviendrais pas à le garder silencieux très longtemps. Je le pris dans mes bras.

En bas, j'entendis des pas, du mouvement. Je m'avançai, la tête inclinée, m'efforçant de comprendre vos échanges.

— Qu'est-ce que tu fabriques ? crias-tu assez fort pour que je l'entende. Ne bouge plus !

Ta voix était glaciale, menaçante. Mordillant ma lèvre, je fis un pas de plus.

— On va suivre mes règles maintenant, grondas-tu.

*Mon Dieu, Raf, qu'est-ce que tu essaies de faire ?*

Berçant doucement Sullivan, je calai son visage contre mon épaule, espérant maintenir la tétine en place. J'étais parvenue au bout du couloir. Enhardie, je jetai un coup d'œil dans le salon, par-dessus la balustrade.

C'est alors que je te vis brandir un pistolet. Pointé sur Rafael. Le portable de Raf dépassait de ta poche arrière. Il avait sûrement voulu appeler les secours. Mon besoin de réponses était si puissant que ma langue avait un goût âcre. Mais je savais de quoi tu étais capable. Qui sait ce que tu allais faire avec une arme à feu ! Avec ma chance, on allait tous y passer.

Soudain, je pensai au portable d'Aaron. Sa chambre était toute proche. Je pouvais l'atteindre sans me faire remarquer.

Sans un bruit, je gagnai le repaire de mon fils et refermai la porte derrière moi. Lorsque je fis un pas dans la pièce, le parquet craqua sous mon pied – mais au moins, le mouvement enchantait Sullivan. Un câble noir était branché au mur. Je le suivis des yeux. Le téléphone se trouvait sur la table de nuit.

Quand je le touchai, l'écran de verrouillage apparut, avec mes derniers SMS. Non lus.

Je le pris dans ma paume et entrai le code d'Aaron. Il s'ouvrit sur le fil de nos échanges. Avec tous les messages auxquels, bien sûr, il n'avait pas répondu.

`Tu me manques.`

`Je t'aime.`

`J'aimerais que tu sois là.`

Et le tout dernier, où je lui parlais de toi.

C'était si loin, me sembla-t-il. Je ne savais même pas pourquoi je l'avais écrit. Parfois, cela me faisait du bien de parler à mon fils, même s'il ne pouvait pas me répondre. Nos messages s'apparentaient pour moi à un journal. Une manière de le garder en vie.

Après une profonde inspiration, j'ouvris le clavier.

D'un doigt ferme, je composai le 911. Lorsque l'opératrice décrocha, je lui chuchotai mon adresse et lui expliquai qu'une femme armée s'était introduite chez moi. Je raccrochai, le cœur battant, en priant pour que tu n'aies rien entendu. Lorsque je me retournai, je m'attendais presque à te voir plantée devant moi, le métal froid du canon pointé sur mon front.

Mais tu n'étais pas là. La pièce était déserte. Je soupirai de soulagement. J'allais reposer le téléphone quand je repérai l'application d'enregistrement d'Aaron. Une bouffée d'espoir m'envahit.

*Parfait.*

Le portable à la main, Sullivan niché contre ma poitrine, je regagnai le bout du couloir et m'accroupis. En bas, la tension était à son comble. Tu faisais les cent pas, ton arme toujours braquée sur Rafael. Son visage était extrêmement pâle.

J'appuyai sur le bouton d'enregistrement et me penchai avec précaution pour poser l'appareil à mes pieds.

Raf baissa la tête.

— Je suis tellement désolé. Je n'aurais jamais dû te demander ça.

*Très bien. Fais amende honorable.*

— Ne me parle pas comme à une gamine.

Tu cessas de marcher et levas le menton. De mon poste d'observation, je distinguais ton profil. Une fine pellicule de transpiration brillait sur ta peau.

— Tu n'es pas désolé. Tu regrettes que je ne l'aie pas fait. Me débarrasser de mon bébé.

— Non... (Il secoua la tête, le regard implorant.) Non, je ne le regrette pas, maintenant que je sais ce que c'est de perdre un fils. J'avais tort, d'accord ? Je suis tellement désolé, Kelly. S'il te plaît, dis-moi ce qui est arrivé à Aaron.

Sullivan remua dans mes bras. Je remis la tétine en place en le berçant. Il fallait qu'il reste calme encore quelques minutes. Le désespoir courait dans mes veines. Mon besoin de réponses était douloureux, presque intolérable. Je m'avançai pour ne pas perdre une seule de tes paroles.

— Aaron...

À ta façon de prononcer son prénom, on aurait cru que tu tenais à lui.

— Aaron est mon seul regret. (Ta voix se brisa.) Il était si attentionné. Bien plus que toi en ce moment. Je ne voulais pas lui faire de mal, tu dois me croire.

— Mais tu l'as fait ? Tu lui as fait du mal ? insista Rafael d'un ton incrédule.

— Je n'avais pas le choix.

— Alors ce n'était pas une overdose accidentelle ?

Silence. J'eus peur que tu ne répondes pas.

Mais tu finis par secouer la tête et murmurer :

— Non. J'ai mis des cachets dans son verre.

Les larmes roulaient sur mes joues et mes lèvres tremblaient.

Mon fils.

Mon bébé.

*J'ai rencontré une fille. On ne sort pas encore ensemble. Mais je l'aime bien. Elle est cool.*

Ce n'était pas un accident.

*Tu l'as tué.*

Rafael plaqua sa main sur sa bouche, ses yeux brillaient de larmes. Son teint était du même gris que les murs.

— Tu as drogué mon fils ? Tu l'as assassiné ?!

— Je n'avais pas le choix. Tu ne comprends pas ? C'était le seul moyen pour qu'on soit ensemble, conclus-tu d'un ton désespéré.

— Oh, mon Dieu !

Rafael tituba en arrière, effaré.

— Je… je ne comprends pas.

— Tu ne comprends pas quoi ?

— Tout !

— Tu m'as dit que tu avais déjà un fils et que tu n'en voulais pas d'autre. (Tu haussas les épaules.) Alors j'ai résolu le problème.

— Oh, mon Dieu. Tu pensais vraiment te débarrasser de ma famille et la remplacer sans que je ne trouve à y redire ? (À présent, ses yeux luisaient d'un éclat sauvage.) Tu croyais que j'allais rentrer à la maison, me réjouir de te trouver dans mon salon et m'enfuir avec toi sans poser de questions ?

— Tu crois que c'était ce que j'avais prévu ? (Ta voix était plus forte, comme si un feu couvait en toi.) Non, j'espérais que tu me choisirais, *moi*. Que tu m'aiderais. Je n'étais pas censée me débrouiller toute seule. C'est ce que j'attendais dans ce pavillon minable où je passais mon temps à copiner avec ta femme, alors je t'ai envoyé des tas de textos, mais tu ne m'as jamais répondu.

— Et tu n'as pas compris le message ?

— Tu étais malheureux avec eux ! (Tu devenais hargneuse.) Tu me l'as dit toi-même ! Je t'ai rendu service. Je pensais que tu me remercierais. Et Kelly n'était pas heureuse non plus. Alors j'ai pensé que ce n'était pas la peine de la tuer au final. J'espérais qu'elle nous donnerait sa bénédiction, qu'elle tournerait la page et se trouverait une petite famille rien qu'à elle.

Raf semblait sous le choc.

— Tu espérais la bénédiction de Kelly ?

— Ou alors que tu te rendes à l'évidence, repris-tu en te rapprochant de lui. Je te connais, Raf. Je sais que tu m'as toujours désirée plus qu'elle. Tu me l'as dit un million de fois, alors pourquoi toutes ces complications ?

*Mon Dieu, je vous hais tellement tous les deux.*

J'en avais marre d'écouter ces horreurs. Je voulais en finir.

Sullivan gémit dans mes bras. Je le serrais si fort que mes doigts s'enfoncèrent dans sa chair tendre. Il leva sur moi de grands yeux confiants.

Mon fils t'avait-il regardée de la même manière ?

Sullivan était votre portrait craché. À Rafael et toi. Je le voyais bien maintenant. Il n'était pas le fils d'Aaron. Il n'était pas mon petit-fils. C'était à cause de lui que tu m'avais fracassé le crâne et laissée pour morte dans la remise du jardin. C'était à cause de lui que mon fils était mort d'une overdose.

Sullivan agrippa mon chemisier, ses petits ongles griffèrent ma peau. Soudain, il m'écœurait. Je l'éloignai de moi, le tenant à bout de bras. Ses yeux s'écarquillèrent tandis

que ses jambes battaient dans le vide au-dessus de la balustrade. Si je m'avançais d'un pas et le laissais tomber... il
s'écraserait un étage plus bas.

Œil pour œil. Dent pour dent.

Un fils pour un autre.

# 30

Je regardai le corps de Sullivan tomber de la balustrade. La scène sembla se dérouler au ralenti, comme si j'avais appuyé le bouton pause plusieurs fois de suite. Il chutait lentement, les jambes et les bras ballants alors qu'il se dirigeait implacablement vers le sol.

Tu poussas un cri et tombas à genoux. Un son guttural s'échappa de tes lèvres. Je crus que cela me ferait du bien de te voir souffrir, mais je me trompais. Ma bouche s'emplit d'un liquide âcre, j'étouffais.

Rafael leva sur moi un regard horrifié.

*Oh, mon Dieu, qu'est-ce que j'ai fait ?*

Clignant des yeux, je sortis de ma transe.

Le cœur battant à tout rompre, je serrai Sullivan contre ma poitrine. Sa tétine éructa de sa bouche et heurta le sol, comme le corps du bébé dans mon rêve éveillé. Il laissa échapper un vagissement.

Comment avais-je pu imaginer ce scénario une seule seconde ? Il était innocent. Si je lui avais fait du mal, je n'aurais pas valu mieux que toi.

— Je suis tellement désolée, murmurai-je en lui caressant la tête.

Mes lèvres effleurèrent sa peau douce. Il pleurnichait contre mon épaule. La honte me consumait.

— Kelly ? (Tu braquais toujours ton arme sur Rafael, mais ton regard m'avait repérée en haut de l'escalier.) Comment... ? Quoi... ? Je pensais...

— Que j'étais morte ? répondis-je d'une voix forte. Ou à l'agonie ? Enfermée dans la remise ?

Tes yeux s'écarquillèrent. La satisfaction me gagna.

— Oh, Dieu merci ! lâcha Rafael, manifestement soulagé. (Jusqu'à ce que son regard se pose sur le bandage autour de mon crâne.) Kelly, tu vas bien ?

Non, je n'allais pas bien. Pas du tout. Je n'étais pas sûre de pouvoir m'en remettre un jour. Pourtant, je hochai la tête.

— Qu'est-ce qui t'est arrivé ? interrogea-t-il.

— Ta petite copine a essayé de me tuer... après avoir assassiné notre fils.

Je descendis l'escalier. Plus je m'approchai, plus tes yeux s'arrondissaient. Ton corps tout entier se mit à trembler alors que ton regard allait de Rafael à moi. Nous te tenions.

Je souris. Tu pointas ton arme sur moi.

— N'avance pas ou je tire !

— Non, tu ne tireras pas. (Je baissai les yeux sur Sullivan.) Pas avec Sullivan dans mes bras. Après tout, c'était bien pour lui tout ça, n'est-ce pas ? Pour ton fils ? Tu as tué mon fils pour offrir au tien une vie meilleure ?

Je jouais un jeu dangereux. Et priais pour avoir raison.

*Où sont les flics ? Ils devraient être arrivés à l'heure qu'il est !*

— Tu pensais vraiment que cela allait fonctionner, Kelly ? Tu crois que cela en valait la peine ? (Je secouai la tête.) Rafael ne veut pas de toi.

— Ouais, j'ai compris ça maintenant.

Une lueur de défi passa dans ton regard.

— Kelly ! s'écria Raf, ses yeux rivés aux miens.

Au loin, un hurlement de sirènes. L'air circula à nouveau dans mes poumons.

Tes yeux se plissèrent, ton visage déformé par la trahison.

— Tu as appelé les flics ?

— C'est terminé, Kelly.

— Non, c'est terminé pour *toi*, sifflas-tu.

Ton doigt pressa la détente. Tout se passa très vite.

— Non ! rugit Rafael en se ruant sur toi.

Son bras te repoussa au moment où le canon crachait la balle. Je plongeai à terre dans le fracas du coup de feu. Sullivan poussa un cri. Je l'enveloppai de mon corps et encaissai le plus gros du choc. Quand j'osai relâcher mon étreinte, je cherchai sur Sullivan des traces de sang, d'une blessure.

Nous étions indemnes tous les deux. Un miracle. Où était passée la balle ? Les sirènes se rapprochaient.

Rafael et toi aviez roulé sur le sol alors qu'il tentait de s'emparer de ton arme. Sullivan pleurnichait dans mes bras. Je me retranchai vers le canapé et me recroquevillai en le tenant contre moi.

— Chuuut, ça va aller, le rassurai-je en lui frottant le dos.

Je lui effleurai la tête d'un baiser. Derrière moi, j'entendais les râles de Rafael, puis des bruits de lutte.

*Merde.* Ce n'était pas terminé.

Avec précaution, je jetai un coup d'œil par-dessus le canapé, Sullivan à l'abri contre moi, mes mains plaquées sur ses oreilles.

Tu avais repris le contrôle du pistolet, lorsque Rafael te plaqua au sol. Les sirènes déchiraient l'air à présent. Des lumières rouge et bleu apparurent devant la fenêtre.

Mon estomac se souleva. C'était exactement comme la dernière fois.

*Madame Medina ? J'ai peur d'avoir une mauvaise nouvelle.*

Le coup partit. Cette fois, le bruit fut si puissant qu'il fit pratiquement éclater mes tympans. La douleur irradia mon crâne. Je n'entendais plus rien, pas même Sullivan. Pleurait-il toujours ?

La police déboula dans la pièce. Là encore, la scène se déroula au ralenti.

De nouveau, j'eus l'impression de faire une expérience de sortie de corps.

Qui était touché ?

Une flaque de sang s'était formée au milieu du salon, mais je ne pouvais dire d'où elle provenait. Tu étais affalée sur Rafael, vos deux corps inertes.

Du sang maculait tes mains.

Sullivan toujours lové contre moi, je fondis en larmes.

# 31

L'odeur stérile de l'hôpital me picotait les narines, un mélange d'alcool et de détergent. Les néons fluorescents me brûlaient les yeux. J'en avais assez des aiguilles, des tubes, des draps rêches et des matelas grinçants. J'étais lasse des infirmières, du vacarme et des interrogatoires des policiers.

Je ne cessais de me répéter que c'était mieux que la remise. La faim. La soif.

Mais pas tant que cela.

Mon lit me manquait. Ma maison.

Hélas, elle était devenue une scène de crime.

— Oh, mon Dieu ! (Christine entra dans la chambre en coup de vent.) Dieu merci, tu vas bien.

Elle s'affala dans le fauteuil près de moi et me prit la main avec tendresse. Seule Christine était capable de débarquer à l'hôpital en petite robe noire et longues boucles d'oreilles. Comme si elle se rendait à un dîner mondain. Cela me fit sourire.

— Salut, croassai-je.

Elle dégageait une fragrance fruitée. À la pomme, peut-être. Quelle agréable distraction. Je lui pressai la main.

— Je n'en reviens pas de ce qui s'est passé. C'est juste dingue !

Je voulus rire, mais j'avais la gorge râpeuse, comme remplie de sable.

— On peut le dire.

— Comment va Rafael ? Quand je pense qu'il a reçu une balle !

— Je ne sais pas. Il vient d'être opéré. Mais je crois qu'il va s'en sortir.

— Dieu merci. (Christine secoua la tête.) Je savais qu'un truc n'allait pas quand je suis passée à la maison l'autre soir et que tu m'as répondu que tu étais malade. C'est pour ça que j'ai appelé Raf... je m'inquiétais.

— Attends... qu'est-ce que tu racontes ?

Je me redressai de mon mieux, faisant couiner le matelas.

— Tu m'as envoyé un SMS pour me prévenir.

— Mais c'est elle qui avait mon téléphone.

Les pièces du puzzle se mettaient en place. Je hochai la tête. Je devais te rendre justice : c'était plutôt malin de ta part.

— Oui, je me suis doutée que ce n'était pas toi.

— Comment as-tu deviné ?

J'étais curieuse de savoir ce qui t'avait trahie.

— Tu as terminé la conversation avec « A+ ». Or tu n'utilises jamais le langage texto.

Je souris. C'était drôle, ces petites choses que les amis connaissaient les uns sur les autres. Je me renfonçai dans les oreillers. Ma tête me faisait encore mal. On m'avait fait des points de suture et, apparemment, je souffrais d'un traumatisme crânien. Le médecin m'avait bandé la tête, donné des calmants, et me gardait une nuit en observation.

Deux infirmières poussaient un chariot dans le couloir. Les roues grincèrent sur le lino – l'une d'elles était sans doute cassée. Des appareils bipaient à distance. J'entendis une femme gémir. Je m'efforçais de bloquer tous les bruits. J'avais eu assez de drames pour une journée.

— Ah. Aaron se moquait souvent de moi à ce sujet, répondis-je, dans un effort de rester éveillée, d'alimenter la conversation. Je me rappelle la première fois qu'il m'a envoyé « LOL », j'ai dû en chercher la signification sur Google.

Christine gloussa, puis son sourire se mua en un froncement de sourcils. Ses yeux se plissèrent. C'est alors que je remarquai ses cernes, ses rides prononcées. Elle s'était fait du souci pour moi.

— Tu tiens le coup ? interrogea-t-elle. Maintenant que tu sais ce qui est arrivé à Aaron ?

Je lui étais reconnaissante de me tenir la main. J'avais besoin de quelqu'un pour m'aider à encaisser le choc.

— Je ne sais pas, répondis-je avec honnêteté.

Personne ne m'avait encore posé la question. Jusqu'ici, tout le monde voulait des réponses. Des faits. Des dates. Dieu merci, j'avais l'enregistrement, aussi n'étais-je pas obligée de me fier uniquement à ma mémoire. De plus, même si tu lui mentais, la police avait des preuves. Elle détenait la vérité.

— Je n'ai pas eu beaucoup de temps pour réfléchir.

J'inspirai profondément, et toutes tes paroles me revinrent, telle une déferlante, inondant mes poumons. Ma poitrine enfla, pleine de la douleur, la trahison, la colère, la dévastation, la tristesse. Puis j'expirai le tout, libérant mes émotions, même si je savais qu'elles ne seraient jamais bien loin. Telle une pensée ou un souvenir.

— Je n'ai jamais cru leur théorie, selon laquelle il se serait infligé ça lui-même, finis-je par dire. Alors j'imagine qu'en un sens j'étais amère. Surtout, ça me rendait malade… et triste. C'est tellement insensé, ce qui lui est arrivé.

Les yeux de Christine s'embuèrent de larmes.

— Tu dois être soulagée de savoir qu'elle va payer pour ses crimes.

La vision de toi, menottée et escortée par la police, avec le sang de Rafael sur ton tee-shirt, me revint en mémoire.

— Ouais, elle finira sa vie derrière les barreaux. Je vais veiller à ce que justice soit faite pour Aaron.

— Et son bébé ? Tu sais où il est ?

— Les services sociaux l'ont pris en charge. Je leur ai indiqué que Rafael était son père et que nous voulions le garder. (Je haussai les épaules, prise de vertige.) Mais je ne sais pas ce qui va se passer. J'imagine qu'ils vont réaliser un test de paternité, ce genre de choses. Toute cette histoire est délirante, Christine.

Les sourcils froncés, elle me serra la main, massant ma paume de son pouce.

— Je suis désolée, Kel. À propos de tout.

— Ce n'est pas ta faute.

C'était la tienne, Kelly. Et celle de mon mari.

Un sanglot s'étrangla dans la gorge de Christine. Elle plaqua la main sur sa bouche.

— Mais si… c'est ma faute.

— Que veux-tu dire ?

Franchement, j'étais incapable de supporter de nouvelles surprises.

— Je savais qu'il y avait un problème, bredouilla-t-elle. J'aurais dû prévenir la police ou forcer ta porte. Mais quand j'en ai parlé à Raf, il m'a dit que j'étais ridicule. Et, je l'avoue, je trouvais que tu te conduisais bizarrement depuis quelque temps. (Ses pleurs redoublèrent.) Honnêtement, j'ai cru que tu avais inventé cette Kelly. Tu sais, à force de parler tout le temps d'Aaron comme s'il était en vie. Et puis tu te souviens de ton amie d'enfance imaginaire ? Tu faisais comme si elle avait vraiment existé.

Je hochai la tête.

— C'est vrai, mais juste après la mort d'Aaron, je prenais beaucoup de médicaments.

— Je sais. Et j'aurais dû me rendre compte que tu allais mieux. Mais Raf pensait que tu n'étais pas dans ton état normal. C'est pour ça qu'il a décidé de rentrer. Il avait peur que tu aies encore pris l'enfant d'une autre femme. Je m'en veux d'avoir pu penser une chose pareille… Je suis la pire des amies. (Elle renifla.) Je suis tellement désolée.

— Hé… (Je lui serrai la main.) Tu n'as aucune raison de t'excuser. C'est grâce à toi que je suis en vie.

Elle releva la tête et s'essuya les yeux. C'était si rare de la voir ainsi, des traces de mascara sur les joues et le nez rouge.

— Vraiment ?

— Tu as compris que quelque chose clochait. Même si tu n'en étais pas sûre, tu as réagi, tu as appelé Raf. Et quelles que soient ses raisons, il est revenu deux jours plus tôt. S'il ne l'avait pas fait, je n'aurais sans doute pas survécu.

— Oh, mon Dieu, quand je pense que tu étais enfermée dans cette cabane… (Ses lèvres tremblèrent.) Tu as dû avoir une peur bleue.

Une angoisse familière m'étreignit. Je m'agitai sur mon lit.

— On peut parler d'autre chose ?

— Bien sûr.

Hochant la tête, elle s'efforça de sourire.

Une infirmière entra, son pantalon frottant à chaque pas. Je déglutis et me passai la main sur le visage. Bon sang, je devais avoir une tête pas possible.

— Ne faites pas attention à moi. Je vais juste vérifier vos constantes, lança-t-elle.

Pendant qu'elle s'affairait autour du lit, je me penchai vers Christine et souris.

— Est-ce que j'ai manqué des potins ?

— Et comment !

Elle me fit un clin d'œil et cala une mèche derrière son oreille avant de s'installer confortablement sur son siège.

*

J'étais à la maison à présent. L'hôpital m'avait autorisée à rentrer quelques jours plus tôt. Rafael était sorti aujourd'hui.

Après lui avoir administré ses médicaments, je retapai l'oreiller derrière sa tête et lissai ses couvertures.

— Ça va, tu es bien installé ?

Il hocha la tête. Il avait un teint verdâtre et son visage était plus creusé que d'habitude.

Il était resté silencieux. À l'hôpital. Sur le chemin du retour. Et même une fois à la maison. Nous n'avions toujours pas parlé de ce qui s'était passé. Peut-être n'était-il pas prêt à le faire.

Je ne savais absolument pas quoi dire. Ni par où commencer.

Son portable vibra sur la table de nuit.

— Tes amis de la fac n'arrêtent pas d'appeler et de t'envoyer des messages. Frank, Jon, Adam… et d'autres numéros que je n'ai pas reconnus.

— Merci.

Sans répondre à ma question tacite, il s'empara de son téléphone.

Je pensai à Keith. À toi. Les photos. Les messages. Ravalant ma frustration, j'allai ouvrir les rideaux. La lumière du jour se déversa dans la chambre. Mon regard se posa sur la remise et la nausée m'envahit. J'étais incapable d'y retourner, et je t'en voulais d'avoir encore ce pouvoir sur moi, en particulier dans ma propre maison. Un lieu qui était autrefois mon sanctuaire.

— Tu as pris des nouvelles de mon père ? interrogea Rafael.

— Tu t'inquiètes pour ton père ?

— Il a fait une mauvaise chute.

— Oui, en effet.

Au milieu de toute cette folie, je l'avais oublié.

*Il n'arrête pas de parler de toi.*

Le soir où le père de Rafael s'était blessé, tu n'étais pas chez toi. Je songeai à notre conversation de la semaine précédente. Tu m'avais demandé si Rafael serait là le week-end suivant. Tu aurais fait n'importe quoi pour l'en empêcher, n'est-ce pas ?

Mon Dieu, quel soulagement que tu sois sortie de ma vie et que tu croupisses en prison.

Je me forçai à sourire.

— Oui, bien sûr, je vais prendre de ses nouvelles. Ne t'inquiète pas pour lui. Nous avons déjà assez de soucis comme ça.

— Kel...

Son ton était hésitant.

— Oui ?

Il était sur le point de parler.

Nos regards se croisèrent. Puis le sien se détourna.

— Je... je crois que tu devrais enlever le berceau de là.

J'imaginais Sullivan endormi dedans, enroulé dans la couverture rose.

— Oui, tu as sûrement raison. Sullivan est trop grand de toute façon. Je vais lui acheter un lit d'enfant.

— Non, ne fais pas ça.

— Mais nous devons nous préparer à sa venue. Il va venir vivre avec nous.

— On n'en sait rien du tout.

Mon pouls s'emballa.

— Pourquoi ?

— Il n'est probablement pas de moi. Kelly était folle. Comment peut-on croire un seul mot de ce qu'elle racontait ?

Je savais que Sullivan était son fils, mais il était inutile d'argumenter.

— Bien sûr. Je vais enlever le couffin tout de suite.

— Si j'avais su... (Les mots s'attardèrent. Je retins mon souffle.)... de quoi elle était capable, je n'aurais jamais...

Il secoua la tête. Il n'aurait jamais quoi ? Couché avec toi ? Fait un enfant à sa maîtresse ?

— Tu dois me croire, reprit-il, je ne savais pas à quel point elle était dérangée.

C'est alors que je compris que je n'obtiendrais jamais d'excuses. Dans son esprit, c'était ta faute, Kelly, comme tout le reste était la mienne. Tu n'étais qu'un jouet qui n'aurait jamais dû se rebeller.

— Je vais chercher de quoi démonter le berceau.

Au moment de passer le seuil, il m'appela :

— Kel...

Je l'observai par-dessus mon épaule, m'autorisant à ressentir un faible espoir.

— Oui ?

— Tu pourrais m'apporter de l'eau ?

— Bien sûr.

Les jambes en coton, je retournai près du lit pour prendre son verre. À côté se trouvaient ses différentes ordonnances, avec la longue liste des effroyables effets secondaires et des précautions à prendre.

Quand je quittai la pièce, il ferma les yeux, les paupières frémissantes. Il avait besoin de récupérer.

Même si j'avais nettoyé la maison de fond en comble, ton fantôme hantait toujours les lieux. Je t'avais vue en montant l'escalier, au beau milieu du salon, ton pistolet braqué sur Rafael. Je t'avais vue dans l'auréole sombre sur le canapé et près du manteau de la cheminée où tu avais étudié nos portraits de famille.

Après ce que tu avais fait à Aaron, à moi, à ma famille, j'aurais voulu que tu sois morte. Mais te savoir en prison me suffisait. Je savais ce que signifiait être piégée dans un espace minuscule. Seule avec ses pensées. Ses souvenirs. Ce que tu avais fait aux gens que j'aimais était atroce, et je priais pour que tu subisses les mêmes tourments chaque jour de ton existence.

Je connaissais tous les détails à présent, même ceux que tu n'avais pas partagés avec moi.

Ton vrai nom était Kelly Hawkins. Tu l'avais changé pour Medina sur l'acte de naissance de Sullivan.

Tu n'avais pas encore reconnu que tu étais venue à la maison au milieu de la nuit, mais j'en étais convaincue. Je t'avais vue. Sans doute pour récupérer le bouton de manchette.

Il y avait tellement de chefs d'accusation contre toi que tu resterais derrière les barreaux jusqu'à la fin de tes jours. Tu ne reverrais jamais la lumière du soleil. Tu ne reverrais jamais plus ton fils. Surtout, tu ne ferais plus de mal au fils d'une autre. Et cela me tranquillisait. C'était une chose à laquelle je pouvais me raccrocher – savoir que tu avais ce que tu méritais.

Je remplis le verre de Rafael et ajoutai deux glaçons, comme il l'aimait. Puis je me rendis à l'étage en passant devant la chambre de mon fils.

Comme Rafael dormait, je posai le verre sur la table de nuit puis m'assis au bord du lit.

Il n'avait pas posé une seule question sur Sullivan depuis ce fameux soir. La première fois qu'il avait parlé de lui, c'était ce matin, quand il m'avait demandé d'enlever le couffin de la chambre. C'était à croire qu'il se fichait totalement de lui. L'ironie de la situation ne pouvait m'échapper. Tu avais fait tout cela pour ton fils, mais tu avais fait une terrible erreur d'appréciation.

Tu t'étais trompée sur Rafael.

Il n'en valait pas la peine.

Il était le genre de père dont personne ne voudrait pour son enfant.

J'avais beau te détester, nous étions amies à un moment donné. Tu étais jeune et idéaliste, une vraie romantique. Si semblable à moi quand j'étais jeune. Rafael était ton professeur. Un homme de pouvoir. Tu n'étais pas la seule à blâmer pour cette relation. En fait, je lui en voulais bien plus. Il était ton Jeremy.

Je savais que tu n'avais jamais eu de père. Lorsque je t'avais vue discuter avec lui, j'avais enfin compris. Tu avais besoin de son approbation. Dans ton esprit tordu, il représentait une figure paternelle. Il était celui que tu avais cherché toute ta vie.

Je ne te pardonnerais jamais ce que tu avais fait à Aaron. Mais je savais que tout avait commencé avec Rafael. C'était lui qui menait la danse. Lui qui avait enclenché le processus.

S'il avait su refréner ses désirs, rien de tout cela ne serait arrivé.

Je serais toujours avec mon fils. Aaron serait toujours en vie.

*Si j'avais su de quoi elle était capable…*

Et lui, de quoi était-il capable ?

Les mensonges.

Les tromperies.

Les abus.

Il nous avait tous détruits. Aaron. Moi. Même toi.

Et j'étais pratiquement sûre qu'il finirait par détruire Sullivan.

Comment cela pouvait-il s'arrêter s'il ne s'en rendait pas compte ? S'il ne comprenait pas qu'*il* était le problème ?

Je songeai aux textos qu'il avait reçus aujourd'hui. Les numéros que je n'avais pas reconnus. Avait-il déjà tourné la page ? S'était-il trouvé une nouvelle maîtresse ?

C'était un prédateur sexuel, toujours en quête d'une nouvelle proie.

Ce matin, les médecins avaient indiqué que Rafael n'était pas complètement hors de danger. Ils m'avaient fait promettre de prendre bien soin de lui. C'est ce que j'avais toujours fait. Prendre soin de Rafael. M'assurer que tous ses désirs étaient comblés. Une maison impeccable. Une femme fidèle et aimante.

Passant le bras au-dessus de Rafael, je saisis l'oreiller de mon côté du lit. J'avais nettoyé la maison de fond en comble avant son arrivée, pour qu'il ne trouve rien à redire. Me penchant sur lui, je pris une profonde inspiration. Il ne vit pas l'oreiller venir.

— Je répare juste les dégâts que tu as causés, chuchotai-je à son oreille. Je sais combien tu détestes le désordre.

Il se débattit faiblement, puis s'immobilisa, et s'en alla.

Voilà, j'avais bien pris soin de lui. J'avais pris soin de tout.

# Remerciements

Un immense merci à mon agente littéraire Ellen Coughtrey, de la Gernert Company. Dès notre première conversation, j'ai su que vous étiez la personne parfaite pour défendre ce livre. Votre enthousiasme, votre intuition et votre compréhension de l'intrigue et de ses personnages m'ont soufflée. L'histoire est devenue bien plus percutante grâce à vos idées. Certaines de mes scènes préférées viennent de nos séances de brainstorming. Vous avez changé ma vie, et je vous en serai éternellement reconnaissante. Merci également à Will Roberts, Rebecca Gardner, et toute l'équipe de la Gernert Company. Vous êtes formidables.

April Osborn, je te suis si reconnaissante. Travailler avec toi a été un réel plaisir, et ton travail de révision a grandement amélioré le texte. À toute l'équipe de MIRA, merci d'avoir cru en ce roman, et en moi. Vous avez fait de ce rêve une réalité.

Megan Squires, merci d'avoir lu les premiers jets et de m'avoir aidée à régler les problèmes liés à l'intrigue. Bien sûr, merci d'avoir fait opérer ta magie sur les photos de moi. Surtout, merci pour ton soutien et ton amitié.

À mes parents et à toute ma famille, votre soutien indéfectible représente énormément pour moi. Je suis bénie de vous avoir dans ma vie.

Andrew, rien de tout cela ne serait arrivé sans toi. Tu as mis tes propres rêves en attente pour que je puisse poursuivre les miens. Sache que je l'ai bien compris, et que ce n'est pas acquis. Tu es le meilleur. Je t'aime.

À mes enfants : Eli, merci de m'avoir aidée à terminer ce livre, et à dénouer certains nœuds de l'intrigue. Mes séances de brainstorming avec toi étaient mes préférées. Kayleen, mon mini-moi, ma fan inconditionnelle, ma confidente. Merci pour ton soutien et tes encouragements constants. Je vous aime tous les deux du fond du cœur.

Et à Dieu, tout ce que je fais, je le fais pour toi.

*Composition et mise en page*
*Nord Compo à Villeneuve-d'Ascq*

*Cet ouvrage a été imprimé par*
*CPI Firmin-Didot à Mesnil-sur-l'Estrée*
*en novembre 2020*

Numéro d'éditeur : 2062251
Numéro d'imprimeur : 160785
Dépôt légal : décembre 2020

*Imprimé en France*